AF470389

DAMELSA

ac

YSBRYDOLION YR YSBRYDION

Holly Rivers

DAMELSA
ac
YSBRYDOLION
YR YSBRYDION
Holly Rivers
ADDASIAD CASIA WILIAM
DALEN

dalenllyfrau.com

Damelsa ac Ysbrydollon yr Ysbrydion
Cyhoeddwyd yn wreiddiol yn 2020 fel *Demelza and the Spectre Detectors*
gan The Chicken House, 2 Palmer Street, Ffraw, Gwlad yr Haf, BA11 1DS, Lloegr

Hawlfraint y testun © 2020 Holly Rivers
Hawlfraint y clawr a'r darluniau © 2020 Alex T Smith
Hawlfraint y fersiwn Gymraeg © 2021 Dalen (Llyfrau) Cyf
Deil Holly Rivers hawlfraint ar yr holl gymeriadau a lleoliadau yn y llyfr hwn,
ac ni ellir eu defnyddio heb ganiatâd
Arddel yr awdur a'r arlunydd eu hawliau cyfreithiol
Cedwir pob hawl

Cyhoeddwyd gan Dalen (Llyfrau) Cyf, Glandŵr, Tresaith, Ceredigion SA43 2JH
Cyhoeddwyd yn gyntaf yn Gymraeg yn 2021
Addasiad Cymraeg: Casia Wiliam
Golygydd y fersiwn Gymraeg: Alun Ceri Jones
ISBN 978-1-913573-03-4

Mae Dalen yn cydnabod cefnogaeth ariannol Cyngor Llyfrau Cymru

Ni chaniateir atgynhyrchu unrhyw ran o'r cyhoeddiad hwn mewn
unrhyw ffurf na thrwy gyfrwng electronig na mecanyddol, gan gynnwys systemau cadw
a darllen gwybodaeth, heb ganiatâd ysgrifenedig ymlaen llaw gan y cyhoeddwyr,
heblaw gan adolygydd a gaiff ddyfynnu darnau byr at bwrpasau adolygu

Argraffwyd gan Severn Print, Caerloyw

I Mamgu, Grandma,
a holl Neiniau gwych y byd.

HOLLY RIVERS

Hon yw nofel gyntaf Holly Rivers, sy'n hanu o Gaerdydd. Cafodd ei haddysg yn Ysgol Coed y Gof ac Ysgol Gyfun Glantaf cyn graddio o Brifysgol Aberfal yng Nghernyw â gradd mewn Darlledu. Bu'n actores ifanc, yn ymddangos yng nghyfres *The Worst Witch* ar ITV, a dechreuodd sgrifennu nofelau i bobol ifanc yn 2017. Mae hi bellach yn byw yn Llundain.

PENNOD 1
Llond Jar o Sgriws

'Mae'n amser cysgu, Damelsa!' gweiddodd Nain Myfi wrth droed grisiau'r atig. 'A dim sleifio allan o dy wely i weithio ar dy ddyfeisiadau eto heno, ti 'nghlywed i?'

O dan gwilt trwm y gwely, ei Sbaner Sbardun (er mwyn sbarduno'i syniadau) yn dynn yn ei llaw, a hithau'n barod wedi gwisgo fel gwyddonydd mewn cot wen, gwenodd Damelsa o glust i glust. 'Iawn, Nain!' atebodd. 'Gaddo!'

'A dim aros ar dy draed yn hwyr yn darllen y llyfrau gwyddoniaeth 'na chwaith, ti'n dallt?'

'Yndw, Nain! Wela i chi'n bora!'

Diffoddodd Damelsa'r lamp fach oedd wrth ei gwely, a gwrando trwy'r tywyllwch am y wich ar lawr y landin wrth i Nain Myfi hercian yn ôl i'w stafell wely. Daeth sŵn llenni'n cael eu tynnu, ac yna sŵn slipers yn cael eu cicio ar lawr, a chyn pen dim roedd grwndi chwyrnu'r hen wreigan yn llenwi Bwthyn Blegerwyd.

Gwthiodd Damelsa'r cwrlid trwm oddi arni ac estyn am y fflachlamp oedd yn gudd o dan ei matres. *Sori, Nain,* meddyliodd, wrth gynnau'r golau gwan. *Ond does dim byd yn mynd i fy stopio rhag dyfeisio. Yn enwedig rhywbeth sy mor ddibwys â mynd i gysgu!*

Heb wastraffu eiliad arall, sbonciodd Damelsa allan o'i gwely a chyfnewid ei sbectol arferol am bâr o Sbecs Arsylwi. Roedd ei Sbecs Arsylwi â rhes o chwyddwydrau yn hongian oddi arnyn nhw fel jariau jam. Nesa, gwisgodd ei Chap Meddwl. Fe ddarllenodd hi unwaith fod pob Dyfeisydd yn berchen ar het — os oedd yn Ddyfeisydd gwerth ei halen. Felly, fyddai hi byth yn dechrau dyfeisio heb roi'r het werdd 'ma am ei phen, het fyddai pobol o'r oes o'r blaen yn ei gwisgo er mwyn mynd i hela. Yn ei barn hi, roedd yr het yn gwneud iddi edrych yn hynod o broffesiynol. (Roedd hi wedi meddwl unwaith hefyd am dyfu mwstash i berffeithio'r ddelwedd, mwstash fel un ei harwr, Yr Athro Hobert ap Hafgan — ond, a hithau'n ferch ysgol un ar ddeg oed, roedd hyn ychydig yn fwy anodd nag oedd hi wedi'i obeithio.)

Y nos oedd hoff amser Damelsa i ddyfeisio, pan oedd

pawb arall yn cysgu. Gallai adael i'w dychymyg redeg yn rhydd o dan gwrlid tawel y tywyllwch. Wrth iddi gerdded ar fodiau'i thraed ar draws llawr yr atig, taflai ei fflachlamp olau melyn gwan ar hyd y waliau. Ar ei silffoedd eisteddai un meicrosgop hynafol ar ôl y llall, gwifrau copr, ac offer o bob math. Yno, roedd poteli o gemegion wedi eu gosod yn nhrefn y wyddor — o alwminiwm hyd at zinc — ac roedd jariau o sgriws a hoelion yn sgleinio'n ddisglair fel haid o chwilod metel. O dan y ffenest roedd telesgop yn pwyntio tuag at y sêr, yn aros yn eiddgar am unrhyw ddigwyddiad cyffrous yn y gofod.

'Reit,' meddai Damelsa, gan eistedd wrth ei desg a chynnau ei lamp fach. 'Deuparth gwaith yw dechrau.' Agorodd un o ddrors ei desg ac estyn bocs bwyd oedd yn llawn brechdanau caws a menyn-cnau-mwnci — brechdanau wedi eu torri yn drionglau isosgeles perffaith, wrth gwrs. Y petrol perffaith i'r pen ar gyfer y noson hir o'i blaen!

O'r silff uwchlaw estynnodd am nodiadur, gyda'r geiriau *Damelsa Penorlais: Dyfeisydd* ar ei glawr. Bodiodd drwy'r tudalennau cyn dod i stop wrth dudalen llawn rhifau wedi eu sgriblo mewn inc du fel glo. Yn eu canol roedd llun technegol o law robotaidd fawr, a bysedd y llaw yn ymestyn fel bwnsiaid o fananas metel. O dan y llun roedd hi wedi ysgrifennu hwn:

Wyt ti wedi cael llond bol o golli
amser cinio yn sgwennu llinellau fel cosb?
Wyt ti wedi hen flino ar wastraffu amser
yn gwneud gwaith cartref?
Os felly, dyfais Dr Damelsa Penorlais ydi'r ateb!

LLYW LLAW ROBOTAIDD
AR GYFER GWAITH CARTREF DIFLAS

Mae'r ddyfais chwyldroadol hon wedi cael ei chreu er mwyn sgwennu unrhyw draethawd ar gyfer unrhyw athro, gan ddynwared dy lawysgrifen yn berffaith — bob tro! Mae technoleg gyfoes y ddyfais yn dweud ta-ta wrth y cas pensiliau, hwyl fawr i roi mwy o inc yn dy sgrifbin, a ffarwel i roi min ar dy bensil. Y cyfan sydd angen gwneud ydi defnyddio'r llyw llaw robotaidd er mwyn arwain y ddyfais sgwennu drwy'r awyr.

Gwenodd Damelsa wrth ddarllen y geiriau unwaith eto, gyda'i phen-glin chwith yn bownsio i fyny ac i lawr fel y gwnâi pan oedd ganddi gynllun da ar waith.

Meddyliodd am greu'r ddyfais yma ar ôl i'w phrif-athrawes, Miss Callwen, ei chadw i mewn amser cinio gan iddi ddod ag Aelhaearn, ei llygoden anwes, i'r dosbarth yr wythnos cynt. 'Does dim croeso i lygod mewn ysgol,' sgyrnygodd Miss Callwen, gan afael yn y creadur bach gerfydd ei gynffon, a hwnnw'n crynu gan ofn. 'Mewn caets mae hwn i fod, neu'n well fyth, heb ei ben mewn trap! Dwi am i ti ysgrifennu'r canlynol fil o weithiau: "Ysgol i ddysgu plant yw Bronmeirwon, nid sw i gadw anifeiliaid"... a dwi'n disgwyl i ti neud erbyn diwedd y dydd!'

Gyda gwreichion yn tasgu i bobman wrth iddi lifio trwy diwbiau copr a weldio darnau metel at ei gilydd, gweithiodd Damelsa'n ddi-dor drwy bob munud o'r awr nesa. Roedd ganddi ddiddordeb mewn dyfeisio ers cyn cof. Ei dyfais gynta oedd y Teclyn Twt i Fflingio Fflwff y Botwm Bol. Roedd hi ond yn bedair oed pan wnaeth hi greu hwn drwy ddefnyddio hen whisg trydanol. Yr unig beth allai gymharu â'r teimlad bendigedig a gai wrth weld dyfais yn dod yn fyw, oedd wrth ddatrys cwestiwn gwyddonol anodd.

Roedd y cloc ar y wal wedi hen droi hanner nos erbyn i Damelsa roi ei thŵls o'r neilltu. Roedd y llaw robotaidd bron yn barod — cymysgfa o ddannedd mecanyddol, darnau sbâr o injan stêm oedd wedi hen chwythu ei phlwc, a darnau o gyfarpar o'r gegin doedd neb yn eu defnyddio mwy — y cwbwl yn cael eu dal ynghyd gan ddarnau o sodor gloyw a thâp selo. Dan olau'r lleuad roedd y llaw yn disgleirio fel creadur o fyd arall, a rhedodd ias wefreiddiol o gyffrous o gorun hyd sawdl Damelsa. Roedd yn teimlo fel petai'r ias yn tasgu a ffrwydro drwy bob un o'r brychni bach oedd yn britho'i chroen.

'Reit, dwi jest angen tynhau'r falf ginetig,' meddai, wrth lapio cwrl o wallt coch o gwmpas ei bys, 'yna ail-lenwi'r pecyn batri. Wedyn, dwi'n meddwl y bydda i bron yn barod i...'

'DAMELSA PENORLAIS! BE SY'N MYND MLAEN FYNY FAN 'NA?'

Daeth bloedd sydyn o lawr grisiau, gan ysgwyd Damelsa o'i byd bach dyfeisgar. Mewn sioc, llamodd o'i desg a thaflu ei sbaner fel saeth trwy'r awyr. 'Nefi'r niwtronau!' ebychodd. 'Mae Nain Myfi 'di deffro!"

Dechreuodd y grisiau wichian, a sŵn traed yn *tap-tapio'r* llawr pren wrth i gamau Nain Myfi ddod yn nes ac yn nes. Mewn ffit binc, triodd Damelsa gael gwared ar arogl y sodor tawdd drwy chwifio'i dwylo'n wyllt uwch ei phen, cyn taflu hen gynfas dros ei desg. Doedd Nain

Myfi ddim yn dweud y drefn yn aml iawn, ond roedd hi *yn* credu'n gryf mewn amser gwely. Doedd Nain grac a blinedig ddim yr un person â Nain sionc a hwyliog a fyddai'n gwneud ŵy a sowldiwrs i frecwast.

Heb eiliad i'w cholli, neidiodd Damelsa nôl i'w gwely. Tynnodd y gynfas drom dros ei phen ac esgus chwyrnu'n swnllyd.

Agorodd drws yr atig yn lled y pen.

'Damelsa Penorlais, dwi'n gwbod yn iawn nad wyt ti'n cysgu!' Er bod llais Nain Myfi'n gryg, roedd mor fyddarol â chorn gwlad. 'Fedri di mo 'nhwyllo fi efo'r chwyrnu smalio 'na!'

Yn ara deg, agorodd Damelsa ei llygaid. Roedd Nain Myfi'n sefyll wrth y drws, y crychau ar ei hwyneb fel dyffrynnoedd tywyll cul yn y golau gwan. Roedd clogyn llaes o wallt gwyn yn estyn hyd waelod ei chefn, ac er bod ei chroen mor denau â phapur, roedd ei llygaid yn sgleinio fel sêr.

'O, Nain, *chi* sydd yno,' meddai Damelsa, gan rwbio'i llygaid fel actores oedd wedi actio'r rhan droeon o'r blaen. 'Rôn i'n meddwl mai breuddwydio rôn i.'

'Go dda, madam!' meddai Nain Myfi, gan hercian draw at y gwely. 'Ond ers pryd wyt ti'n gwisgo *hwn* yn dy wely?' Chwipiodd Nain y Cap Meddwl oedd yn dal am ben Damelsa, a'i chwifio yn yr awyr. 'Rwyt ti wedi bod yn dyfeisio eto, on'd wyt ti? A thitha i fod yn cysgu!'

'N-naddo,' llyncodd Damelsa, gan geisio meddwl am esgus da. 'Rôn i'n brysur yn gwneud... fy... ngwaith cartref, Nain.'

'Ha! *Chdi?* Yn gwneud gwaith cartref? Mi greda i hynny pan wela i'r peth! Sawl llythyr dwi 'di cael gan Miss Callwen y tymor yma, dwêd? Sawl tro mae hi wedi dy gadw di mewn am freuddwydio yn y dosbarth?'

Ochneidiodd Damelsa wrth feddwl am yr hen brifathrawes grintachlyd. 'Yyyymmm... ond mae'r petha 'dan ni'n ddysgu yn yr ysgol mor ddiflas, Nain! Pam all Miss Callwen ddim dysgu rhywbeth defnyddiol i ni? Fel sut i adeiladu llong ofod... neu dyfu caws llyffant?'

Disgynnodd eiliad o ddistawrwydd annifyr ar draws y stafell, cyn i'r gwg ar wyneb Nain Myfi gyrlio'n wên fach faddeugar. 'Y mwnci bach digywilydd,' meddai, gan roi pinsiad i foch ei hwyres. Roedd craith goch, ddisglair ar hyd cefn ei llaw. 'Rwyt ti'n lwcus 'mod i'n dy garu di gymaint, on'd wyt? Wn i ddim sawl nain arall fyddai'n fodlon byw dan yr un to â'r ffasiwn wyddonydd gwallgof â chdi.'

'Dyfeisydd, Nain,' meddai Damelsa gan gywiro'i nain. 'Dyfeisydd ydw i!'

Gydag un ochenaid fawr, meddai Nain Myfi, 'Mi ydw i o ddifri, Damelsa. Tydi o'n gwneud dim lles i ti dreulio cymaint o amser fyny fa'ma ar dy ben dy hun yn dyfeisio. Pam na 'nei di wadd ffrind o'r ysgol draw rhyw ddiwrnod? Treulio tipyn o amser allan yn yr ardd?'

'Achos does gen i ddim ffrindiau yn yr ysgol, Nain,' atebodd Damelsa yn swta. 'Does neb yn y dosbarth fedra i sgwrsio efo nhw am anwytho electromagnetig neu gyflyrau egnïol atomig. Y peth mwya dwys maen nhw erioed wedi'i drafod ydi pa liw creon sy'n blasu ora!'

'Wel, be am i ti wadd yr hogyn clên 'na sy'n byw ar waelod yr allt i ddod draw am swper un noson yr wythnos hon? Rôn i'n meddwl dy fod ti'n dipyn o ffrindiau efo fo. Be 'di enw fo eto?'

'Peris?'

'Ia, dyna ti, hwnnw. Tydi o ddim wedi byw yma'n hir iawn, ac mae'n siŵr y galla fo wneud efo tipyn bach o help i ddod allan o'i gragen — yn enwedig heb ei fam o gwmpas. Beth os 'nai'r pastai cyw iâr 'na ti'n licio?'

'Dwi 'di deud wrthoch chi'n barod, Nain... tydi o ddim yn cael mynd i dai pobol eraill. Rhywbeth i wneud efo'i alergedd — mae gynno fo gant a mil ohonyn nhw. Tydi o ddim hyd yn oed yn cael mynd i'r ysgol, ac mae o'n gorfod cymryd ffisig arbennig yn lle bwyd.'

'Hen dro,' meddai Nain Myfi. 'Mae 'na waith pesgi arno fo. Mae o'n llawer rhy welw a rhy denau, y creadur bach.'

'Y ffordd mae ei dad o'n ffysian, mi fasach chi'n meddwl bod y pla du arno fo!'

'Wel, dwi'n siŵr mai ei dad sy'n gwbod ora.' Rhedodd Nain Myfi ei bysedd drwy wallt Damelsa, a lapio'i hwyres yn dynn yn y dillad gwely. 'Reit, dos di i fro'r breuddwydion. Wyt ti am i mi ddeud stori i dy helpu di gysgu? Beth am yr un amdana i yn reslo efo'r sloth teircoes ym Mhatagonia?' meddai, gan droi ei llaw yn grafanc, fel petai'n gafael mewn creadur anweledig.

'Nain, dewch mlaen,' gwgodd Damelsa. 'Sawl tro sy'n rhaid i mi ddeud? Dwi'n rhy hen ar gyfer eich straeon gwirion chi.'

'O'r gora, o'r gora, dim ond cynnig...' Plygodd Nain Myfi, a rhoi cusan goslyd ar dalcen Damelsa. Roedd arogl lafant, moddion peswch a rhywbeth arall ar ei nain, rhywbeth allai Damelsa fyth roi ei bys arno. 'Nos da, cariad. Caru chdi mwy na phanad.'

'Caru chi mwy na ffiws mewn plwg,' atebodd Damelsa, gan swatio. Edrychodd ar y llun o Hobert ap Hafgan yn ei ffrâm wrth ochr ei gwely. Yn dawel bach, ochneidiodd... 'Sori, Hobert, bydd rhaid i'r datblygiadau gwyddonol aros tan fory.'

PENNOD 2
Sŵn yn y Nos

P..*sst, psst, psst... Psst, psst, psst...*

Yn sionc o sydyn, cododd Damelsa ar ei heistedd. Roedd rhywbeth wedi ei deffro — doedd hi ddim yn gwybod beth yn union, ond roedd hi wedi clywed rhyw sŵn sibrwd rhyfedd yn dod o rywle yn yr atig.

Chwiliodd am ei sbectol, a gyda'i llygaid blinedig yn llawn cwsg, edrychodd o'i chwmpas. Yng ngolau'r lleuad gallai weld lens llachar y telesgop, ac olwyn Aelhaearn yn fflachio wrth droi a throi wrth iddo fynd am jog ganol nos. Ond doedd dim byd arall i'w weld o'i le.

Dyna ryfedd, meddyliodd, wrth orwedd eto. *Yr hen dylluanod 'na yn y to, mae'n rhaid. Un ai hynny neu'r gwynt yn dod trwy'r ffenest. Mi 'nes i ddeud wrth Nain y byddai gwydr dwbwl yn gweithio tipyn gwell na thâp selo a hen fag plastig.*

Caeodd ei llygaid yn dynn a thynnu'r cwrlid dros ei phen, gan nythu fel twrch daear pengoch.

Ond, cyn pen dim, clywodd y siffrwd eto.

Psst, psst, psst... Psst, psst, psst...

Lledodd llygaid Damelsa fel dwy soser, a neidiodd unwaith yn rhagor. Roedd hi'n bendant wedi clywed rhywbeth y tro hwn. Doi'r sibrwd o bob cyfeiriad — y llawr, y waliau, ffrâm y drws — fel petai'r bwthyn yn siarad â hi mewn hen iaith ddirgel.

Gan dynnu'r cwrlid yn glogyn o gwmpas ei hysgwyddau, cododd a gwibio at y ffenest. Roedd y llenni'n pwyso'n drwm arni, ac wrth iddi sbecian allan i'r nos, dechreuodd pen Damelsa lenwi â phob math o syniadau. Efallai mai sŵn drws yn agor y clywodd hi — drws i fyd arall, tybed? Neu'r gwynt yn codi wrth i gorwynt anferth ddechrau chwyrlïo? Neu, yn well fyth, efallai mai teulu o slumod-fampir gwaed-garol o ddyfnderoedd Annwfn oedd yno.

Syllodd Damelsa i'r pellter, gan hanner gobeithio canfod digwyddiad gwyddonol dirgel, ond doedd dim i'w weld heno heblaw am y lloer yn hongian fel darn o arian, a choed yr hydref yn plygu'n ysgafn yn yr awel.

Cofia hyn, meddai Damelsa wrth ei hun gan roi sbonc yn ôl i'w gwely. *Dim mwy o gaws cryf ar ôl 8 o'r gloch. Mae'n gwneud pethau rhyfedd i dy ben di!*

Dim ond wrth ddeffro am y trydydd tro y dechreuodd Damelsa feddwl hwyrach nad y frechdan gaws oedd ar fai. Daeth llif o seiniau newydd i atsain trwy'r atig, gan godi'n uwch ac yn uwch.

Wwwwsh... Wwwwsh... Wwwwwwwsh.

Wwwwsh... Wwwwsh... Wwwwwwwsh.

Llifodd chwys i lawr cefn Damelsa. Teimlai fel petai haid o adar anweledig yn hedfan yn afreolus o gwmpas y stafell, eu hadenydd yn curo yn erbyn ei phen. Sbeciodd dros y cwrlid, a'r aer o'i chwmpas yn teimlo'n drwchus ac yn drwm. Roedd rhywun neu rywbeth yn y stafell gyda hi. Doedd hi ddim yn gallu gweld dim, ond roedd hi'n teimlo rhywbeth. Nerth... egni... grym.

Wrth lyncu llond pen o boer, gofynnodd trwy'r tywyllwch, 'Pw-pwy sy 'na? Nain Myfi, chi sy 'na?'

Dim ateb.

'N-Nain?' Galwodd eto. Roedd ei llais yn crynu, yr ofn yn glynu at ei gwddf. 'Stopiwch dynnu 'nghoes i!'

Dal dim ateb.

Â'i chalon yn rhedeg fel trên stêm, cododd Damelsa ar ei heistedd, pob un o'i synhwyrau'n effro. Ymbalfalodd o dan y fatres am ei fflachlamp, ac ar ôl dod o hyd iddi, ei dal o'i blaen fel cleddyf.

Clic!

Fel mellten hirbarhaus, goleuodd pelydryn melyn dywyllwch y stafell wrth i Damelsa chwifio'r fflachlamp yn wyllt o ochr i ochr gan geisio goleuo'r corneli du.

Dim.

Beth bynnag oedd yno, roedd naill ai'n fach iawn, neu'n dda iawn am guddio.

'Dwi'n gwbod dy fod ti yma!' meddai Damelsa, gan symud i eistedd ar ei chwrcwd. Yn araf, gwyrodd dros ochr y gwely, a gyda phob gronyn o ddewrder, anelodd y fflachlamp i oleuo'r tywyllwch cyfrin islaw. 'Dangos dy hun! Tyrd allan neu mi 'na i... mi 'na i...'

Diflannodd y geiriau o'i gwefusau.

Dechreuodd ei chorff grynu — bodiau ei thraed i ddechrau, yna ei phengliniau ac yna ei dwylo, nes bod pob modfedd ohoni'n crynu'n ffyrnig fel petai'n cael sioc drydan anferthol. Gollyngodd ei hun yn ôl ar y gwely i drio rheoli'r crynu, ond roedd ei choesau a'i breichiau'n dal i hercian a gwingo fel cynrhon.

'Brensiach y bylbiau!' sgrechiodd, gan ollwng y fflachlamp ar lawr. 'Nain! Help! Mae rhywbeth yn digwydd! Help!'

Ond doedd Damelsa ddim haws o weiddi. O'i chwmpas atseiniodd y sŵn *wssssssh* yn uwch ac yn uwch gan ddod yn nes ac yn nes ac yn gryfach bob eiliad. Rhoddodd ei dwylo dros ei chlustiau, gan geisio rhoi taw ar yr artaith amhersain aflafar.

Roedd ofn ei bywyd arni — roedd hi'n fwy ofnus nag oedd hi pan gafodd ei chloi ar ddamwain yn y cwt yn yr ardd wrth edrych am dyfiant o lwydni ar hen goed oedd yn pydru, ac yn fwy ofnus na phan roddodd hi'r llenni yn y stafell fyw ar dân ar ddamwain! Beth ar wyneb y ddaear oedd yn digwydd nawr?

Teimlai ei hun yn diflannu, a gyda phob owns o'i nerth, y cwbwl allai Damelsa wneud oedd tynnu ei phengliniau'n nes at ei chorff a chau ei llygaid yn dynn, dynn. *Plîs, dwi'm isio marw,* sibrydodd. *Dwi'm isio marw. Plîs, dwi'm isio marw...*

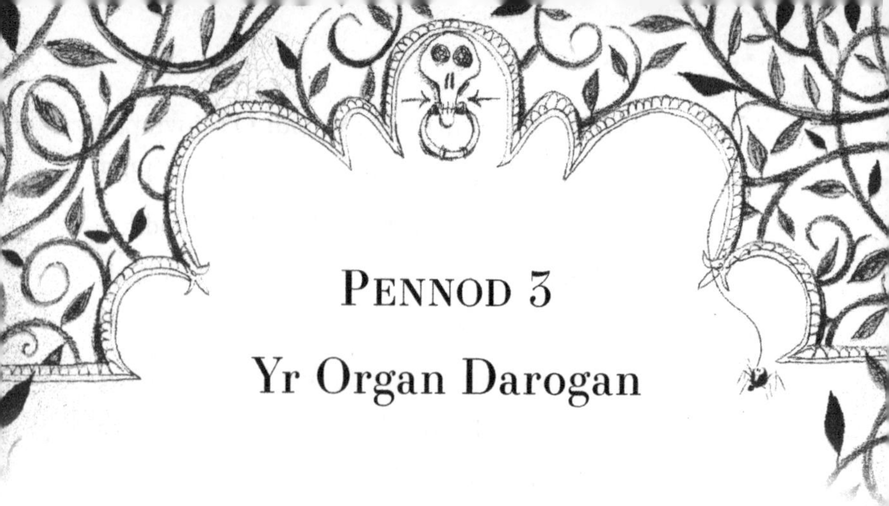

PENNOD 3
Yr Organ Darogan

aeth sgrech y cloc larwm i ddeffro Damelsa. Am eiliad doedd ganddi ddim syniad ble'r oedd hi. Roedd ei phen yn niwlog, fel petai wedi bod yn cysgu am ganrifoedd, ac roedd ei phyjamas yn glynu ati oherwydd y chwys oer oedd yn diferu ar ei chroen. Gwisgodd ei sbectol, ac agor a chau ei llygaid yn sydyn, nes y gallai weld yn bellach na'i thrwyn.

Beth oedd y teimlad rhyfedd hwn? Beth ddigwyddodd neithiwr? Doedd hi ddim yn cofio syrthio nôl i gysgu, a nawr roedd pob rhan o'i chorff yn boenus. Tybed oedd hi unwaith eto wedi disgyn i lawr y grisiau tra'n dyfeisio mewn trwmgwsg? Neu wedi dal y frech goch? (A dweud y gwir, fyddai dim ots ganddi gael pen-ôl yn frith o smotiau am ychydig ddyddiau er mwyn cael osgoi mynd i'r ysgol.)

Dim ond wrth iddi ollwng ei phen nôl ar y gobennydd, a syllu ar y trawstiau coed uwchben, y cliciodd rhywbeth ym mhen Damelsa.

Psst, psst, psst... Psst, psst, psst...

Fel fflach, daeth holl helyntion y noson flaenorol yn fyw o flaen ei llygaid, yr atgofion yn gwibio trwy ei phen fel tân gwyllt. Y sibrwd anesboniadwy, y synau annaearol, ei chorff yn crynu...

Cododd ar ei heistedd, yn syth fel saeth.

Ond, Nain Myfi! Oedd Nain Myfi'n saff? Gallai fod beth bynnag glywodd hi neithiwr wedi mynd i stafell ei nain! Roedd yn rhaid iddi gael gwybod ei bod hi'n iawn!

Mewn chwinciad chwannen llamodd Damelsa allan o'i gwely, a heb stopio i gosi bol Aelhaearn hyd yn oed, gwisgodd ei gŵn-nos a sgrialu allan trwy'r drws.

'Nain! Nain, lle 'dach chi?' gweiddodd, gan redeg lawr y grisiau igam-ogam o'r atig. Hedfanodd ar hyd y landin, gan blygu o dan y casgliad o glociau cwcw rhag cael cnoc ar ei phen. Sgrialodd yn gelfydd i osgoi'r cypyrddau llawn llestri tsieina, a'r pennau anifeiliaid wedi eu stwffio oedd yn sticio allan o'r waliau. A hithau ar ffrwst yn trybowndio lawr y grisiau gyda'r lloriau pren yn gwegian dan ei thraed, daeth sŵn cyfarwydd yr hen gloc mawr yn taro wyth i'w chroesawu ar waelod y staer.

Ffrwydrodd i mewn i'r gegin.

'O, Damelsa, chdi sy 'na,' meddai Nain Myfi. 'A finna'n meddwl mai eliffant oedd yn dod lawr grisiau!' Roedd hi'n pwyso dros yr hen stôf nwy rydlyd, sosbenni copr o bob maint yn ffrwtian ar y fflamau o'i blaen. Ar y silffoedd uwchben roedd rhesi ar resi o duniau cig, tuniau cawl, potiau o berlysiau, sbeisys, grawn a lentils. Roedd Mot, eu Corgi Ceredigion, yn swatio wrth ei thraed.

'Nain, 'dach chi'n iawn?' tuchodd Damelsa, wrth geisio cael ei gwynt ati. 'Wnaeth o ddim byd i chi, naddo? Tydach chi ddim wedi brifo, naddo?'

'Wedi brifo?' atebodd Nain Myfi, gan droelli mêl euraidd i mewn i'r uwd yn ei sosban fwyaf, cyn rhoi tro i'r cyfan. 'Pam ar wyneb y ddaear faswn i wedi brifo?' Llusgodd ei thraed fel petai hi'n dawnsio mewn sioe lwyfan, ei slipers yn crafu yn erbyn y llawr llechen. 'Yli arna i! Dwi'n iach fel cneuan!'

Crychodd Damelsa ei haeliau. 'Ond... ond neithiwr... wnaeth o mo'ch deffro chi?'

'Am beth *wyt* ti'n sôn, Damelsa?' atebodd Nain Myfi. 'Wnaeth *be* mo 'neffro fi?'

Cododd Damelsa ei llais. 'Y peth 'na oedd yn cadw'r sŵn ofnadwy! Y sibrwd, y swwwsho, y nadu? Mae'n rhaid bo chi 'di clywed...'

Allan o'i llaw, disgynodd llwy gawl enfawr Nain Myfi i'r llawr, ac atseiniodd twrw aflafar o amgylch y gegin. Neidiodd Mot a rhuthro i guddio yn y pantri.

'Sw-sw-sŵn?' gofynnodd Nain Myfi gydag atal dweud, gan droi ei llygaid at y ddaear. Yn fwya sydyn, roedd ei chefn wedi sythu. 'Na, glywis i ddim sŵn. Dim ond y gwynt, mae'n siŵr, 'sti, 'mechan i. Yr hen ffenestri 'na. Ti'n cofio pa mor hen 'di'r bwthyn 'ma, wyt?'

Amneidiodd Damelsa ei phen. 'Dwi'n gwbod hynna, Nain. Ond roedd y sŵn 'ma'n wahanol. Doedd o ddim... ddim... ddim yn normal.' Eisteddodd wrth yr hen fwrdd derw a thywallt paned o de o'r hen debot llawn tolciau. Roedd haul yr hydref yn llifo drwy'r ffenest, a blodau gwyllt mewn jwg ar ganol y bwrdd yn goch a melyn a gwyrdd.

'Wel, dim ond dy ddychymyg oedd o, mae'n rhaid,' meddai Nain Myfi, wrth chwarae gyda'r hem ar waelod ei chardigan. 'Yr holl lyfrau 'na ti'n eu darllen. Dwi 'di deud a deud, dim dyfeisio cyn amser gwely.'

Gwgodd Damelsa. Roedd rhywbeth od am lais Nain Myfi. Swniai yn bigog, yn swta, yn fyr ei hamynedd. 'Wel, dewch i ni wrando ar y newyddion rhag ofn,' awgrymodd Damelsa, gan ymestyn at y radio oedd ar y dresel. 'Ella bod rhywbeth wedi digwydd yn y pentra. Neu beth os oes rhyw fath o drychineb byd-eang wedi digwydd? Ella mai dim ond ni'n dwy sydd ar ôl ar y blaned, Nain!'

Taniodd Damelsa'r radio, ond wrth iddi droi o orsaf i orsaf doedd dim sôn am unrhyw beth anghyffredin — un gohebydd newyddion yn sôn am y panda bach oedd wedi ei eni yn y Sw Caer, ac un arall yn rhoi canlyniad gêm ddiweddaraf tîm tidliwincs y pentref.

Cariodd Nain Myfi sosban at y bwrdd a thywallt uwd i mewn i fowlen ei hwyres. 'Fel rôn i'n deud, dim byd ond dy ddychymyg di. Rŵan, bwyta reit handi ac mi wela i chdi ar ôl 'rysgol. Dwi'n mynd lawr i'r tŷ gwydr. Mae 'na ŵy yn berwi i ti'n fan 'na; rho dri munud iddo os wyt ti isio melynwy meddal.'

Edrychodd Damelsa ar fowlen wag ei nain. 'Ond Nain, tydach chi ddim wedi cael dim byd i'w fwyta eto. Ac rydach chi wastad yn deud mai brecwast ydi pryd pwysica'r...'

'Dwi ddim isio bwyd!' atebodd Nain Myfi, gan stwffio ei thraed i mewn i'w welingtons wrth y drws cefn. 'A ta waeth, mae gen i datws i'w codi, planhigion i'w dyfrio, ieir i'w bwydo. A tydi'r pwmpenni 'na gest ti i mi ar gyfer Calan Gaeaf ddim am hel eu hunain...'

Sylwodd Damelsa bod bochau Nain wedi cochi, ond cyn iddi gael cyfle i ddweud unrhyw beth, caeodd y drws cefn gyda chlep a brysiodd yr hen wreigan ar hyd y llwybr i waelod yr ardd.

'Iawn 'ta,' meddai Damelsa dan ei gwynt, gan bwdu dros ei phowlen uwd. 'Os nad 'di Nain Myfi yn fy nghoelio i, mi fydd yn rhaid i mi *brofi* bod rhywbeth rhyfedd yn mynd mlaen.'

Synfyfyriodd Damelsa am funud. Gwibiodd syniadau trwy ei phen fel cawod o sêr gwib disglair. Gyda'r uwd yn oeri ar ei llwy, gadawodd i un blob ar ôl y llall i ddiferu nôl i mewn i'r bowlen gyda sblat boddhaol fesul blobyn. Troediodd Mot draw at Damelsa, a gerfydd ei drwyn, pwniodd ei thraed a swnian — arwydd ei fod naill ai am fynd am dro, neu ei fod eisiau ei frecwast, neu'r ddau.

'Nefi'r niwtronau! Wrth gwrs!' bloeddiodd Damelsa'n sydyn, gan grafu ei chadair ar y llawr a neidio ar ei thraed. 'Yr Organ Darogan! Dylai hwnnw gynnig ateb! Pam dim ond rŵan dwi'n meddwl amdano fo?!'

Rhuthrodd draw at yr Organ Darogan, teclyn oedd yn edrych fel tostiwr tra anarferol, yn eistedd ar ben yr oergell. Yn wir, dyna beth oedd e – tostiwr – a sticiodd y plwg yn y wal. Roedd gwifrau yn cyrlio allan i bob cyfeiriad o'r tostiwr arbennig hwn, ac yn blorod amryliw drosto roedd botymau, switshys a bwlynnau o bob lliw a llun.

Dim ond yn lled ddiweddar oedd Damelsa wedi dyfeisio'r tostiwr, a hynny ar fore Sul glawog diflas, a hithau'n methu penderfynu beth i'w wneud gyda'i hamser. Pan fyddai rhywun yn holi'r tostiwr, byddai'n cynnig ateb drwy liw y tost fyddai'n popio allan. Os oedd y dafell yn frown euraidd yna yr ateb i'r cwestiwn oedd IE, ond os fyddai'r tost wedi llosgi, NA oedd yr ateb.

Doedd pob ateb ddim wedi bod yn hollol gywir hyd yma (yn ddiweddar roedd y tostiwr wedi datgan mai sombi jiraff o'r gofod oedd Nain Myfi) ond roedd Damelsa'n meddwl fod yr Organ Darogan yn ddigon dibynadwy (ar y cyfan).

Rhoddodd dafell drwchus o fara yn y tostiwr a gwasgu'r ddolen. 'Oedd 'na ddieithryn yn y bwthyn yma neithiwr?' gofynnodd iddo.

Arhosodd yn amyneddgar wrth i res o glociau i droelli, o glychau i seinio, a goleuadau i fflachio. Clywodd un *ding* swnllyd yna un *ping* gwichlyd ac yna...

POP!

Saethodd y tost o'r peiriant fel roced; bachodd Damelsa'r dafell cyn iddi ddisgyn o'r awyr. Roedd lliw brown euraidd hyfryd arni. 'Dyna ôn i'n amau!' meddai.

Rhoddodd docyn arall o fara i mewn. 'Ddylswn i ddyfeisio rhywbeth i fod o help i mi ganfod pwy neu beth oedd yma?' gofynnodd nesa.

POP!

Unwaith eto, allan ddaeth tost euraidd.

'Wel, dyna sortio hynna!' ebychodd, gan estyn ei llaw
i fwytho Mot (oedd bellach yn sniffian am friwsion).
'Unwaith dwi adra o'r ysgol heddiw, dwi'n mynd i
ddyfeisio bŵbi trap. Mae beth bynnag ddaeth i fy stafell
i neithiwr yn mynd i gael ei ddal.'

PENNOD 4
Peris a Mistar Llwyd

Gyda'i gwallt coch gwyllt yn cyhwfan y tu ôl iddi, roedd Damelsa'n reidio'i beic fel cath i gythraul i lawr yr allt droellog o Fwthyn Blegerwyd tua'r ysgol. Yn crensian o dan ei holwynion roedd dail crin eurgoch yr hydref. Taid Wil oedd arfer bod yn berchen ar y beic (fe oedd gŵr Nain Myfi, ond mi fuodd e farw). Gyda diferyn o baent glas a chloch newydd sgleiniog gan Damelsa, roedd y beic fel newydd. Yn ôl ei harfer, roedd hi'n gwisgo'i Chap Meddwl, ac roedd ei bag ysgol yn llawn o rai o'i dyfeisiadau mwya defnyddiol. Roedd hi'n hoffi bod yn barod ar gyfer unrhyw ddigwyddiad posib — wedi'r cwbwl, pwy a ŵyr pryd y byddai'r Chwiban Chwythu Chwim yn dod yn ddefnyddiol... neu'r Perisgop Pelydr-X neu'r Fflachlamp Pryfyn Tân Fflamgoch?

O gefn ei beic, edrychodd Damelsa o'i chwmpas ar bentref Bronmeirwon, a gwenu. Lle bynnag yr edrychai, gwelai bwmpenni yn ffenestri'r tai, eu llygaid trionglog a gwên gam yn aros i gael eu goleuo ar Noson Calan Gaeaf. Dim ond pythefnos oedd tan hynny. *Be gaf i fel gwisg eleni?* meddyliodd. Doedd ei phenderfyniad llynedd i wisgo fyny fel Miss Callwen ddim wedi cael derbyniad gwych iawn yn yr ysgol, ac wedi arwain at wythnos gron o orfod aros mewn yn ystod amser egwyl. Tybed a fyddai gwisgo fel fampir gwaed-garol o Dransylfania yn ddewis saffach y tro hwn? Neu wisgo fel gwrach â phloryn mawr melyn ar ei thrwyn?

Ond yn gyntaf, roedd yn rhaid i Damelsa ganolbwyntio ar ddirgelwch sŵn y nos, ac wrth i'r llechi ar do tŷ Peris ddod i'r golwg cafodd syniad. Efallai y byddai Peris yn gallu bod o help wrth ddylunio'r bŵbi trap. Roedd hi eisoes wedi darllen yn ei gwyddoniadur am yr holl wahanol fathau o fŵbi traps — dyna chi'r Trap Dal Coesau, y Gawell, y Trap Gludog, a'i ffefryn, y Twll Cudd. Ond tybed pa un fyddai orau er mwyn dal tresbaswr dirgel?

Wrth gyrraedd tŷ Peris, rhoddodd Damelsa ei beic i bwyso yn erbyn y gât fawr o flaen y tŷ. Er mai tafliad carreg oedd y tŷ o Fwthyn Blegerwyd, allai'r lle ddim bod yn fwy gwahanol. Roedd Peris yn dioddef o bob alergedd dan haul, ac felly'n anaml iawn y byddai'n gadael ei gartref. O ganlyniad, da o beth felly oedd bod deg stafell wely, chwech o stafelloedd 'molchi, dwy stafell fyw, parlwr pŵl, ac un stafell haul yn ei dŷ. Ond roedd un peth wastad wedi drysu Damelsa; er bod Peris yn gallu dioddef yn go ddrwg â'i alergedd, go brin fod ei gadw adref fel carcharor yn help i'w iechyd chwaith. Tybed oedd Mistar Llwyd, tad Peris, braidd yn or-bryderus? Wedi'r cwbwl, mae'n siŵr ei bod wedi bod yn anodd iddo fagu Peris ar ei ben ei hun.

Troediodd Damelsa'n ofalus ar draws y lawnt; doedd dim blewyn o laswellt o'i le. Roedd dau glamp o arddwr wrthi'n brysur yn clirio dail a thocio gwrychoedd o dan lygad barcud Bitw, cath goch y teulu. Gwenodd Damelsa yn simsan ar y garddwyr wrth fynd heibio, gan feddwl tybed allan nhw ddod i helpu Nain Myfi gyda'r chwynnu cyn i'r barrug cyntaf setlo. Er bod ei nain yn mynnu ei bod fel milgi o hyd, roedd Damelsa'n gwybod yn iawn nad oedd ganddi gymaint o egni y dyddiau hyn, ac y byddai'n gwerthfawrogi help llaw.

Wedi cyrraedd drws y ffrynt, canodd Damelsa'r gloch, a chlywodd glychau yn canu alaw 'Calon Lân' yn atseinio drwy'r tŷ.

'Pwy sy 'na?' holodd llais dwfn Mistar Llwyd o'r tu mewn. 'Os ŷch chi'n trial gwerthu rhywbeth, fi 'di gweud wrthoch chi ishws fod hen ddigon o glwte sychu llestri 'da ni, wir i ddyn!'

'Damelsa sy 'ma, Mistar Llwyd. Damelsa Penorlais.'

Agorodd y drws led y pen ac yno safai dyn byr, crwn, a mwstash bach llwyd fel lindys o dan ei drwyn. 'Damelsa fach!' meddai, gan fflachio gwên groesawgar. 'Flin 'da fi am 'na. Neis dy weld di! Popeth yn iawn?'

Nodiodd Damelsa ei phen. 'Meddwl ôn i os faswn i'n cael dod i ofyn am help gan Peris cyn 'rysgol? 'Na i mo'i gadw fo'n hir, dwi'n addo'.

Gwenodd Mistar Llwyd. 'Wel, wrth gwrs 'ny. Ma' fe'n neud shwd gyment o les i Peris gael cymysgu 'da plant erill bob nawr ac yn y man. A fi'n gwbod fod e'n joio cael dy gwmni di. Ond ti'n cofio'r rheolau, on'd ŷt ti? DIM agor y cyrtens fwy na modfedd a hanner; DIM rhannu bwyd; ond yn bwysicach na dim, DIM twtsh â'i groen e. Mae Peris yn grwtyn bach gwael sydd â...'

'Chyfansoddiad gwan iawn,' torrodd Damelsa ar ei draws. 'Ydw, Mistar Llwyd, *dwi'n gwbod*.'

'Wrth gwrs dy fod ti.' Pesychodd Mistar Llwyd a rhoi ei law yn ei boced. Tynnodd botel wydr, ac ysgwyd tabled fach wen i law Damelsa. 'Beth am i ti fynd â'i bilsen egni lan at Peris, ife? Gymaint ag y bydde fe'n joio sanwej facwn i frecwast, alle'i stumog fach ddim â'i dreulio fe... achos yr holl alergedde 'na sy 'da fe, ti'n gweld.'

Cymerodd Damelsa'r dabled a gwgu. Tabled i frecwast? Am ofnadwy! Os nad oedd hi'n gallu cael ŵy ffres neu fowlen o uwd i frecwast, go brin y byddai'n trafferthu codi o'i gwely hyd yn oed!

Camodd Mistar Llwyd yn ôl gan adael Damelsa i mewn. 'Nawr, ti'n gwbod ble ma' stafell Peris, on'd wyt ti... ond paid â bod yn rhy hir. Bydd ei diwtor preifat, Ceridwen Ebrillwen Mair, yn cyrraedd mewn ucen muned.' Trodd i'r tŷ a gweiddi fyny'r grisiau. 'Peris, ma' rhywun 'ma i dy weld ti!'

*   *   *

'Nawr, gad i fi weld os ŷf i'n deall yn iawn,' meddai Peris. 'Ti'n credu falle fod rhyw fath o fwystfil sy'n bwyta pobol yn dy stafell di neithiwr?' Yno yn ei wely, roedd Peris wedi ei lapio'n well na'r un anrheg Nadolig welsoch chi erioed, ei wyneb gwelw yn sbecian allan o dan ei gap nos. Ar agor wrth y gwely roedd copi blêr o *Anturiaethau Capten Teithwalch — Morwr Mentrus y Moroedd Mawr: Cyfrol 3* — dyna'r agosa y doi Peris at unrhyw antur, mae'n debyg.

'Naci, nid *dwi'n credu,*' atebodd Damelsa, oedd eisoes wedi adrodd holl helynt rhyfedd y noson gynt, gan ail-greu pob manylyn mewn modd hynod o ddramatig. 'Dwi'n *gwbod!*'

'Dere, Damelsa, 'chan,' meddai Peris, gan rowlio'i lygaid a symud cwrlyn o wallt claerwyn o'i dalcen. 'Fi'n gwbod bod dychymyg byw 'da ti, ond ma' hwnna jest yn hurt.' Meddyliodd am eiliad. 'A ta beth, os oedd bwystfil sy'n bwyta pobol yn dy stafell di neithiwr, pam 'nath e ddim dy fwyta di'n fyw?'

'Achos... achos...' baglodd Damelsa, gan geisio dod o hyd i ateb. '*Wff!* Wel, ella bod y gair "bwystfil" braidd yn *eithafol*. Ond mae 'na rywbeth ar droed a dwi'n benderfynol o ddatrys y dirgelwch.'

'Gan ddefnyddio un o dy ddyfeisiade, ife?' atebodd Peris gan chwerthin.

'Wrth gwrs!' meddai Damelsa, ei phen-glin yn dechrau bownsio. 'Ar ôl dod adra o'r ysgol heddiw, dwi'n mynd i neud bŵbi trap i ddal y troseddwr! Pan fydd Nain wedi mynd i'w gwely, dwi am aros ar fy nhraed i weld be geith ei ddal.'

Suddodd Peris yn ôl i'w obennydd ac ochneidio. 'Licen i gael hobi lle fi'n dyfeisio pethe. Fi'n cal llond bola bod lan fan hyn ar ben fy hunan yn neud dim yw dim. Smo ti'n galler darllen comics drwy'r dydd heb fynd bach yn dŵ-lal, ti'n gwbod!'

'Wel, dyna be ddois i yma i'w ofyn,' meddai Damelsa, gan blygu'n nes ato. 'Pam na ddoi di acw nes mlaen, a gawn ni weithio ar y trap efo'n gilydd? Ti'n meddwl y gelli di berswadio dy dad?'

Chwarddodd Peris. 'Ti'n jocan! Mae Dad yn mynd i banics pan fi'n mynd i'r jeriw ar ben 'yn hunan. Fydde fe'n cael haint petai e'n ffeindio fi mas o 'ngwely ganol y nos yn whilo am ddihirod.'

'O tyrd, Peris, fydd o'n hwyl! Ti wastad yn deud dy fod ti isio bywyd cyffrous, ac y basat ti'n licio bod fwy fel Capten Teithwalch.'

'Damelsa, smo fi'n cael mynd mas i 'ngardd 'yn hunan, ti'n gwbod! Mae Dad yn talu rhyw ddynion i neud gwaith yn yr ardd a smo fi'n cael mynd yn agos atyn nhw hyd yn oed, heb sôn am gynnig help llaw. Yn ôl pob tebyg, mae pob rhaw a rhaca yn cario haint marwol!' Edrychodd ar y llun o'i arwr yn ei gomic, ac ochneidiodd yn drist. 'Shgwl, sdim byd licen i neud yn fwy na rhedeg ymbiti yn y nos yn datrys dirgelwch, ond smo fe'n mynd i ddigwydd.'

Plethodd Damelsa ei breichiau'n ddigalon. 'Dwi dal ddim yn dallt pam bod dy dad yn dy lapio di mewn cymaint o wlân cotwm. Wyt ti wir mor sâl â hynny? Ti'n edrach yn iawn i fi.'

'Fi'n timlo'n iawn rhan fwya o'r amser,' atebodd Peris. 'Ond ti'n gwbod shwd beth yw tade — ma' nhw'n becso ymbiti popeth!'

Sylwodd Damelsa bod lwmp yr un maint â thaffi yn ei gwddf. Doedd ganddi ddim syniad o gwbwl sut beth oedd cael tad. Y cwbwl y gallai gofio am ei thad ei hun oedd arogl ei got gŵyr, ei freichiau cynnes amdani, a'i wallt tywyll, cyrliog. Prin y gallai gofio ei mam chwaith — roedd y ddau wedi marw mewn damwain car ychydig cyn ei phen-blwydd yn bedair oed. Bwthyn Blegerwyd oedd ei chartref ers hynny, a Nain Myfi'n gofalu amdani.

Wrth deimlo'r dagrau'n llosgi, gafaelodd Damelsa yn ei bag a'i daflu dros ei hysgwydd cyn brasgamu am y drws. 'Wel, mae'n well i mi fynd, 'ta. Mi ddo i draw eto fory i adael i ti wbod sut hwyl ges i efo'r bŵbi trap, os ti isio.'

'Ie, plîs!' meddai Peris dan wenu. 'Nawr, cer, cer o 'ma tra bo ti'n gallu. Mae Ceridwen Ebrillwen Mair yn fwy brawychus nag unrhyw fwystfil sy'n bwyta pobol, a smo ti moyn ei chroesi hi.'

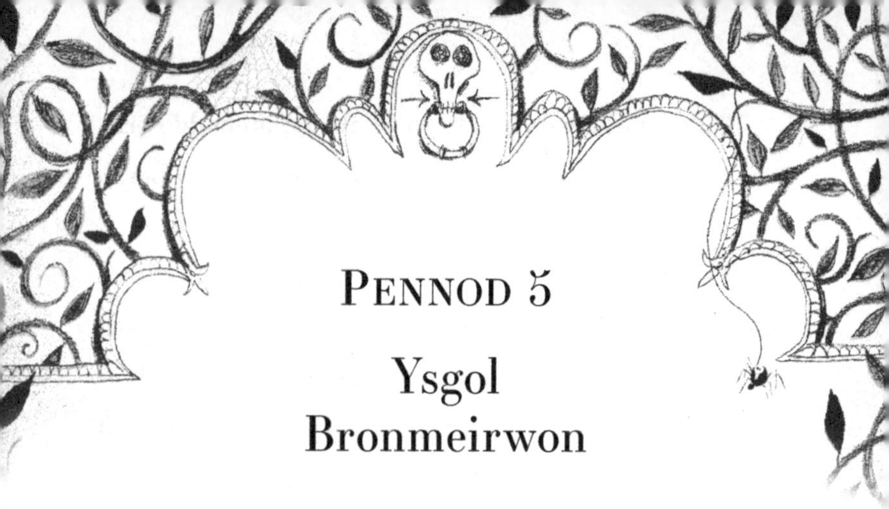

PENNOD 5

Ysgol Bronmeirwon

A r ôl llwyddo i ddianc o dŷ Peris, i ffwrdd â Damelsa drwy'r pentre, a chyn pen dim roedd hi wedi cyrraedd hen adeilad llwyd Ysgol Bronmeirwon — clamp o adeilad o Oes Fictoria, gyda thyrau pigog ar y to, a chreaduriaid carreg hyll yn cadw llygaid barcud ar yr iard islaw. Doedd dim blodau na phlanhigion yn unman; yr unig wyrddni oedd y chwyn oedd yn tyfu rhwng craciau'r llawr. Roedd yr arwyddair 'Nid Da Lle Gellir Gwell o Lawer' i'w weld mewn llythrennau haearn, cyrliog ar gatiau'r ysgol, yn atgoffa pawb pa mor llym oedd yr ysgol hon.

Trodd stumog Damelsa wrth iddi gerdded trwy'r gatiau. Tybed am ba reswm y byddai hi'n cael ei hel i'r stafell gosb heddiw? Am wisgo sanau lliw llwyd anghywir? Anadlu'n rhy swnllyd? Diolch byth nad oedd hi'n un o'r disgyblion preswyl, y plant oedd yn byw yno drwy'r tymor — am artaith fyddai gorfod cysgu fan hyn bob nos! Byddai'n well ganddi gysgu mewn twlc mochyn!

Wrth i'r gloch ganu, gwthiodd ei ffordd trwy fôr o ddisgyblion yn eu gwisg ysgol brown, a cherdded ar hyd y coridorau troellog. Ar hyd y waliau roedd cypyrddau llawn tlysau chwaraeon a thystysgrifau wedi eu fframio, a lluniau o staff y gorffennol, fel petaen nhw dal yno yn ei gwylio.

Roedd Damelsa ar fin cerdded mewn i'w dosbarth pan glywodd leisiau cyfarwydd y tu ôl iddi.

'Wel, ylwch pwy sy 'ma — creadur mwya od yr ysgol!'

'Sut wyt ti heddiw, Da-*smel*-sa?'

Trodd Damelsa ar ei sawdl i weld dwy efaill yn cerdded tuag ati o'r neuadd breswyl — dwy efaill fel rhyw fwystfil â dau ben. Roedd y ddwy yn gafael mewn ffeiliau a rheiny yn sêr aur drostynt, un â label taclus yn dweud *Gwenllian Mererid Watcyn*, a'r llall yn dweud *Gwenhwyfar Melangell Watcyn.* Dyma *Watcyn Un* a *Watcyn Dau,* y ddwy efaill erchyll.

Roedd y ddwy mor debyg i'w gilydd, mi fyddai'n ddigon hawdd i chi feddwl eich bod yn gweld dwbl. Yr unig wahaniaeth rhyngddyn nhw oedd y man geni du ar

foch Gwenllian. Tu ôl iddyn nhw safai Miriam Singh —
eu gwarchodwr personol, eli-penelin y ddeuawd. Roedd
hi'n debycach i reslwr proffesiynol na merch ysgol, bob
amser yn stelcian yn ddistaw tu ôl i'r efeilliaid, ei dwylo
yn ddau ddwrn parod.

O, er mwyn magnesiwm, meddai Damelsa wrth
ei hun. *Cyfarfod cynnar efo'r efeilliaid erchyll. Y peth
dwytha dwi angen bore 'ma...*

'Oes gen ti unrhyw ddyfeisiadau gwych i ddangos i'r
dosbarth heddiw, Damelsa?' holodd Gwenhwyfar gan
gamu'n nes. 'A ninnau wedi rîli mwynhau dy gyflwyniad
ar y Torrwr Glaswellt Gyriant Gwylan. Wedi mwynhau
CYSGU drwyddo fo!'

Chwarddodd yn sbeitlyd cyn i Gwenllian ymuno yn
yr hwyl, gan sefyll yn syth a thaflu ei llais i wneud yn
siŵr bod pawb yn clywed. 'A dwi'n gweld bod dy sgidiau
di'n fudur eto. Dyna'r ail dro wythnos yma, ia? Sgwn i
beth fydd gan Miss Callwen i ddweud am hynna, hmm?'

Gollyngodd Damelsa ei bag a sgwario at y ferch. 'Wel,
dwi'n siŵr y byddi di'n fwy na pharod i ddeud wrthi;
dwi'n gwbod gymaint wyt ti'n mwynhau sbragio!'

Lledodd llygaid tywyll Miriam, ac roedd Damelsa'n
siŵr iddi weld mymryn o wên ar ei gwefusau.

'Dwi'n meddwl mai'r geiriau ti'n chwilio amdanyn

nhw ydi *cadw safon*, Damelsa,' meddai Gwenllian. 'Ella tasat ti ddim yn hogan mor rhyfedd mi fasat ti'n haeddu cael dy alw'n rhywbeth hefyd... rhywbeth yn fwy na hyn-*od!*'

Crechwenodd Gwenllian a theimlodd Damelsa ei dwylo'n cyrlio'n ddyrnau yn ei phocedi. 'Gaf i chdi nôl am honna!' meddai, ac roedd hi ar fin ffrwydro pan gamodd Miss Callwen allan o'r dosbarth.

'Dwylo allan i mi gael eu gweld nhw,' meddai, gan glicio ei bysedd main yn yr awyr. 'Reit handi, does gen i ddim trwy'r dydd. Tydw i ddim am i ni wastraffu amser dysgu prin!'

Mewn fflach, roedd pob plentyn yn y coridor yn sefyll yn syth fel milwr, ac aeth pobman yn dawel wrth i Miss Callwen ddechrau'r broses hirfaith o archwilio pob un pâr o ddwylo.

Suddodd calon Damelsa wrth wylio'r brifathrawes ar waith. Dim ond ers blwyddyn roedd hi'n brifathrawes yno, ond buan iawn oedd hi i efelychu ei rhagflaenwyr llym. Roedd hi'n fwy o feistres sarrug nag unrhyw gapten mewn byddin. Roedd hi'n hynod o dal ac yn hynod o denau, ac roedd pob botwm ar goler uchel ei ffrog lwyd wedi ei chau yn dynn at ei gwddf. Ar wahân i ambell wythïen biws ar ei bochau, roedd ei chroen yn welw, fel pysgodyn, a'i thrwyn mor bigog â phig brân. Ond mae'n bosib mai'r peth mwyaf trawiadol amdani oedd y patsh tywyll oedd yn cuddio'i llygad dde. Yn ôl pob sôn roedd hi wedi colli ei llygad pan oedd hi'n gweithio mewn carchar, ond dim ond un disgybl oedd wedi bod digon dewr i ofyn iddi, a doedd neb wedi gweld y disgybl hwnnw byth ers hynny.

'Da iawn, Gwenllian, da iawn, Gwenhwyfar,' meddai Miss Callwen, wrth iddi edrych ar ddwylo bach, glân yr efeilliaid. 'Gwinedd wedi eu torri a'u sgwrio, dyna be dwi'n hoffi ei weld mewn ysgol fel hon. Rhagorol.'

'Diolch, Miss Callwen,' meddai'r efeilliaid, yn y lleisiau gor-felys, afiach oedden nhw'n ddefnyddio wrth siarad gydag athrawon. '"Dwylo glân, plentyn pur", dyma fydd Mami wastad yn ddweud.'

Gwnaeth Damelsa ei gorau i beidio â chwydu. Sut oedd y ddwy 'ma wastad yn llwyddo i blesio Miss Callwen, a hwythau yn ddwy o'r creaduriaid mwyaf annymunol ar wyneb y ddaear? Efallai un diwrnod, a hithau yn wyddonydd byd enwog, y gallai eu rhoi o dan feicrosgop i gael gweld pa fath o foleciwlau ffiaidd oedd yn eu genynnau.

'A beth am dy ddwylo *di*, Damelsa Penorlais?' gwawdiodd Miss Callwen, wrth ddod i sefyll o flaen

Damelsa a syllu arni gyda'i un llygad dda. 'Oes 'na olew injan o dan dy 'winedd heddiw? Ti 'di tolcio dy fys â gordd, tybed?'

Clywodd Damelsa sawl un yn trio llyncu eu chwerthin yn y coridor, ac ochneidiodd. Gwyddai na fyddai ei dwylo yn ddigon da i'r athrawes, yn enwedig ar ôl y sesiwn ddyfeisio neithiwr. Heb fawr o ddewis, dangosodd ei dwylo i'r brifathrawes, a chwyrnodd Miss Callwen wrth ffieiddio.

'Cywilyddus! Dwi wedi deud a deud, tydi dyfeisio ddim yn hobi addas ar gyfer merch ifanc!' Poerodd y gair *dyfeisio* allan o'i cheg, fel petai'n weithred debyg i fwyta llysnafedd o'r trwyn.

'Ond Miss Callwen!' protestiodd Damelsa, ei gwaed yn dechrau berwi fel hylif chwilboeth mewn tiwb. 'Mae llawer iawn o bethau wedi cael eu dyfeisio gan ferched ifanc... gan Dr Giuliana Argenta, er enghraifft — fe wnaeth hi ddyfeisio dros gant ac ugain o...'

'PAID ag ateb nôl, ferch! Ella bod dy hen grimpen o nain yn fodlon diodde'r fath ymddygiad anwaraidd, ond chymera i ddim ffasiwn lol!'

Nain Myfi, yn hen grimpen? Teimlodd Damelsa don o wylltineb yn codi tu mewn iddi, mor danllyd a ffrwydrol ag asid. Fedrai hi ddim stopio'r don rhag codi. 'Peidiwch â siarad am Nain fel 'na!' gweiddodd. 'Tydi hi ddim yn hen grimpen! Mae hi'n hyfryd! Tydach chi erioed wedi cyfarfod â hi, hyd yn oed!'

'Wrth gwrs 'mod i wedi cyfarfod â hi...' Stopiodd Miss Callwen ei hun yn sydyn. 'Hynny ydi... mae'n rhaid ei bod hi'n hen grimpen, i fod wedi magu plentyn mor annifyr â chdi.' Tagodd yn swnllyd ac edrych o'i chwmpas. 'Fel cosb am fod mor ddigywilydd, Damelsa Penorlais, mi gei di dreulio'r bora yn helpu Misus Glannog i dynnu gwm cnoi o loceri'r gampfa. Wyt ti'n dallt?'

Roedd Damelsa mor flin nes bod ei chorff yn stiff fel procer, ond brathodd ei thafod — doedd dim pwrpas dadlau gyda rhywun oedd a'u syniadau yn sdyc yn yr oes o'r blaen. A beth bynnag, roedd *un* peth da am y gosb: o leia nawr gallai dreulio'r bore yn meddwl am ddyluniad y bŵbi trap. Gallai'r gwaith ddechrau o ddifrif ar gyfer Cynllun Sŵn y Nos.

PENNOD 6
Y Daliwr Dihirod

A m bedwar o'r gloch canodd cloch yr ysgol ac roedd Damelsa allan o'r dosbarth mewn chwinciad. Wrth gerdded trwy gatiau'r ysgol rhoddodd ochenaid — roedd y diwrnod wedi bod yn hir, ac roedd hi bron â thorri ei bol eisiau mynd i'w stafell yn yr atig a dechrau gweithio ar y trap. O ran y cynllun, roedd hi wedi penderfynu ar gawell syml, gyda chlicied yn gwneud i'r drws gau unwaith roedd y dihiryn i mewn ynddo. Byddai'n gadael powlen o ffa pôb fel abwyd... am abwyd blasus, digon i demtio unrhyw un!

Ond yn gynta, roedd rhywbeth melys ar droed!

Llamodd Damelsa ar gefn ei beic a rasio ar hyd y stryd fawr i siop fach ar y pen, ble'r oedd y geiriau *Edward Winston: Melysiwr* i'w gweld uwchben y drws mewn llythrennau aur wedi pylu. Roedd y ffenest yn barod ar gyfer Calan Gaeaf. Yn ei haddurno roedd gwe pry cop o siwgr, llygaid allan o jeli, llygod mawr blas licris, ac ambell i benglog wedi eu gwneud o siocled gwyn — ac yn edrych yn frawychus o debyg i rai go iawn.

Wrth i Damelsa agor y drws, canodd cloch fach yn rhywle yn y stafell gefn, ac yn linc-di-lonc, allan y daeth dyn croenddu gyda mwng o wallt trwchus ar ei gorun. Roedd yn gwisgo dici-bo coch, yr un lliw a'r hances oedd ym mhoced ei got.

'Damelsa, fy hoff nionyn picl! Mae'n braf dy weld,' meddai, wrth gerdded draw at y rhesi o jariau enfawr oedd tu ôl i'r cownter. Roedd botymau ei wasgod yn aur ac yn ddisglair, fel rhai o'i ddannedd. 'Be ti ffansi heddiw? Lwmp lemon? Botymau siocled? Neu...' Gafaelodd mewn bar o siocled oedd wedi ei lapio mewn papur oren, 'Beth am drio'r Troellwr Tafod Afal Taffi, a hithau bron yn Galan Gaeaf?'

Edrychodd Damelsa ar y silffoedd a llyfu ei gweflau. Roedd Nain Myfi wedi bod yn dod â hi i'r siop ers ei bod yn ferch fach, ond doedd y pleser o edrych ar yr holl ddanteithion melys byth yn pylu. Syllodd ar y jariau o deisennod cnau coco, y potiau o beli gwm a'r bocsys o lygod bach siwgr oedd yn sgleinio'n binc a melyn. Ac yn arddangosfa ar y cownter, o dan gloriau gwydr mawr fel bowlenni wedi eu troi ben eu gwaered, roedd un deisen ffenest (yn ffres o'r popty ac wedi ei thorri'n sleisys blasus), ac un gacen lemwn (yn dafelli trwchus deniadol).

'Mi gymra i chwarter pwys o jeli-bîns a dau becyn o sherbet,' penderfynodd Damelsa o'r diwedd. 'Ac ella un o'ch siocledi â chneuen yn y canol, i Nain Myfi.'

Gwenodd Mistar Winston. 'Sut mae'r nain hyfryd 'na sy gen ti? Cadw'n iawn, gobeithio?' Estynnodd am y jar o jeli-bîns a throi'r caead. Wrth iddo dywallt, disgynnodd y ffa bach amryliw i'w glorian bwyso gyda sŵn clecian braf.

'Mae hi'n iawn, diolch,' atebodd Damelsa. 'Mae hi'n codi ei phwmpenni heddiw. Mi fedra i ddod â rhai i'ch arddangosfa Calan Gaeaf yn y ffenest, os leciwch chi.'

'Wel, mi fyddai hynny'n fendigedig! Yr union beth i fynd efo'r slumod siocled mae Misus Winston am eu gwneud.' Estynnodd am y sherbet a'r siocled â chneuen yn y canol, a'u pasio at Damelsa gyda winc. 'Dyna ti. Cadwa dy bres. Rhywbeth bach gen i.'

'Diolch, Mistar Winston,' atebodd Damelsa, gan droi at y drws. 'Mi alwa i bora fory efo'r pwmpenni 'na.'

'Ardderchog! A chofia fi at dy nain.'

Canodd y gloch eto wrth i Damelsa adael y siop, a

gyda llond ceg o jeli-bîns, llamodd yn ôl ar ei beic a
chychwyn am adref.

*   *   *

Hen le simsan, wedi mynd â'i ben iddo, braidd, oedd
Bwthyn Blegerwyd, a'i frics coch wedi hanner eu cuddio
gan eiddew trwchus. Ar frig y to roedd ceiliog y gwynt,
a hwnnw'n gam ac yn pwyntio tua'r dwyrain yn hyd yn
oed y gwyntoedd cryfaf. Yn y borderi bob ochr i lwybr
yr ardd roedd saffrwm yr hydref yn ffrwydro'n las a
phiws, a charped o ddail crin y tymor yn cuddio pob
golwg o'r pridd islaw.

Wrth i Damelsa dyrchu yn ei bag am allwedd y
drws ffrynt, cofiodd am y bore hwnnw pan ddaeth i'r
bwthyn am y tro cyntaf ar ôl i'w rhieni farw. Doedd hi
ddim eto'n bedair oed, na 'ddim llawer talach na chaws
llyffant' yn ôl Nain Myfi. Cofiai fod y bwthyn yn gynnes
a chroesawgar, gydag arogl torth gwrens a choffi yn
llenwi'r aer wrth iddi gael ei chwtsho'n dynn gan Nain.

Fyny grisiau, roedd y gwely bach yn yr atig yn barod
amdani, ac yn gwrlid arno, yr un flanced glytwaith y
bu'n swatio oddi tani bob nos ers hynny. Yn fuan wedyn
cafodd afael ar ei meicrosgop cyntaf. Er bod Damelsa
wrth ei bodd yn byw gyda Nain Myfi, allai hi ddim
peidio â meddwl weithiau sut fywyd fyddai ganddi petai

48

pethau wedi bod yn wahanol, petai ei rhieni heb fentro allan ar y noson rewllyd honno…

Ysgwydodd ei phen er mwyn rhoi'r gorau i hel meddyliau. Trodd allwedd drws y ffrynt a cherdded i mewn. Daeth Mot i'r cyntedd ar garlam, ei goesau bach yn sgrialu hyd y teils. 'Helô, Nain!' galwodd Damelsa, gan daflu ei bag ysgol ar lawr a rhoi ei chot i hongian ar y bachyn. 'Nain, fi sy 'ma! Lle 'dach chi?'

Roedd y ffon bren y defnyddiai Nain Myfi pan fyddai'n gadael y bwthyn yn pwyso yn erbyn y cwpwrdd, felly gwyddai Damelsa bod Nain adre. Daeth Damelsa o hyd iddi'n cysgu yn ei chadair freichiau yn y stafell fyw fach, gyda phaned ar ei hanner o'i blaen. O'i chwmpas roedd silffoedd yn llawn llyfrau coginio, a thrugareddau a llestri tsieina o bob math. Roedd ambell i gnepyn o lo yn dal i losgi'n eirias fel gemwaith yn y tân.

'Ardderchog,' meddai Damelsa dan ei gwynt, gan rwbio'i dwylo ac edrych ar ei nain yn pendwmpian. 'Yr amser perffaith i mi ddechrau creu'r trap!' Roedd hi wedi penderfynu cadw'r trap yn gyfrinach am y tro — doedd hi ddim eisiau cael ei dal yn dyfeisio yn lle gwneud ei gwaith cartref — a beth bynnag, mi fyddai'n syrpreis gwych os byddai modd iddi brofi bod rhywbeth rhyfedd yn digwydd yn y bwthyn.

Mor sionc â wenci, sleifiodd Damelsa i'r gegin. Gwyddai o brofiad y byddai'r lle'n llawn pethau defnyddiol ar gyfer ei dyfais. Aeth trwy'r droriau un ar ôl y llall, a chwpwrdd ar ôl cwpwrdd, gan estyn unrhyw beth a allai fod o ddefnydd iddi. Doedd dim byd yn ei chyffroi gymaint â phrosiect newydd, ac roedd ei chalon yn curo wrth iddi ddod o hyd i fwy a mwy o daclau oedd modd eu torri, eu gludo neu eu rhoi at ei gilydd.

Ar ôl tipyn o bendroni, bodlonodd ar lond llaw o begiau dillad, fforc bwdin, clorian fach, ambell i fagned oddi ar yr oergell, teclyn agor tun, a thair dalen o bapur cegin.

Gafaelodd yn y bwced hanner gwag o baraffin y defnyddiai Nain i danio lamp pan fyddai'r trydan yn diffodd, a'i ychwanegu at yr ysbail. Cymrodd hefyd y plynjar o'r cwpwrdd o dan y sinc. Yn cadw llygad arni oedd Mot, wrth i Damelsa ôl tamaid o ham o'r oergell a'i daflu i'w geg lafoeriog. 'Dyna chdi,' sibrydodd, gan grafu tu ôl i'w glust. 'Rŵan, dim smic — paid â deffro Nain Myfi.'

Fyny yn yr atig, gyda'i Chap Meddwl am ei phen, gweithiodd Damelsa am oriau. Wrth i'r bŵbi trap ddechrau siapio, roedd hi'n teimlo'n fwyfwy hyderus y byddai'n gallu datrys dirgelwch sŵn y nos. Doedd hi ddim wedi bod mor gyffrous â hyn ers iddi fynd i'r llyfrgell yr wythnos flaenorol a ffeindio llawlyfr yn esbonio sut i danio roced.

'*Voilà!*' meddai o'r diwedd, gan rwbio'i dwylo gludog a chamu nôl o'i desg. Gyda chyfres gymhleth o un lifer ar ôl y llall yn arwain at y pwli hwn a'r pwli arall (gydag ambell ddarn o weiren bigog rhyngddyn nhw), roedd y trap yn eithaf tebyg i ddyfais arteithio o'r canol oesoedd — ond dyfais arteithio a fyddai hefyd yn destun balchder i unrhyw hil dechnolegol o estroniaid o ben draw'r bydysawd. 'Croeso i'r byd, y Daliwr Dihirod! Rŵan y cwbwl sy rhaid i mi neud ydi aros iddi d'wllu.'

Cuddiodd ei champwaith o dan hen flanced frethyn, ac ar ôl taflu ambell letysen i gawell Aelhaearn, dilynodd ei thrwyn a throi am yr arogl swper hyfryd a ddoi o'r gegin.

*   *   *

Yn hwyrach y noson honno, ar ôl llowcio ail a thrydydd platiaid o borc a thatws, aeth Damelsa i'r stafell fyw i ddweud nos da wrth Nain Myfi. Roedd y llenni wedi cau a'r wreigan yn eistedd yn ei chadair freichiau unwaith eto. Mewn un llaw daliai wydraid o win sinsir, ac yn y llall ei bag o gnau oedd wedi eu lapio mewn haenau trwchus o siocled. Roedd tanllwyth o dân yn llenwi'r aer â mwg melys.

Fel arfer, byddai Damelsa wedi nythu ger y tân gyda Nain Myfi a gobeithio y byddai ei nain yn cynnig cwpanaid o siocled poeth iddi. Ond heno, cadw draw wnaeth Damelsa. Roedd ffroenau praff Nain Myfi yn gallu arogli direidi o'n bell i ffwrdd, a gyda'r dydd yn dod i ben roedd ei hwyres yn drewi ohono.

'Iawn, Nain, dwi am fynd fyny,' meddai, gan agor ei cheg led y pen yn ddramatig. 'Dwi 'di blino'n ofnadwy heno. Gwely cynnar amdani.'

''Na chdi, 'mechan i,' meddai'r hen ddynes, gan lowcio gweddillion ei gwin cyn rhoi cusan ar dalcen ei hwyres. 'Ond yn syth i gysgu; dim o'r dyfeisio hwyrol 'ma eto, ti'n gaddo?'

Teimlodd Damelsa ronyn o euogrwydd rywle yng ngwaelod ei stumog gan nad oedd ganddi unrhyw fwriad i fynd i gysgu, ond allai hi ddim newid ei meddwl bellach — roedd ganddi gynllun gwyddonol i'w gyflawni! 'Iawn, Nain,' meddai, gan groesi ei bysedd tu ôl i'w chefn. 'Dwi'n gaddo.'

'O, ie; Damelsa,' galwodd Nain Myfi wrth i'w hwyres gyrraedd y drws, 'fedrwn ni gael sgwrs fach bora fory? Dim byd i boeni amdano, dwi jest isio siarad efo chdi am rywbeth, dyna'r cwbwl.'

Gwgodd Damelsa. 'Ymmm... ocê... Ydi pob dim yn iawn, Nain?'

Cliriodd Nain Myfi ei gwddw. 'Yndy, yndy, mae popeth

yn iawn. Dos di am y cae sgwâr rŵan ac mi siaradwn ni fory. Caru chdi mwy na phanad.'

'Caru chi mwy na ffiws mewn plwg!'

Am yr awr nesa arhosodd Damelsa yn amyneddgar yn yr atig nes i Nain Myfi fynd i'w gwely. I gadw ei hun rhag cysgu, penderfynodd weithio ar syms yn ei phen, ac roedd hi newydd gyrraedd rhif 67,231 yng nghyfres Fibonacci pan sylwodd ar olau'r landin yn diffodd, a chlywed drws stafell Nain yn cau.

Neidiodd Damelsa o'i gwely a gwisgo'i Chap Meddwl a'i chot wen. Aeth ar ei phedwar at y trap. Roedd ar fin rhoi'r un prawf olaf iddo pan glywodd sŵn. Sŵn *tap-tapio* rhyfedd ar y ffenest, fel petai rhywbeth yn cael ei daflu at y gwydr.

Ebychodd Damelsa. *Atomau aruthrol! Oedd y tresbaswr wedi cyrraedd yn gynnar?*

Meddyliodd yn chwim a gafael mewn tamaid o beipen oedd ar ei desg a'i ddal uwch ei phen, yn barod i daro nôl. Chwipiodd y llenni i'r ochr ac...

Beth ar wyneb y ddaear?

Yno, yn edrych i fyny arni o'r ardd, gyda charreg mewn un llaw a fflachlamp yn y llall, oedd Peris. Roedd e wedi ei lapio mewn pyjamas a gŵn-nos, a phâr o slipars bwnis pinc fflwfflyd am ei draed.

Wrth iddo godi ei law, teimlodd Damelsa ei hun yn gwenu o glust i glust, a fflach o gyffro yn saethu trwy ei chorff. Roedd Peris wedi newid ei feddwl! Roedd ganddi bartner wedi'r cwbwl!

Gwibiodd Damelsa lawr grisiau, ac ar ôl gwneud yn gwbwl saff nad oedd Nain Myfi i'w gweld yn unman, agorodd ddrws y ffrynt. Roedd hi'n rhewllyd tu allan ac o dan olau'r fflachlamp roedd croen gwelw Peris bron yn glaearwyn, yn union fel ysbryd.

'Rôn i'n meddwl bo chdi ddim yn dod,' sibrydodd Damelsa yn wawdlyd, gan geisio cuddio pa mor falch oedd hi go iawn o weld ei ffrind.

'Wel, ôn i ddim yn mynd i adel i ti neud hyn ar ben dy hunan bach, ôn i?' meddai Peris. 'Falle byddi di angen fi os oes rhywbeth yn mynd o'i le.'

Rhochiodd Damelsa. 'Yn y slipars 'na? O ia, 'nes i anghofio pa mor frawychus ydi bwnis bach pinc.'

Suddodd wyneb Peris a gwenodd Damelsa arno. ''Mond tynnu dy goes di dwi. A sori os ôn i braidd yn gas gynna. Ti'n gwbod sut ydw i unwaith dwi 'di cael syniad.' Tynnodd Peris i mewn i'r tŷ, a chau'r drws ar ei ôl mor dawel â phosib. 'Sut 'nest ti sleifio allan, beth bynnag?'

'Arhoses i nes bod Dad yn gwylio un o'i raglenni newyddion diflas cyn slipo mas drw'r bac. Stwffes i ambell i gwshin o dan y dŵfe i edrych fel person, rhag ofan ddele fe mewn i weld os ôn i'n iawn.'

'Gwych!' sibrydodd Damelsa. 'Mi fasa Capten Teithwalch yn falch ohona chdi! Rŵan, tyrd! Dwi isio dangos y bŵbi trap i chdi!'

Wrth i'r ddau gerdded ar fodiau eu traed gyda lloriau pren y bwthyn yn gwegian o dan eu pwysau, ac yna i fyny'r grisiau gwichlyd, goleuai fflachlamp Peris y waliau, gan oleuo'n sydyn o arswydus rai o greiriau hynafol Nain oedd ganddi'n addurno'r muriau.

'Ma' 'ddi bach yn crîpi 'ma,' sibrydodd Peris, gan edrych dros ei ysgwydd wrth iddyn nhw gyrraedd top y grisiau. 'Ac mor dywyll.'

'Wrth gwrs ei bod hi'n dywyll!' atebodd Damelsa'n siort. 'Mae'n ganol nos — ti'n gwbod, y rhan 'na o'r dydd pan mae'r belen fawr o olau yn diflannu o'r awyr! Be oeddach di'n ddisgwyl?'

Edrychodd Peris ar y llawr. 'Sai'n siŵr. Smo Dad yn gadael i fi aros lan ar ôl saith fel arfer.'

Rowliodd Damelsa ei llygaid ac roedd hi ar fin ateb gyda sylw ffraeth pan safodd yn stond.

'B-be sy'n bod?' holodd Peris gan sbecian dros ei hysgwydd. 'Pam ŷn ni 'di stopo?'

Ddwedodd Damelsa ddim byd.

Cerddodd draw at y ffenest oedd yn edrych allan dros yr ardd gefn, a heb ddweud gair, pwyntiodd at dŷ gwydr Nain Myfi. Roedd rhywbeth yno; gwelai gysgod tywyll yn symud dan olau'r lloer.

'Ma-ma' rhywun 'na!' meddai Peris mewn llais gwan, a chlustiau'r bwnis ar ei slipers yn crynu wrth i'w bengliniau daro yn erbyn ei gilydd. 'Ma' rhywun mewn 'na!'

Yn ofer, craffodd Damelsa drwy'r tywyllwch er mwyn ceisio gweld pwy oedd yno. Y cwbwl welai oedd cysgod du mewn tŷ gwydr tywyll oedd fel y fagddu.

'Be ddylsen ni neud?' gofynnodd Peris.

Trodd Damelsa ato. 'Dwi'n mynd lawr. Mae'n rhaid i fi weld pwy sy 'na.'

'Ti'n siŵr?'

Nodiodd Damelsa. 'Ti'n dod?'

Rhoddodd Peris ochenaid drom. 'Wel, fi 'di torri pob rheol arall yn llyfr Dad yn barod, sbo.' Gwthiodd ei frest allan fel colomen. 'Bant â ni.'

Gwenodd Damelsa a chychwynnodd y ddau yn syth am yr ardd. I ffwrdd â nhw ar draws y lawnt dan olau'r lleuad, Damelsa'n symud o goeden i goeden fel ysbiwr, a Peris yn ei dilyn (gan wneud ei orau i beidio cael mwd ar ei byjamas). Roedd awyr y nos yn dywyll fel bol buwch wrth i gri'r dylluan lenwi munudau'r oriau mân.

'Reit,' sibrydodd Damelsa wrth iddyn nhw gyrraedd y tŷ gwydr. Roedd lliw emrallt y gwydr yn disgleirio fel sêr dan y barrug, ac roedd hi'n amhosib gweld i mewn. 'Rhaid i ni fod yn ddistaw a symud yn araf. 'Dan ni ddim isio dychryn beth bynnag sy 'na.'

Gwthiodd Damelsa'r drws gerfydd blaenau'i bysedd. Agorodd â gwich hir, araf. Tu mewn, roedd yr awyr yn llaith ac yn gynnes. Chwifiodd ei fflachlamp o ochr i ochr gan daflu golau melyn gwan ar hyd y rhesi o blanhigion a blodau a llysiau. Roedd Damelsa wedi bod yn y tŷ gwydr filoedd o weithiau o'r blaen, ond roedd heno'n wahanol — bron fel petai'n ddieithryn yno, yn camu i mewn am y tro cyntaf. Wrth i'w dychymyg danio, trodd pob un o ganghennau planhigion egsotig Nain Myfi yn freichiau bachog bwystfil brawychus, a'r dail uwchben yn we pry cop gwenwynig. Yn llygad ei meddwl, gwelai fysedd crafangog a dannedd miniog yn egino'n fygythiol o'r tomatos — y ffrwythau crynion yn barod i'w llarpio fel bwystfilod cochion.

'Helô?' meddai Damelsa, gan gamu ymlaen yn araf. Roedd cwlwm mawr yn troelli yn ei stumog, fel y teimlad fyddai rhywun yn ei gael wrth gerdded trwy goedwig dywyll. 'Pwy sydd yma?'

Tawelwch.

'Tyrd allan! Dwi'n gwbod bo chdi yma!'

Tawelwch o hyd.

'We-wel, smo fe'n dishgwl fel 'se neb 'ma,' meddai Peris gan chwerthin yn nerfus. 'Falle bo ni wedi dychmygu'r peth... Falle taw dim ond cysgod neu...'

Cododd Damelsa ei llaw er mwyn iddo ddistewi.

Roedd ei fflachlamp yn goleuo cornel ym mhen pella'r tŷ gwydr, ac yno, yn y fan lle'r oedd gwely bresych Nain Myfi fel arfer, roedd drws yn y llawr — drws cudd.

PENNOD 7

Tu Hwnt i'r Drws Cudd

Disgynnodd Damelsa ar ei phengliniau a phwyntio ei fflachlamp at y fynedfa gudd. 'Brensiach y batris!' ebychodd. Roedd y drws cudd wedi ei wneud o bren tywyll gyda symbolau anhygoel wedi eu peintio'n aur disglair arno. O fewn y patrwm gallai weld trionglau, sêr, dwylo, lleuadau, a saethau. Yn eu canol roedd penglog â dwy lygad fflamgoch, a dolen gron yn dynn rhwng dannedd ei safnau esgyrnog.

'Na! Na!' meddai Peris gan grynu, cyn gwibio i guddio y tu ôl i bentwr o ffyn ffa. 'Fi'n gwbod bo fi 'di gweud bo fi moyn bywyd mwy cyffrous, ond sai'n fodlon mynd drwy'r drws 'na. Plîs paid â gweud bo ti moyn i fi fynd drwy'r drws 'na!'

Gyda'i dwylo hithau'n crynu, rhedodd Damelsa ei bysedd ar hyd y symbolau. Er mawr syndod iddi, roedd gwres yn codi oddi arnyn nhw, cynhesrwydd rhyfedd, fel petai'n cyffwrdd â chroen creadur byw.

'Waw...'

'Beth?' meddai Peris, gan sbecian o'i guddfan. 'Beth yw e?'

Ystumiodd Damelsa iddo ddod yn nes. Gan gymryd anadl ddofn, dynesodd ati'n araf iawn, fel petai'n cerdded tuag at ymyl clogwyn serth. Edrychodd ar y rhyfeddod o'u blaenau, ei geg ar agor led y pen. 'O, Damelsa, plîs paid â'i agor e. Beth am i ni ddod nôl fory, ar ôl i'r haul godi? Clyw, mae'r drws 'na siŵr o fod ar glo ta beth.'

Ond roedd Damelsa'n dal i syllu ar y drws cudd, a chwilfrydedd yn ei gyrru mlaen fel procer poeth. Caeodd ei bysedd am y ddolen. Roedd hi ar fin ei droi pan...

'Awwwwww!'

Saethodd gwres gwynias trwy ei llaw fel mellten, ac agorodd y drws cudd led y pen ar ei liwt ei hun. Baglodd Damelsa'n ôl, yn gwingo mewn poen. *Aw! Aw!* Ac *Aw* eto!'

'Damelsa?' meddai Peris, gan ruthro ati. 'Ti'n olreit? Beth ddigwyddodd?'

'Dwi... dwi'm yn gwbod,' meddai Damelsa, gan edrych

ar y drws cudd mewn penbleth. 'Aeth y ddolen yn boeth iawn ac wedyn... wedyn dyma'r drws yn agor ar ei ben ei hun...' Yn ei phoen, chwythodd ar y llosg oedd ar ei llaw.

'O, sai'n lico hyn,' meddai Peris gan lyncu poer. 'Sai'n lico hyn o gwbwl!'

'Dwi'n siŵr... dwi'n siŵr bod 'na esboniad digon syml,' meddai Damelsa gan godi ar ei thraed, yn trio perswadio'i hunan gymaint â pherswadio'i ffrind. Plygodd ymlaen a sbecian i'r pydew islaw'r drws cudd, a gweld bod ysgol simsan yno yn disgyn i'r tywyllwch.

Yn araf, rhoddodd un droed ar ris cynta'r ysgol, fel petai'n profi'r dŵr cynnes mewn bath â blaen ei bawd. 'Wel, does ond un ffordd o ffeindio allan, am wn i.' Cymrodd anadl ddofn a dechrau dringo lawr yr ysgol. 'Fydda i ddim yn rhy hir, dwi'n gaddo. Arhosa di yn fa'ma yn cadw llygad. Ac os wyt ti'n gweld unrhyw beth rhyfedd, jest gweidda, iawn?'

'Damelsa! Na!' gweiddodd Peris.

Ond roedd hi'n rhy hwyr.

I lawr a Damelsa ris wrth ris yn is ac yn is, ei dwylo'n chwysu wrth iddi afael yn yr ysgol fetel, ei chalon yn curo fel drwm anferth yng nghanol ei brest. Gyda phob gris teimlai'r aer yn mynd yn drymach ac yn drymach, ac yn llenwi ag arogl sbeisys, mwg, a hen femrwn. Pa mor bell i lawr fyddai'n rhaid iddi fynd? A beth fyddai'n aros amdani yn y gwaelod? Anadlodd Damelsa'n ddwfn gan orfodi ei hun i fynd yn is ac yn is i grombil tywyll y ddaear.

Wedi cyrraedd y gwaelod, gwelodd ei bod mewn hen ogof fechan. Roedd y lle'n gwbwl wag ac eithrio un drws pren oedd yn gil agored. Cerddodd Damelsa at y drws yn ofalus, a gydag ofn a chwilfrydedd yn llifeiriant ffrydiog yn ei gwythiennau, gwthiodd y drws ar agor rhyw damaid bach, bach.

Neidiodd yn ôl mewn syndod. *Nefoedd y niwtronau!*

O'i blaen roedd ogof ddi-ben-draw, ac yn ei goleuo, dim byd ond golau cannwyll. Roedd y lle'n gymysgfa o siop hen greiriau, moddion a ffisig rhyw fferyllfa danddaearol, a silff ar ôl silff yn llawn trugareddau hynod fel arddangosfa mewn amgueddfa. Fan hyn a fan draw, roedd papur wal patrymog yn pilio oddi ar y muriau, gydag arogl melys yn dawch trwm drwy'r lle.

Doedd gan Damelsa ddim syniad beth i'w feddwl. O bopeth yr oedd hi wedi dychmygu y byddai'n dod ar ei draws heno, doedd yr un wedi dod yn agos at hyn. Beth yn y byd *oedd* y lle 'ma? Oedd Nain Myfi yn gwybod am fodolaeth yr ogof 'ma hyd yn oed?

Dawnsiodd llygaid Damelsa o gwmpas y stafell wrth iddi drio dygymod â'r weledigaeth o'i blaen. Yn syllu allan yn frawychus o gypyrddau gwydr roedd casgliad o fygydau egsotig, crisialau disglair wrth eu hymyl, a rhesi diddiwedd o lygaid ffug. Gwelai ddwsinau o wyau brith anferthol (fyddai wedi gwneud ŵy wedi sgramblo rhyfeddol), pob un wedi eu gosod yn ôl eu maint. Mewn jariau piclo, roedd rhywbeth tebyg i greaduriaid môr, yn loyw a di-syfl mewn hylif rhuddgoch. Yno hefyd oedd pentyrrau lu o hen lyfrau, poteli inc, a degau ar ddegau o hen fapiau yn hongian yn gam mewn fframiau trwm.

Ond y peth mwya dychrynllyd o'r cwbwl oedd y crochan copr, a hwnnw'n ffrwtian yn dawel ar dân agored yn y grât. O'i gwmpas gwelai Damelsa gylch o benglogau dynol yn rhythu. Roedd eu dannedd yn gam, esgyrn eu bochau yn bigog, a phob un yn llygadu'r stafell fel ellyllon esgyrnog.

'Damelsa!' sibrydodd Peris drwy'r drws cudd. 'Be sy'n mynd mlân? Sai'n lico bod lan fan hyn ar ben 'yn hunan. Plîs dere nôl lan!'

Ond chafodd e ddim ateb.

Oherwydd yn y pantri ym mhen pellaf un y stafell danddaearol hon, roedd rhywun yn stelcian yn y cysgodion. Rhywun yn gwisgo mwgwd aur ar ffurf penglog, a hwnnw fel ail groen gloyw dros y person, yn disgleirio yng ngolau'r canhwyllau.

Saethodd llaw Damelsa yn glep dros ei cheg.

Er na fedrai weld wyneb y person, doedd dim dwywaith pwy oedd o dan y mwgwd.

Y gwallt gwyn hir, y dwylo crychlyd...

Heb os nac oni bai, y person yn y pantri oedd...

Nain.

PENNOD 8

Picl Pen
Blobsgodyn

Troellodd Damelsa gwrlen o'i gwallt rhwng ei bysedd. Roedd ei bol yn corddi, yn un smonach o ddryswch, ofn ac anghrediniaeth. Er bod synnwyr yn dweud wrthi am lamu nôl drwy'r drws, roedd rhywbeth yn ei chadw yn yr unfan, yn angori ei thraed i'r llawr, fel petai'n gwisgo siwt ddeifio hynafol.

Gwyliodd wrth i Nain Myfi hercian draw at fwrdd teircoes ger y tân. Ar y bwrdd roedd pestel a morter o garreg, a hwnnw bron mor fawr â'i phen. 'Rŵan, be dwi angen gynta?' meddai dan fwmian, gan edrych mewn llyfr mawr lledr. Yna aeth at y cwpwrdd gwydr uwch ei phen oedd yn llawn jariau a photeli o bob lliw a llun. Edrychodd yn fanwl ar bob un.

'Blew pryfaid piws? Na! Sudd stumog wedi suro? Na!

Aha! Picl Pen Blobsgodyn! Ia, i'r dim ar gyfer rhywun fu farw ar y môr.'

Estynnodd am y jar chwe-chornel, tynnu llond llaw o rywbeth pinc, llysnafeddog ohono, a'i daflu i mewn i'r morter. Nesa, gafaelodd mewn potyn crwn oedd yn llawn rhywbeth tebyg i gerrig bach gwyrdd, ac i mewn â nhw hefyd. 'Wedyn, 'chydig o 'winedd bysedd traed o'r flwyddyn y buodd o farw. Dyna ni...'

Wrth i Nain Myfi stwnsio'r cynhwysion, rhedodd ias i lawr cefn Damelsa. Beth bynnag oedd yn cael ei goginio, roedd hi'n amau yn gryf nad cawl cig oen blasus oedd ar y fwydlen. Beth oedd Nain yn neud? Oedd hi'n cynllunio rhyw fath o syrpreis Calan Gaeaf? Ond pam ei bod hi'n cuddio lawr yn fan hyn i'w baratoi?

'Reit, dewch i ni gael blas bach,' meddai Nain Myfi, gan roi'r pestel i lawr. Cododd lwy de o'r gymysgedd at ei gwefusau crychog, a slochian yn swnllyd. 'Mmm... ia... y cyfuniad perffaith.' Gwagiodd gynnwys y morter i'r crochan a chamu nôl. 'Rŵan, rhywbeth bach oedd yn perthyn i'r dyn ei hun ac mi fyddwn ni'n barod i ddechrau.'

Gyda hynny, rhoddodd Nain Myfi ei llaw i mewn i boced ei ffedog ac estyn pluen ddu, oedd yn edrych fel petai wedi dod o gynffon brân. Gollyngodd y bluen, a glaniodd yn y crochan gan hisian a phopian wrth adweithio â'r potes.

Ar unwaith bron, dechreuodd golau'r canhwyllau droelli a chrynu, a dechreuodd Nain Myfi siglo nôl a mlaen. Tynnodd ei breichiau yn araf drwy'r awyr fel petai'n arwain cerddorfa fawr anweledig. Pesychodd yn gryf o waelodion ei chorn gwddf, ac yna dechrau llafarganu — yn dawel i ddechrau ac yna'n uwch ac yn uwch:

'Ysbryd, ysbryd, clyw fy nghri!
Ymhell o'r ochr draw,
Er cau y llen ac oeri'r gwaed,
Tyrd nôl heb wae na braw.'

Brathodd Damelsa ei gwefus. Ysbryd? Wrth i Nain Myfi godi ei llais, oerodd yr awyr. Roedd fel petai rhywbeth yn sugno pob moleciwl o wres o'r aer, a barrug y gaeaf wedi cyrraedd yn gynnar. Crynodd Damelsa drosti i gyd, a theimlodd bob un o'i chyhyrau'n caledu fel diferion glaw yn rhewi. Yn ddryslyd a gorffwyll, roedd ei phen yn llawn meddyliau dychrynllyd. Ai gwrach oedd Nain Myfi, neu ddewines o ryw fath? A beth ar wyneb y ddaear oedd hi'n neud? Oedd a wnelo hyn unrhyw beth â'r synau glywodd Damelsa y noson cynt?

Dechreuodd tarth glas, tenau droelli i fyny o'r crochan. Gwyliodd Damelsa wrth iddo amgylchynu Nain Myfi fel petai'n cael ei dynnu gan ryw nerth anweledig. Arhosodd y tawch uwchben yr hen wreigan fel cwmwl lloerig, a'i liw yn newid o las, i felyn, i ruddgoch, ac yna i wyn.

Brathodd Damelsa ei dwrn i stopio'i hun rhag gweiddi. *Na, tydi hyn ddim yn digwydd go iawn,* meddai wrthi ei hun. *Dy feddwl sy'n chwarae triciau arna chdi. Tric o ryw fath ydi o. Ti'n wyddonydd. Meddylia'n wyddonol. Meddylia'n wyddonol...*

Ond er i Damelsa geisio dwyn perswâd ar ei hun mai gweld pethau oedd hi, dechreuodd y cwmwl tarth droelli, ac roedd Nain Myfi'n dal i lafarganu:

'Ysbryd, ysbryd, clyw fy nghri!
Ymhell o'r ochr draw,
Er cau y llen ac oeri'r gwaed,
Tyrd nôl heb wae na braw.'

Erbyn hyn roedd Nain Myfi yn bonllefain. Yna'n ddisymwth — rhewodd, a'i llygaid yn rowlio nôl yn ei phen. Fel neidr yn cael ei hudo o fasged, ymddangosodd dau edefyn gwyn llachar o sylwedd hylifog allan o'i thrwyn. Roedden nhw'n llifo o'i ffroenau fel rhaffau llysnafeddog, yn troelli trwy'r awyr o'i blaen hi.

Roedd coesau Damelsa'n gwegian. Oedd Nain yn sâl? Oedd angen help arni? Erbyn hyn, roedd yn amhosib i Damelsa beidio ag ymateb.

'NAIN!' gweiddodd, gan ffrwydro drwy'r drws. 'Be sy'n digwydd? Ydach chi'n iawn?' Trodd Nain Myfi yn ei hunfan, a disgynnodd y tarth o'r nenfwd mewn fflach.

'Damelsa? Beth ar wynab y ddaear wyt ti'n da lawr fa'ma? Ti fod yn dy wely!'

'Be 'dw *i'n* neud yma?' sgrechiodd Damelsa. 'Dwi'n meddwl mai fi ddylsai ofyn hynna i chi, Nain! *Chi* 'di'r un sy 'di bod yn sleifio o gwmpas yn y nos! *Chi* 'di'r un sy 'di bod yn... wel, beth bynnag 'dach chi'n neud yn fa'ma!'

'*Shhht!*' siarsiodd Nain Myfi, gan osod ei llaw yn glep dros geg Damelsa. 'Bydd ddistaw.'

Ymddangosodd hen ddynes o gadair yng nghornel y stafell, a neidiodd Damelsa mewn braw. Doedd hi heb sylwi bod gan Nain gwmni.

'Misus Caradog?' meddai'r ddynes, gan gamu tuag at Nain Myfi. 'Be sy wedi digwydd? Ble mae Benji bach? Ydi popeth yn iawn?'

'Ydi, ydi, mae popeth yn iawn, Gwenda,' atebodd Nain Myfi gan bwffian chwerthin yn nerfus. 'Dim ond fy wyres sydd yma. Wedi cael hunllef ac mae angen i mi ei swatio nôl yn ei gwely, dyna'i gyd. Ewch i eistedd wrth y tân; fydda i efo chi mewn dau funud.'

I ffwrdd a'r hen ddynes a gafaelodd Nain Myfi yn dynn yn Damelsa.

'Pwy oedd *honna?*' gofynnodd Damelsa.

'Dim ots am hynny rŵan,' atebodd Nain Myfi, gan sibrwd yn ffyrnig. 'Rŵan, deud y gwir, Damelsa; wyt ti ar ben dy hun?'

Tynnodd Damelsa ei hun yn rhydd o freichiau ei Nain, ac ysgwyd ei phen. 'Nac'dw. Mae Peris fyny yn y tŷ gwydr. 'Dan ni wedi dod i drio ffeindio be 'di'r sŵn ôn i 'di glywed yn y nos. Sŵn tywydd mawr, meddach *chi*. Roedden nhw rywbeth i neud efo hyn, on'd oedden?'

'O, diar mi, wir. O diar, diar mi!' Tynnodd Nain Myfi ei dwylo trwy ei gwallt gwyn wrth gamu tua'r drws. Tynnodd ei masg euraidd a'i osod ar fwrdd gerllaw. 'Reit, tyrd efo fi. 'Na i esbonio bob dim wedyn, ond mae'n rhaid i Peris fynd adra rŵan hyn. Fedrith o ddim gweld be sy lawr yn fa'ma.'

Aeth Nain Myfi â Damelsa nôl i fyny'r ysgol ble'r oedd Peris yn eistedd fel teiliwr ar lawr y tŷ gwydr. Wrth weld ei ffrind, neidiodd ar ei draed. 'O, 'co ti, Damelsa! Fi 'di bod yn aros am ache. Ti'n iawn? Ti'n dishgwl fel bo ti 'di gweld...'

'Mae hi'n iawn, diolch, Peris,' meddai Nain Myfi gan dorri ar ei draws, wrth i'w phen godi drwy'r drws cudd. ''Sa'm rheswm i boeni.'

Edrychodd Peris yn ddryslyd ar Damelsa. 'Misus

Caradog? Chi... *chi* sy 'na?'

'Wel, wrth gwrs mai fi sy 'ma,' meddai Nain Myfi. 'Pwy oeddat ti'n ddisgwyl? Blodeuwedd?'

'Ôn ni'n meddwl falle taw dihiryn ôch chi! Neu leidr!'

'Lleidar? Nefi wen, naci. Lawr yn fan 'na dwi'n bragu fy ngwin sinsir, gan ddefnyddio rysáit cyfrinachol y teulu — felly dwi'n licio ei gadw'n gyfrinach.' Rhoddodd olwg ddu i Damelsa. 'Roedd Damelsa'n rhoi help llaw i mi ei roi mewn poteli, ac mi aeth yr amser. On'd do, Damelsa?'

Gwyddai Damelsa wrth lais ei Nain y byddai'n well iddi gytuno, ac felly nodiodd ei phen. 'Ia, dyna ni, gwin sinsir, rôn i'n helpu...'

'O, diolch byth am 'na,' meddai Peris, gyda gwên o ryddhad yn lledu ar draws ei wyneb gwelw. 'T'wel? Wedes i fod dim byd od yn mynd mlân 'ma.'

Edrychodd Damelsa'n hyll ar Nain Myfi, ei meddwl yn un cwlwm mawr o ddryswch. 'Na. Dim byd od o gwbwl.'

'Reit, wel, mae'n well i ti fynd am adra, Peris bach,' meddai Nain Myfi, gan glapio'i dwylo. 'Dwyt ti ddim isio bod mewn trwbwl efo dy dad, nagwyt?' Aeth â Peris at ddrws y tŷ gwydr a gwenu. 'Mae Damelsa'n hogan lwcus i gael ffrind fatha chdi. Hogan styfnig, ond lwcus! Dos yn ôl am y bwthyn a fydda i efo chdi mewn dau funud.'

Sgipiodd Peris ar draws yr ardd, ac unwaith iddo fynd digon pell i ffwrdd, ochneidiodd Nain Myfi yn uchel. 'Wel, mae gan dy hen Nain dipyn o waith esbonio, on'd oes, Damelsa,' meddai, gan chwarae efo hem ei chardigan. 'Gad i mi ddelio efo Gwenda lawr grisiau, ac wedyn, ar ôl i mi fynd â Peris adra, gawn ni siarad. Beth am i ti fynd am dy wely, a ddo i â phanad neis i ti mewn munud?'

Edrychodd Damelsa yn ddwfn i lygaid ei nain. 'Ac wedyn 'newch chi ddeud bob dim wrtha i, Nain? 'Dach chi'n gaddo?'

Amneidiodd Nain Myfi. 'Yndw. Dwi'n gaddo.'

PENNOD 9
Datgelu'r Gwir

Ymhen ugain munud roedd storm yn chwyrlïo, a diferion glaw fel crafangau rheibus yn curo'n wyllt ar ffenest yr atig. Roedd Damelsa'n swatio o dan ei chwrlid clytwaith, ac roedd Mot yn gynnes wrth ei thraed fel potel dŵr poeth ruddgoch, flewog. Yn ei gawell, roedd Aelhaearn yn cnoi tamaid o afal, ac yn gwichian yn ofnus bob tro y byddai'r tyrfau'n taranu. Yno yng nghanol y llawr roedd y Daliwr Dihirod, ei safn haearn, metel ar agor led y pen, fel petai'n gobeithio llyncu ei ysglyfaeth.

Doedd Damelsa methu'n lân â gorwedd yn llonydd wrth i'w phen lenwi â lluniau o'r ogof ddirgel, y cylch o benglogau, a'r crochan yn ffrwtian. Allai hi ddim stopio meddwl am lygaid Nain Myfi yn rowlio nôl, a'r rhaffau gwyn erchyll oedd yn nadreddu allan o'i thrwyn. Beth oedd Nain wedi bod yn ei guddio oddi wrthi dros yr holl flynyddoedd?

'Dyma ni! Panad melys i ni'n dwy,' meddai Nain Myfi o waelod y grisiau. Gwichiodd drws yr atig wrth agor a herciodd i mewn. Gosododd hambwrdd te arian ar y cwpwrdd wrth y gwely, a'i bag gwlanog ar y llawr. Eisteddodd yn y gadair siglo ger y gwely, a thywallt te i'r ddwy ohonyn nhw. 'Ac rôn i'n meddwl ella basat ti angen rhywbeth i roi 'chydig o egni i ti,' meddai, gan wthio platiaid o fisgedi at Damelsa. 'Tyrd, helpa dy hun.'

Cymerodd Damelsa'r plât, ond allai dim byd — ddim hyd yn oed bisgedi siocled — dawelu ei meddwl. Teimlai'n swp sâl, a'i bol yn pigo fel petai'n llawn gwyfynod.

Dywedodd neb yr un gair am dipyn; roedd yr awyr yn drwm dan bwysau'r cyfrinachau oedd ar fin cael eu datgelu.

'Damelsa', meddai Nain Myfi o'r diwedd, ei llais yn crynu, ei llygaid yn wlyb, 'cyn i mi ddechra, dwi am i ti wbod 'mod i 'rioed wedi bod isio cadw hyn oddi wrthat ti. Does 'na 'run diwrnod wedi mynd heibio pan nad ôn i isio deud y gwir wrthat ti. Ond, wel...' arhosodd Nain Myfi am eiliad. Roedd hi'n cael trafferth dod o hyd i'r geiriau cywir, a dagrau'n cronni yng nghorneli crychlyd ei llygaid. 'Efo popeth ddigwyddodd i dy fam a dy dad, dôn i ddim isio achosi mwy o bryder i ti heb fod angen. Rwyt ti wedi gorfod delio efo cymaint yn barod.'

'Nain, mae'n rhaid i chi ddeud wrtha i,' meddai Damelsa, gan wyro ymlaen a gafael yn ei llaw. 'Beth bynnag ydi o, mae'n rhaid i fi gael gwbod be sy'n mynd mlaen.'

Estynnodd Nain Myfi am hances boced gywrain, a sychu ei llygaid. 'Dwi'n gwbod, dwi'n gwbod. A dwi 'di aros lot rhy hir yn barod.'

Cymrodd anadl ddofn a rhoi ei llaw yn ei phoced. Tynnodd gerdyn busnes bach porffor allan, a'i roi i Damelsa. Ar un ochr roedd penglog aur, ac ar yr ochr arall roedd teipysgrif gain yn dweud:

Myfanwy Caradog
Ysbrydolyn yr Ysbrydion

DROS HANNER CAN MLYNEDD O BROFIAD
O ALW'R MEIRW A CHYSURO'R
SAWL SY'N GALARU

Roedd eu rhif ffôn arno, ac o dan hwnnw, mewn llythrennau bras, roedd y frawddeg:

AR ÔL MARW, MAE'R DAITH YN PARHAU

Rhywle yn y pellter roedd un o greaduriaid y nos yn udo, a dyma Damelsa'n chwerthin yn chwithig. Oedd Nain Myfi wedi mynd o'i phwyll, neu oedd hi'n tynnu ei choes? 'Ia... jôc dda, Nain... doniol iawn. Galw ysbrydion. Ysbrydolyn yr Ysbrydion. Da 'wan!'

'Damelsa, dwi o ddifri!' atebodd Nain Myfi heb oedi. 'Mae Ysbrydolion yr Ysbrydion yn unigolion sy'n medru darganfod eneidiau'r ymadawedig, pobol sydd wedi ein gadael ni. 'Dan ni'n gallu cysylltu efo nhw a'u galw nhw atan ni, ac ysbrydoli eu heneidiau i ddychwelyd dros dro i'r byd hwn. 'Dan ni'n helpu pobol sy'n galaru, ti'n gweld, rhywun sydd 'di colli rhywun annwyl ac yn ei chael hi'n anodd ymdopi. Y stafell o dan y tŷ gwydr ydi fy Nghilfan Gymuno, ac mi roeddwn i wrthi'n galw heno — dyna beth welist ti fi'n neud... wel, dechrau galw beth bynnag...'

Agorodd Damelsa ei cheg i siarad, ond yn lle geiriau, dim ond rhyw fwhwmedd disynnwyr oedd ar ei thafod. Doedd ganddi ddim syniad yn y byd sut i ateb.

''Dan ni'n helpu pobol fasa'n gallu elwa o'n gwasanaethau ni; maen nhw'n dod atan ni i gysylltu efo'r bobol maen nhw 'di golli,' esboniodd Nain Myfi. 'Mae gweld ysbryd y bobol sy 'di marw yn gallu bod yn gysur, ac yn help i'r sawl sy 'di cael eu gadael ar ôl i ddygymod â'r sefyllfa. Mae'n gallu helpu efo'r broses o alaru.' Cymerodd Nain Myfi lymaid o'i phaned. 'Fel Gwenda, welist ti gynna, er enghraifft. Mi gollodd hi ei hunig fab ychydig fisoedd yn ôl. Disgyn dros ochr cwch tra'i fod o allan yn 'sgota. Sobor o beth. Felly mi ddaeth Gwenda ata i er mwyn cael deud ta-ta yn iawn. Mae'n helpu'r ysbryd hefyd, wrth gwrs, i wbod bod rhywun yn dal i feddwl amdanyn nhw, er eu bod nhw wedi gadael tir y byw.'

Roedd Damelsa'n dawel fel y bedd. Mae'n rhaid mai jôc oedd hyn? Rhyw fath o dric gwallgof? Ia — unrhyw eiliad rŵan mi fyddai Nain Myfi'n chwerthin dros bob man ac yn cyfaddef mai jôc Calan Gaeaf cynnar oedd y cwbwl.

Ond roedd wyneb Nain Myfi yn gwbwl ddifrifol. 'Ti ddim yn fy nghoelio i, nagwyt?'

Pwffiodd Damelsa. 'Nain, dydach chi ddim yn gallu cysylltu efo pobol sy 'di marw. Ac yn bendant, *does 'na'm ffasiwn beth* â bwganod! Mae o'n wyddonol amhosib. Mae ymchwil wedi dangos bod...'

'O, ymchwil pymchwil!' Torrodd Nain Myfi ar ei thraws. 'Fedri di ddim profi popeth efo rhifau mawr a fformiwla glyfar wyddost ti. Mae rhai pethau yn... anesboniadwy; yn rhan o ddirgelwch y bydysawd. A tydan ni ddim yn defnyddio'r term *bwganod,* gyda llaw.

Mae'n hen ffasiwn iawn ac yn hynod o sarhaus. "Ysbryd"
ydi'r term cywir, iawn?'

Ochneidiodd Damelsa. Roedd hi'n wyddonydd, a
doedd gwyddonwyr *yn bendant* ddim yn credu mewn lol
arallfydol. Roedd bywyd ar ôl marwolaeth yn amhosib.
Amhosib! Ond ar yr un pryd, doedd ganddi yr un
esboniad rhesymegol am yr hyn welodd hi yn y tŷ gwydr
brin awr yn gynharach.

'Ocê, Nain,' meddai. 'Os *ydach* chi'n deud y gwir —
ac mae hyn yn gwbwl rethregol, yn amlwg — sut 'dach
chi'n "galw" ysbryd?'

'Wel, 'na i esbonio'n fwy manwl rhywdro eto, ond yn
syml, 'dan ni'n bragu hylif arbennig yn y crochan ac
yna'n llafarganu Swyngan y Galw. Y stwff 'na welist ti'n
dod allan o'n ffroenau i, wel, ysbrydblasma ydi hwnna.
Rhyw fath o egni goruwchnaturiol mae Ysbrydolion
yr Ysbrydion yn ei greu ydi o, a dyna sy'n rhoi corff i'r
ysbrydion pan maen nhw'n cyrraedd ein byd ni.'

'Ac o ble ydach chi'n galw'r ysbrydion 'ma?'

Pwysodd Nain Myfi ymlaen a hoelio ei llygaid
llwydion ar Damelsa. 'Wel, ar ôl i rywun gicio'r bwced,
maen nhw'n mynd i'r *Tŷ Draw.*'

'Tŷ lle?'

'Y Tŷ Draw. Mae o fel gwesty mawr lle mae'r holl

ysbrydion yn mynd ar ôl iddyn nhw adael tir y byw. Ar ôl deud ta-ta wrth ein byd ni, ti'n deud helô i fan 'na! Tydan ni ddim yn gwbod fawr ddim am y lle; mae ysbrydion yn anghofio popeth amdano unwaith maen nhw wedi croesi'r llen nôl i'r ochr yma. Rhywle i'r ysbrydion aros tra'u bo nhw dal yn fyw yn y cof ydi'r Tŷ Draw, ac o fan 'na rydan ni'n ei galw nhw. Ond unwaith maen nhw wedi cael eu hanghofio, maen nhw'n symud mlaen i'w gorffwysfa ola, tu hwnt i'n cyrraedd ni.'

Roedd Damelsa'n dal yn anghrediniol. 'Ar fy marw! Ble'n union mae'r Tŷ Draw 'ma? *Glyn Cysgod Angau*, ia?'

'Paid â bod yn wirion!' meddai Nain Myfi yn swta. 'Ti ddim yn cymryd hyn o ddifri, Damelsa.'

Gorweddodd Damelsa nôl yn y gwely i drio cael trefn ar ei meddyliau. Teimlai ei bod yn colli arni, wedi ei dal mewn hunllef swreal. Roedd hi'n hoffi meddwl bod modd esbonio popeth gyda fformiwla neu hafaliad neu dystiolaeth gadarn — nid rhyw lol ysbrydol! Tynnodd ei llaw trwy ei gwallt, heb wybod beth i'w ddweud.

'Yli, 'mechan i,' dwi'n gwbod bod hyn yn lot i'w gymryd i mewn,' meddai Nain Myfi, gan edrych i lygaid ei hwyres. 'Ond mae'n *rhaid* i ti 'nghoelio fi. Mae pobol wedi bod yn galw ar y meirw ers miloedd ar filoedd o flynyddoedd, ers oes pys. Does dim llawer ohonan ni'n dal i weithio yn y wlad 'ma y dyddiau hyn, gan fod llai a llai o bobol yn fodlon coelio, ond mae 'na dal ddigon ohonan ni o gwmpas. Yli, mi ddangosa i chdi.'

Gwthiodd Nain Myfi ei llaw i ddyfnderoedd ei bag gwlanog. O'i grombil, tynnodd nodiadur mawr, llyfr oedd yn edrych fel petai wedi cael ei rwymo mewn croen neidr porffor. Roedd llun penglog mawr aur ar y clawr, o dan y geiriau *Llyfr Mawr y Meirw*.

'Llyfr llawn gwybodaeth ydi'r *Llyfr Mawr*, testun cysegredig.'

Eisteddodd Damelsa, gan dderbyn y ffaith bod Nain yn bwriadu dangos y llyfr rhyfedd yma iddi, doed a ddêl.

'Reit, tyrd i ni gael golwg.' Trodd Nain Myfi'r tudalennau a dod i stop ar lun o fap y byd gyda'r teitl *Ysbrydolion yr Ysbrydion ar Draws y Byd*. Pwyntiodd un o'i bysedd cam at Affrica. 'Yn Johannesburg maen nhw'n galw eu Hysbrydolion yn *Spridsbrolien*,' meddai, gan bwyntio at lun o bobol mewn mygydau sgerbwd, eu dwylo'n ymestyn i fyny at y sêr.

Yna, symudodd ymlaen at Asia. 'Enw Ysbrydolion yr Ysbrydion yn Tsieina ydi *Siamaniaid Xian*, ac mae'n bosib mai nhw oedd y bobol gyntaf yn y byd i ymarfer ein crefft. Ti'n gweld?'

Pwysodd Damelsa ymlaen, gan godi ei chwilt dros ei

hysgwyddau, ac wrth iddi edrych ar y lluniau teimlodd eu hun yn gwingo. Roedd fflach o atgof wedi goleuo yn ei meddwl, fel matsien yn cael ei thanio. Rhywsut, roedd rhywbeth cyfarwydd iawn am y lluniau. Roedd hi'n meddwl ei bod wedi eu gweld nhw o'r blaen. Ond ymhle?

'Pam eu bod nhw i gyd yn gwisgo'r masgiau crîpi 'na, Nain?' gofynnodd. 'Roeddech chi'n gwisgo un hefyd.'

'Ein Mygydau Anhysbys ydyn nhw. Rydan ni'n eu gwisgo wrth alw'r meirw er mwyn cau'r byd yma allan, a'n helpu ni i gysylltu â'r ysbrydion.'

Symudodd Nain Myfi ei bys at lun o ddynes mewn dillad ffwr trwchus, a'i mwgwd hi wedi ei addurno â dail a chyrn ceirw. 'Rŵan, roedd y ddynas yma yn un o *Godwyr Meirwon Llychlyn*, ac yn byw ar yr Ynys Las. Yna mae gen ti'r Rwsiaid, sef *Yagas y Meirw*, a *Meibion y Meirw* o Loegr.'

Wrth i Nain Myfi siarad, rhoddodd Damelsa ei braich o gwmpas Mot a'i dynnu'n nes, gan geisio deall popeth roedd ei nain yn ei ddweud. Ond roedd y cyfan yn od iawn. Er bod popeth oedd ei nain yn ei ddweud yn swnio fel chwedloniaeth, rhywsut teimlai fel petai'n clywed pethau roedd hi eisoes yn gwybod amdanyn nhw. Roedd hi fel petai'n ail-ganfod rhywbeth oedd hi wedi'i golli flynyddoedd yn ôl. Roedd y cyfan fel atgof...

'MAM A DAD!' Taflodd Damelsa ei hun at ochr y gwely a gafael yn llaw Nain Myfi. 'Roedd ganddyn *nhw* gopi o'r llyfr yma, on'd oedd? Yn ein hen dŷ ni! Dwi'n ei gofio fo rŵan!'

Dechreuodd lygaid Nain Myfi befrio. 'Ti'n iawn, 'mechan i. Roeddat ti'n rhy fach i ddallt y cwbwl 'radeg hynny, ond roedd dy fam a dy dad yn Ysbrydolion yr Ysbrydion hefyd. Ddim torri coed tân oedd dy dad yn y cwt coed, 'sti. Dyna ble'r oedd y drws cudd oedd yn arwain at eu Cilfan Gymuno nhw.

'Dy fam a dy dad oedd dau o'r Ysbrydolion gora erioed, y rhai mwya uchel eu parch i mi eu 'nabod. A rŵan...' pesychodd Nain Myfi i glirio ei gwddf. 'Wel, rŵan mae'n bryd i *chdi* gario mlaen â'r traddodiad teuluol, Damelsa fach.'

Llyncodd Damelsa. 'Fi? 'Dach chi'n... be... dwi... ?'

Nodiodd Nain Myfi ei phen. 'Mmm-hmm. Fel arfer, os ydi rhywun yn mynd i etifeddu pŵer Ysbrydolion yr Ysbrydion, mi fydd pethau'n dechrau digwydd pan maen nhw tua deg oed. A chditha'n un ar ddeg, rôn i'n dechra meddwl bod y pwerau wedi neidio un genhedlaeth. Dyna pam ges i gymaint o sioc pan ddechreuest ti siarad am y sŵn glywist ti dros nos. Rôn i wedi cael ffit binc, a methu meddwl beth i ddeud.'

'Ond beth *oedd* y sŵn, Nain? Be ôn i'n glywed? Be ôn i'n deimlo?'

'Dy bwerau di oedd yn cyrraedd, 'mechan i. Dwi'n gwbod fod o ddim yn deimlad neis iawn, a taswn i ddim wedi dychryn gymaint pan soniest ti amdano, mi faswn i wedi bod yn fwy o gefn i ti. Mae'n ddrwg gen i.'

Sythodd corff Damelsa, ei phen yn troi fel top. Yr adeg yma ddoe doedd hi ddim yn credu mewn unrhyw beth goruwchnaturiol — roedd hi wastad wedi meddwl bod pobol ysbrydol yn ddim mwy na chlowns mewn syrcas, yn twyllo'u hunain a phobol eraill — a nawr roedd hi'n cael gwybod bod ganddi hithau'r pŵer i gysylltu â'r meirw! Roedd y peth yn wallgo! Ond wrth i Damelsa edrych lawr ar *Lyfr Mawr y Meirw* allai hi ddim cael gwared â'r atgof o gopi ei rhieni, a'r synnwyr rhyfedd am bethau cyfarwydd oedd yn troi a throsi y tu mewn iddi. Beth os — a dim ond os — beth os oedd y cwbwl yn wir? Beth os oedd hi wir yn dod o deulu o Ysbrydolion yr Ysbrydion? Wedi'r cwbwl, beth ddwedodd y seryddwr enwog, Ignacio Dimitrov, unwaith? *Mae'n hawdd deall pob gwirionedd ar ôl eu darganfod; y cam anodd yw eu darganfod.*

Dechreuodd Mot symud yn anesmwyth ar lin Damelsa. Roedd ei gorff yn gynnes, a mwythodd

Damelsa ei glustiau i geisio ei dawelu. 'Felly, os ydi'r pwerau arbennig yma gen i, Nain, be — ac mae hyn yn gwbwl rethregol — be dwi fod i neud efo nhw?'

Estynnodd Nain Myfi am gacen cnau coco, a chnoi tamaid ohoni. 'Wel, ti'n gweld, Damelsa, mae pwerau Ysbrydolion yr Ysbrydion ar eu cryfaf pan mae'r Ysbrydolyn yn ifanc, ac yn gwanhau wrth iddyn nhw fynd yn hŷn. Dwi ddim yn mynd dim 'fengach, a fydda i methu gneud be dwi'n gneud am byth. Cyn bo hir, mi fydda i angen rhywun i gymryd fy lle.' Gwenodd yn dawel. 'Damelsa, mi faswn i'n licio i chdi fod yn brentis Ysbrydolyn i mi. Dwi am rannu popeth dwi'n wbod efo chdi.'

Yn gegrwth, teimlodd Damelsa ei chalon yn fferru am eiliad. Er ei bod eisiau credu popeth oedd Nain Myfi wedi'i ddweud wrthi, roedd y gwyddonydd ynddi angen tystiolaeth. Roedd hi angen tystiolaeth gadarn.

Gafaelodd Nain yn llaw Damelsa a'i mwytho'n ysgafn. 'Wel?' gofynnodd yn dyner. 'Be ti'n ddeud?'

'Dwi angen gweld un,' atebodd Damelsa. 'Dwi angen i chi alw ysbryd.'

PENNOD 10
Y Gilfan Gymuno

Y noson ganlynol, wrth i'r lleuad setlo fry yn yr awyr ddu, dilynodd Nain Myfi a Damelsa y llwybr troellog at waelod yr ardd ac i'r tŷ gwydr. Am ei phen, er mwyn iddi beidio anghofio rhoi ystyriaeth wyddonol i beth oedd ar fin digwydd, roedd Damelsa wedi gwisgo ei Chap Meddwl. Tynnodd y cap i lawr yn dynn dros ei chlustiau; roedd ias yn yr aer, ac arogl pridd a mwg yr hydref lond yr awyr.

Roedd Damelsa wedi bod yn ei stafell bron drwy'r dydd, a newyddion syfrdanol, goruwchnaturiol Nain Myfi yn trybowndio o gwmpas ei phen. Fel arfer byddai wedi treulio ei dydd Sadwrn yn breuddwydio am ddyfeisiadau newydd, neu'n profi ei hun i weld os allai gofio'r rhifau Pi i gyd, neu'n edrych ar bryfaid o dan ei meicrosgop, ond fedrai hi ddim canolbwyntio ar wneud y fath bethau heddiw ar ôl popeth oedd wedi digwydd. Roedd rhan resymegol ei hymennydd yn dal i wrthod credu bod gwirionedd yn newyddion Nain Myfi; wedi'r cwbwl, doedd yr un gwyddonydd erioed wedi profi bod bywyd yn parhau ar ôl marwolaeth. Ond wrth i Damelsa dyrchu'n ddyfnach ac yn ddyfnach yn nhudalennau *Llyfr Mawr y Meirw*, allai hi ddim stopio meddwl am ei rhieni ei hun yn darllen iddi o'r union lyfr pan oedd hi'n ferch fach.

Dechreuodd gasglu'r briwsion o atgofion oedd ganddi o'r cyfnod. Yn y *Llyfr Mawr* roedd pennod am Ysbrydolion y Cyfnod Jwrasig, a lluniau cywrain o benglogau a sgerbydau, a phytiau am lampau a chanhwyllau, a pheiriau a chrochanau. Rhywsut, roedd y brawddegau'n dechrau teimlo'n fwyfwy cyfarwydd, fel hen hwiangerdd si-lwli, fel petai hi'n ail-afael mewn rhan o'i phlentyndod. Dyma oedd ei stori cyn cysgu amser maith yn ôl...

'Iawn, ti'n barod?' gofynnodd Nain Myfi wrth iddyn nhw gyrraedd y drws cudd. Roedd llygaid rhuddgoch y penglog yn disgleirio dan olau'r lloer fel petai'n ceisio ei hudo.

Edrychodd Damelsa'n ddwfn i mewn i lygaid ei nain, ac er nad oedd hi'n hollol siŵr, nodiodd ei phen. Doedd dim troi nôl bellach.

I lawr yr ysgol â nhw, a daeth arogl meddwol y perlysiau a'r sbeisys i lenwi ffroenau Damelsa unwaith eto.

Yn y Gilfan Gymuno, aeth Nain Myfi ati i gynnau rhai o'r canhwyllau porffor oedd ar hyd y lle. Roedd diferion cwyr caled yn hongian oddi arnyn nhw, yn edrych fel pibonwy bach caregog yn troelli am i lawr.

'Dyna chdi, 'mechan i,' meddai Nain Myfi, gan ysgwyd ambell glustog yn ôl i'w siâp crwn a'u gosod ar y gadair freichiau wrth y lle tân. 'Parcia di dy ben-ôl yn fan 'na, ac mi af i nôl priciau i'r tân. Fel y gwyddost ti, mi fydd hi braidd yn oer yma unwaith y byddwn ni wedi dechrau'r cymundeb!'

Herciodd Nain Myfi draw at y cwpwrdd ym mhen draw'r stafell a suddodd Damelsa i mewn i'r gadair foethus ddofn, gan godi chwythwm o ronynnau llwch i lewyrchu yn y golau gwan. Roedd hi wedi meddwl y byddai'n teimlo'n nerfus, yn ansicr, ond rhywsut roedd y lle'n llawer llai brawychus nag oedd hi'n ei gofio. A dweud y gwir, teimlai Damelsa'n eithaf cartrefol yno, fel petai wedi bod yma erioed.

Edrychodd o'i chwmpas ar y casgliadau o ryfeddodau, y mygydau od, a'r mapiau egsotig ar y waliau. Dan flancedi o we pry cop, gwelai lyfrau llychlyd wedi eu pentyrru'n uchel bob ryw sut, a chrwydrodd llygaid

Damelsa ar hyd eu teitlau. *Siarad â'r Meirw: Cyfrol 666* gan Arianrhod Wen, *Astudiaethau Goruwchnaturiol ar gyfer Dechreuwyr* gan Dr Iona Brython, a *Mynwentydd Prydain* gan Siôn ap Madog.

Gwingodd Damelsa wrth i fellten o gynnwrf wibio trwy ei chorff, cyn iddi atgoffa ei hun mai gwyddonydd oedd hi yn anad dim. Roedd yr Athro Hobert ap Hafgan wastad yn dweud, 'Yn ystod arbrawf, ni ddylid dod i unrhyw gasgliad pendant tan fod sawl arsylwad ansoddol wedi digwydd, gan ddefnyddio sampl digon eang.' Roedd yn rhaid iddi gadw hynny mewn cof dros yr oriau nesa!

Ar ôl i'r tân ddechrau clecian, curodd Nain Myfi ei dwylo. 'Reit,' meddai, gan estyn ei breichiau at silff uchel gerllaw, 'yn gynta...'

Estynnodd am goffin bach pren oedd â chlo clap efydd yn ei gadw yng nghau. Gosododd yr arch fechan hon ar fainc yng nghanol y stafell. Wrth iddi chwythu ar y caead dawnsiodd haen drwchus o lwch i'r awyr.

'I ti mae hwn, Damelsa... Bwci Bocs i neb ond ti dy hun. Mae o fatha bocs tŵls, ond llai o'r taclau a mwy o'r angau!' Chwarddodd Nain Myfi ar ei jôc ei hun. 'Dy hen-hen-Nain Olwen oedd bia hwn, ac ynddo mae pob dim fyddi di angen i fod yn Ysbrydolyn gwych. Mae gen i un fy hun, wrth gwrs, felly d'un di ydi hwn. Rŵan, dwi'n gwbod ella fod o braidd yn ych a fi gan ei fod o'n edrych fatha arch, ond mae o fel 'na er mwyn stopio pobol fusnesu ynddo fo, 'sti.'

'Pobol fel pwy?' gofynnodd Damelsa.

'Wel, fel 'nes i grybwyll, tydi pawb ddim yn cytuno efo be 'dan ni'n neud y dyddiau 'ma, ac mae 'na bobol fasa wrth eu boddau yn trio profi mai twyllwyr ydan ni. Wedyn, mae 'na bobol eraill allan yna sydd am ddefnyddio'n pŵer er mwyn...' Brathodd Nain ei thafod, cyn peswch. 'Wel, mi siaradwn ni am hynna rhywbryd eto.'

Estynnodd allwedd fechan oedd yn hongian ar ruban porffor o'i phoced, a'i gosod ar gledr llaw Damelsa. Pwyntiodd at y Bwci Bocs. 'Tyrd, agor o! Sbïa be sy tu mewn!'

Gyda'i dwylo'n crynu, tynnodd Damelsa yr arch fechan yn nes ati. Yn union fel y drws cudd, roedd yr arch yn gynnes, bron fel petai'n gnawd byw. 'Pam fod o'n gynnes?' gofynnodd. 'Roedd y drws cudd yn gynnes hefyd.'

'Am eu bo nhw wedi cael eu gwneud o goed ywen.'

'Fel y coed gewch chi mewn mynwentydd?' gofynnodd Damelsa.

Nodiodd Nain Myfi. 'Yn union. Neu goed y cynhaeaf fel mae rhai'n eu galw nhw. Mae eu gwreiddiau a'u brigau yn sugno ychydig o'r egni ysbrydol allan o'r beddi mewn mynwent, ti'n gweld, ac yn ei gadw fo yn eu rhisgl. Dyna be ti'n deimlo.'

Gydag amheuaeth a rhyfeddod yn llenwi ei phen, gwthiodd Damelsa'r allwedd i dwll y clo. Teimlai fel petai ar fin agor drws i fyd cwbwl newydd; un tro o'r allwedd, a phwy â ŵyr, efallai y byddai ei hen fywyd yn diflannu am byth!

Trodd yr allwedd i'r dde; yn ara deg, cododd y clawr i fyny, ac...

'AAAAAAAA!' Sgrechiodd Damelsa gan lamu am yn ôl. 'Nain! Tu mewn! Mae 'na... mae 'na...'

'Beth ar wynab y ddaear sy'n bod?' meddai Nain Myfi, gan hercian tuag at y Bwci Bocs. Edrychodd i mewn cyn rowlio ei llygaid. 'Diar mi, dwyt ti ddim ofn yr Arglwydd Beblych ap Sulbych wyt ti? Twt lol!' Rhoddodd ei llaw i mewn a thynnu penglog dynol mawr allan. Dechreuodd ei fwytho fel petai'n anwesu cath fach. Lle byddai'r trwyn wedi bod, roedd gwagle du, siâp diemwnt; roedd tyllau'r llygaid yn ddwfn ac yn ddu fel dwy ogof. 'Does dim angen iddi fod dy ofn di, nagoes, 'ngwash i?'

'Nefoedd yr andros, nagoes!' Atebodd y penglog, ei ddannedd yn clecian wrth iddo siarad. Roedd ei lais yn fawreddog, bron yn frenhinol. 'Ond mae'n well gen i gael fy nghyfarch wrth fy nheitl llawn, yr Arglwydd Beblych ap Sulbych ap Pebid Penllyn, os gwelwch yn dda. Hwyrach nad oes gen i gorff mwyach, ond mae gen i ddigon o hunan-barch ar ôl.'

Teimlodd Damelsa ei bochau'n llosgi. 'Ond... mae... mae o'n siarad! Mae'r penglog yn siarad!'

'Wel, wrth gwrs 'mod i'n siarad, ferch!' twtiodd yr Arglwydd Beblych. 'Pen Parablus ydw i. Nefi, pobol ifanc y dyddiau hyn!'

'Rho'r gora i fod yn gymaint o snichyn,' meddai Nain Myfi wrth y penglog dan chwerthin. 'Rôn i'n meddwl y basat ti'n falch o gael dod allan o'r bocs 'na a chael cyfarfod â dy berchennog newydd.'

Mwmianodd yr Arglwydd dan ei wynt ac aeth Nain Myfi i'w osod ar y bwrdd ger y tân. 'Ti'n gweld, Damelsa,' meddai Nain Myfi, 'weithiau, pan fydd rhywun yn marw, bydd eu hysbryd yn cael ei ddal yn eu corff dynol, a tydyn nhw byth yn cyrraedd y Tŷ Draw.'

Meddyliodd Damelsa am hyn am eiliad. 'Felly dyna be ydi'r Arglwydd Beblych ap Sulbych? Ysbryd arglwydd sy wedi marw, yn byw yn ei hen benglog?'

'Yn union!' meddai Nain Myfi. 'Mae gan bob Ysbrydolyn o brentis ei Ben Parablus ei hun i gadw cwmpeini iddo wrth baratoi ar gyfer cymundeb. Roedd gen i un pan oeddwn i dy oed di hefyd. Madam Mahallt oedd ei henw hi. Weithiau, mae'n gallu bod braidd yn unig lawr fa'ma, felly mae'n neis cael rhywun i sgwrsio efo nhw, tra ti'n gweithio.'

'Yn enwedig rhywun gyda dwy radd brifysgol a phedair doethuriaeth, coeliwch neu beidio,' ychwanegodd yr Arglwydd Beblych. 'Er bod gen i wyneb del, mae gen i dipyn o ben hefyd, wyddoch chi.'

Rowliodd Nain Myfi ei llygaid a gostwng ei llais nes ei bod yn sibrwd. 'Mae o'n gallu bod yn hen dincar blin weithia, ond mi fyddi di'n falch o'i gwmni pan fyddi di'n dechrau derbyn cwsmeriaid ar dy ben dy hun.'

Llyncodd Damelsa ac edrych ar y llawr. Roedd hi wedi clywed am bobol â chyfrinachau yn ddwfn ym mêr eu hesgyrn, ond roedd hyn yn dod ag ystyr newydd i'r peth.

Yna, mwyaf sydyn, roedd popeth yn ormod. Roedd y byd hwn filiwn o filltiroedd i ffwrdd o gysur ei desg ddyfeisio a'i nodiaduron llawn syniadau. Ysai am gael ei heglu hi nôl i'r atig a phori trwy ei gwyddoniadur tra'n bwyta brechdan menyn-cnau-mwnci a chaws.

Gan synhwyro bod rhywbeth o'i le, gafaelodd Nain Myfi yn llaw dyner, gynnes Damelsa. 'Yli, 'mechan i. Dwi'n siŵr bod hyn i gyd yn teimlo braidd yn frawychus ar hyn o bryd; wedi'r cwbwl, ddim bob diwrnod ti'n cael penglog can mlwydd oed hen Arglwydd o Eryri yn anrheg.'

'Yn union!' meddai'r Arglwydd Beblych gan dorri ar draws. 'Cofia mor ffodus wyt ti!'

'Ond nid stori tylwyth teg ydi hon cofia, ond bywyd ac angau. Y byw a'r meirw. A fydd hi ddim wastad yn hawdd. Rŵan, wyt ti'n barod i gario mlaen?'

Anadlodd Damelsa'n ddwfn a nodio'i phen. *Yn enw ymchwil wyddonol,* meddai wrth ei hun. *Er budd gwyddoniaeth.*

Estynnodd Nain Myfi i mewn i Fwci Bocs Damelsa unwaith eto. Y tro hwn tynnodd ffedog, ambell gannwyll, crochan copr, copi poced o *Lyfr Mawr y Meirw*, ac yn olaf, mwgwd plaen siâp penglog wedi ei wneud o bren golau.

Daliodd y mwgwd at ei hwyneb. Yng ngolau'r gannwyll roedd golwg iasol arni. 'Y mwyaf o gymundebau y byddi di'n eu gwneud, y crandiaf fydd dy fwgwd di. Ar ôl i ti wneud tua cant cymundeb fe gei di fwgwd copr. Yna ar ôl dau gant, un efydd ac yn y blaen ac yn y blaen. Ddylsat ti weld y rhai mae Derwyddon yr Ysbrydolion yn eu gwisgo. Prydferth tu hwnt. Rhai yn blu i gyd, eraill ag esgyn arnyn nhw, rhai â gemwaith...'

'Derwyddon yr Ysbrydolion?' atebodd Damelsa, yn ddryslyd. 'Pwy ydyn *nhw?*'

Chwarddodd Nain Myfi. 'Sori, 'mechan i. Dwi'n anghofio o hyd bod gen ti lot o waith dysgu! Derwyddon yr Ysbrydolion sy'n rhedeg Yr Hynafol Gorff. Hwnnw ydi'r urdd sy'n gyfrifol am bawb sy'n cymuno efo ysbrydion. Rydan ni gyd yn datgan ein teyrngarwch i'r Hynafol Gorff, ac wedyn mae Derwyddon yr Ysbrydolion yno i'n helpu ni. Mi fyddi dithau yn dod yn aelod wedi i ti orffen dy brentisiaeth.'

Roedd y tân wedi dechrau diffodd, a dyma Nain Myfi'n codi megin bres. Wrth iddi chwythu'r ffrwd o wynt i grombil y tân, ceisiodd Damelsa gael trefn ar yr holl wybodaeth newydd — *Mygydau Anhysbys... Yr Hynafol Gorff... Derwyddon yr Ysbrydolion* — roedd cymaint i'w ddysgu.

Ar ôl i'r tân ail-gynnau cododd Nain Myfi y copi poced o *Lyfr Mawr y Meirw*. Byseddodd drwy'r tudalennau, eu hymylon euraidd yn curo fel adenydd gwyfyn. 'Rŵan 'ta,' meddai, gan osod y gyfrol ar y stondin lyfrau crand ar ganol y bwrdd. 'Gwranda ar y bennod yma, Damelsa. Paid â phoeni, tydi o ddim mor hir â diflas ag mae'n swnio. Arglwydd Beblych, fasach chi cystal â'i darllen yn uchel i ni?'

'Â phleser.' Pesychodd y penglog fel petai'n clirio ei wddf cyn rhoi araith fawr, a dechrau darllen yn uchel:

'Rheolau cysegredig galw ysbrydion.

'Un. Dim ond fel gweithred anhunanol y mae modd galw ar ysbryd. Ni ddylai Ysbrydolion yr Ysbrydion fyth ddefnyddio eu pwerau er budd neu elw personol.

'Dau. Rhaid i bob cymundeb ddigwydd rhwng gwyll a gwawr.

'Tri. Rhaid i bob cymundeb ddigwydd mewn Cilfan Gymuno drwyddedig neu mewn lleoliad a gafodd sêl bendith Yr Hynafol Gorff.

'Pedwar. Ni chaiff ysbryd dreulio mwy na theirawr ar dir y byw. Dyletswydd Ysbrydolion yr Ysbrydion yw sicrhau bod pob ysbryd yn dychwelyd yn ddiogel o fewn teirawr i'r Tŷ Draw. Oni ddigwydd hyn, gadewir yr ysbryd mewn limbo yn dragwyddol rhwng y byd hwn a'r arallfyd.

'Pump. Caniateir galw ar ysbryd unwaith, ac unwaith yn unig.

'Chwech. Ysbrydolyn yr Ysbrydion sydd wastad yn gyfrifol am ddiogelwch y sawl sy'n galaru a'r ysbryd a elwir.

'Saith. Dan oruchwyliaeth eu hyfforddwr yn unig y caiff prentisiaid Ysbrydolion yr Ysbrydion ymarfer eu crefft.'

Wedi iddo orffen, gwyrodd yr Arglwydd Beblych ymlaen fel petai'n moesymgrymu, a bron iddo rowlio oddi ar y bwrdd.

'Diolch,' meddai Nain Myfi, gan eistedd yn y gadair

freichiau wag wrth ymyl y tân. Amneidiodd ar Damelsa i ymuno â hi. 'Rŵan, dwi'n gwbod nad wyt ti'n licio rheolau, Damelsa, ond mae'n hollbwysig dy fod ti'n dilyn y rheolau yma, wyt ti'n dallt?' Gwibiodd ei llygaid at y graith oedd ar ei llaw, a thynnodd ar lawes ei chardigan yn sydyn. 'Gall unrhyw ffwlbri neu ddiffyg canolbwyntio arwain at ganlyniadau enbyd. Mae'r broses yma yn gallu bod yn hynod o beryglus, mewn sawl ffordd. Mae'n hanfodol dy fod ti'n talu sylw i dy waith ar bob adeg. Ydi hynna'n glir?'

'Yndy, Nain,' atebodd Damelsa, ac am ryw reswm gwibiodd ias i lawr ei chefn fel mellten. Pa fath o beryglon oedd hi'n feddwl? Pa fath o ganlyniadau enbyd?

'Reit, rydan ni bron yn barod i gychwyn,' meddai Nain Myfi. 'Y peth olaf dwi am ddangos i ti ydi'r peth pwysica mae Ysbrydolyn yr Ysbrydion yn berchen arno.'

'Ar wahân i'w Pen Parablus, wrth gwrs!' ychwanegodd yr Arglwydd Beblych.

'Wyt ti wedi gorffen?' gofynnodd Nain Myfi, gan rowlio'i llygaid. Cododd ei hun o'r gadair ac ymestyn am y cwpwrdd llawn jariau a photeli uwchben y lle tân. Dyma'r cwpwrdd roedd Damelsa wedi gweld ei Nain yn ôl pen picl y blobsgodyn ohono y noson gynt. Agorodd y gliced a rhedeg ei bys ar hyd y silff isaf. 'Rhain yw

Cynhwysion yr Adfywio sy'n ein helpu ni i alw ar bob ysbryd — boed yn oedolyn, yn blentyn neu'n anifail.'

'Anifail?' holodd Damelsa. 'Ydi pobol isio galw ysbrydion eu hanifeiliaid marw yn ôl?'

'Wel, mi fasat ti'n synnu faint mae anifeiliaid anwes yn feddwl i rai pobol, Damelsa. Neu ella ddim — meddylia di am Mot neu Aelhaearn bach. 'Nes i alw ysbryd crwban yr wythnos o'r blaen. Hapus iawn oedd y perchennog i weld Crannog bach eto hefyd. Dagrau o lawenydd ar fy llw!'

Cododd Damelsa ac edrych i mewn i'r cwpwrdd. Roedd label ar bob jar a photel, a phob un ag ysgrifen gain arno mewn inc porffor. Roedd potel grand yn dal rhyw fath o berlysieuyn du o'r enw *Persli'r Lloer* a jar chwe-chornel yn llawn *Grifft Llyffant Sych*. Roedd ffiol yn dal llysnafedd gludog â label arno'n dweud *Baw Trwyn Mochyn Daear: Oer* ac un arall â'r geiriau *Tân Dŵr o'r India*. Lledodd llygaid Damelsa; roedd hi wedi hen arfer cyfuno ffosfforws, swlffwr a chopr yn ei set gemegol, ond roedd rhestr cynhwysion Nain llawer mwy anarferol yn bendant! Baw Trwyn Mochyn Daear? *Ych a fi!*

'Mae angen dewis tri o Gynhwysion yr Adfywio ar gyfer pob cymundeb,' esboniodd Nain Myfi. 'Pob un yn gysylltiedig â'r person wyt ti am gyfathrebu â'i ysbryd.' Trodd i dudalen arall yn *Llyfr Mawr y Meirw*, a phwyntio at baragraff penodol:

Tri Chynhwysyn yr Adfywio

1. Eitem o'r ddegawd pan bu'r person farw.

**2. Eitem sy'n cynrychioli gwaith, swydd
neu ddiddordebau'r person fu farw.**

3. Rhywbeth o eiddo'r person fu farw.

'Gydag amser mi ddoi di i weld bod rhai cynhwysion yn gweddu'n well i rai ysbrydion nac eraill,' meddai Nain Myfi. 'Mi ddoi di i wbod gyda phrofiad. Ond y rhestr yna ydi'r gofynion yn fras. Ti'n dallt?'

Nodiodd Damelsa. Yna daeth syniad i'w phen, ac wrth i'r syniad ffurfio a thyfu, edrychodd yn syn; os oedd popeth oedd Nain Myfi'n ei ddweud yn wir, yna...

'Mi alla i gyfarfod â Mam a Dad!' ebychodd. 'Os fedra i gael gafael ar rywbeth oedd yn perthyn i Mam a Dad yna mi allwn i alw ar eu hysbrydion nhw!'

Ysgwydodd Nain Myfi ei phen. 'Wyt ti wedi anghofio'r rheol gyntaf yn barod? Fedri di ddim bod yn ffwrdd-â-hi yn cymuno ag unrhyw ysbryd leici di. Rydan ni'n gweithio er lles pobol eraill, nid ein hunain, iawn?'

Teimlodd Damelsa lwmp yn llenwi ei gwddf — roedd y gobaith o weld ei rhieni eto wedi ei chwalu'n deilchion.

Roedd Nain Myfi'n edrych yr un mor siomedig. 'Dwi'n gwbod ei fod o'n beth anodd ei dderbyn, 'mechan i. Mi 'dw inna isio'u gweld nhw. Fedra i ddim deud wrthat ti sawl gwaith dwi 'di cael fy nhemtio i dorri'r rheolau a chymuno efo nhw...' Gwasgodd Nain Myfi ysgwydd Damelsa cyn curo ei dwylo. 'Reit 'ta, tyrd, mae gen ti waith paratoi.'

Crychodd trwyn Damelsa. 'Paratoi ar gyfer be?'

'Wel, dy gymundeb cynta, wrth gwrs! Does dim eiliad i'w gwastraffu. Mi fydd dy gwsmer cynta yma ymhen hanner awr.'

PENNOD 11

Mewn Cymundeb
â'r Syrcas

'**O**nd ydach chi'n siŵr 'mod i'n barod i gymuno ag ysbryd ar fy mhen fy hun, Nain?' gofynnodd Damelsa ddeng munud yn ddiweddarach, wrth i'r ddwy sefyll yn berwi dŵr yn y crochan. 'Rôn i... rôn i'n meddwl bo chi am ddangos i mi sut i wneud gynta!'

'Fel dwi 'di ddeud yn barod, Damelsa, 'fenga ydi Ysbrydolion yr Ysbrydion, y cryfaf ydi eu pwerau nhw,' atebodd Nain Myfi. 'Does 'na ddim rheswm pam na fedri di gychwyn arni. Paid â phoeni, mi fydda i yma i roi arweiniad i ti.'

Ochneidiodd Damelsa. Roedd Nain Myfi eisoes wedi dangos iddi sut i osod y cylch o benglogau yn ei le, a rhoi cwlwm dwbwl yn rhuban ei Mwgwd Anhysbys, ond doedd hi dal ddim yn siŵr os oedd hi'n barod i gysylltu â'r meirw mor fuan â hyn.

'Pwy 'di'r ysbryd fydda i'n ei alw?' gofynnodd.

Gafaelodd Nain Myfi mewn llwy bren fawr a dechrau troi'r potes yn y crochan. 'Wel, diweddar frawd i ddynes o'r enw Miss Carlotta Tombolini. Giacomo ydi ei enw fo, ac mae'r brawd a'r chwaer yn dod o deulu o berfformwyr syrcas. Roedd Miss Tombolini wedi clywed am fy ngwasanaeth gan ddynes farfog yr wythnos dwetha, pan oedd hi mewn cynhadledd ar gyfer clowns, ac mi benderfynodd gysylltu.'

'Roedd gen innau farf ers talwm,' meddai'r Arglwydd Beblych, oedd bellach yn eistedd ar y silff ben tân. 'Doeddwn i ddim yn rhy hoff ohono i ddechrau... ond mi dyfodd arna i!' Chwarddodd ar ei jôc ei hun. ''Dach chi'n dallt? Tyfu arna i! *Tyfu* arna i!'

Ysgwydodd Damelsa ei phen a griddfan. Roedd y penglog parablus yn dechrau mynd ar ei nerfau. Teimlodd y stêm a godai o'r crochan yn cynhesu ei hwyneb wrth iddi ystyried yr hyn roedd Nain Myfi newydd ddweud. Felly roedd hi'n mynd i alw ar berfformiwr syrcas! Roedd hi *wrth ei bodd* â'r syrcas — y goleuadau, yr arogl popcorn, a'r candifflos pinc. *Ond sut fuodd Giacomo farw?* meddyliodd. Efallai ei fod o wedi cael ei fwyta gan deigr, neu ei wasgu'n fflat fel crempog gan un o'r dynion cryf!

Fel petai'n darllen meddwl ei hwyres, dywedodd Nain Myfi, 'Rŵan cofia, paid â dechrau gofyn pethau personol i Miss Tombolini heno, Damelsa. Dim sylwadau crafog, a dim jôcs. A phaid â meiddio dechrau sgwrsio am dy ddyfeisiadau. Ti'n 'y nghlywed i?'

'Dwn i'm am be 'dach chi'n sôn,' atebodd Damelsa, gan edrych ar y llawr i guddio'i gwên. 'Fi 'di'r person mwya sensitif gewch chi.'

'Dwn i'm am hynny,' atebodd Nain Myfi. 'O, ac un peth arall, Damelsa — pan mae ysbryd yn cyrraedd drwy'r crochan, maen nhw'n cyrraedd yn noethlymun o'u corun i'w sawdl...'

Ebychodd Damelsa. 'Be ddudsoch chi?!'

'Yn noethlym...' Pwffiodd Nain Myfi ei bochau am allan. 'Fydd dim dillad amdanyn nhw! Felly mae isio ti fod yn gwrtais a phasio gŵn iddyn nhw i'w wisgo, iawn?'

Yr eiliad honno daeth tincial cloch o gornel y siambr. 'O, dyna hi Miss Tombolini ar y gair,' meddai Nain Myfi, gan roi un tro olaf i'r crochan cyn gwisgo ei mwgwd euraidd. Rhoddodd law ym mhoced ei chardigan ac estyn amlen fawr drwchus, a'i rhoi i Damelsa. Yn yr amlen roedd tamaid o bapur yn dweud *Giacomo Tombolini* —

Esboniad Ysbrydol. 'Rŵan, dyma'r wybodaeth sydd gen i yn esbonio bywyd ei brawd. Sbïa di ar hwnna, wedyn dos i weld os fedri di ddewis dau o Gynhwysion yr Adfywio ar gyfer y cymundeb, ia? A phaid ag anghofio gwisgo dy fwgwd.'

Nodiodd Damelsa, ac i ffwrdd â Nain Myfi i fyny'r ysgol i'r tŷ gwydr.

'Fedra i'm gwneud hyn,' meddai Damelsa wrth ei hun, gan osod ei mwgwd. Roedd y pren yn teimlo'n feddal yn erbyn ei chroen ac roedd arogl pridd arno, fel petai hi'n arogli coedwig hynafol.

Wrth iddi godi ei phen i edrych ar y cwpwrdd gwydr uwchben y lle tân, meddyliodd am yr hyn yr oedd Nain Myfi wedi'i ddweud yn gynharach am Gynhwysion yr Adfywio. 'Reit, dwi angen cynhwysyn o'r degawd y buodd Mistar Tombolini farw, wedyn rhywbeth sy'n cynrychioli ei waith, ei swydd neu ei ddiddordebau.' Rhedodd ei bys ar hyd yr Esboniad Ysbrydol, gan chwilio am y wybodaeth gywir. 'A! Dyma ni... mi fuodd o farw dair blynedd yn ôl... a'i waith o oedd... perfformiwr trapîs!'

Tyrchodd Damelsa drwy'r llestri gwydr ar y silffoedd, ac ymhen pum munud roedd hi wedi dychwelyd at y fainc yn cario potel hir yn llawn *Pi-pi Cacwn* oedd Nain Myfi wedi ei gasglu rhai blynyddoedd yn ôl, a ffiol yn llawn *Powdr Llaw Pencampwyr Acrobatig*. Roedd dewis beth oedd ei angen arni yn ddigon tebyg i ddewis yr elfennau cywir ar gyfer un o'i dyfeisiadau, dim ond bod detholiad ehangach o hylifau amheus allan o gyrff gwahanol greaduriaid... a llai o sgriws!

'Rwy'n gobeithio dy fod ti wedi dewis dy gynhwysion yn ofalus,' meddai'r Arglwydd Beblych, gan lygadu'r hyn oedd Damelsa wedi ei osod ar y fainc. 'Dwyt ti ddim isio gwneud camgymeriad gwirion cyn i ti ddechrau!'

'Wel, ella basach chi yn licio'u nôl nhw i mi,' atebodd Damelsa. 'Ond... na, fedrwch chi ddim! Sgynnoch chi ddim dwylo!' Roedd hi wedi dechrau cael llond bol ar y penglog piwis. Roedd y syniad o orfod treulio nosweithiau yn ei gwmni yn waeth na'r syniad o daro ar Watcyn Un a Watcyn Dau, y ddwy efaill erchyll!

Yr eiliad honno daeth sŵn traed i lawr yr ysgol o'r tŷ gwydr, a gyda gwich, agorodd drws y Gilfan Gymuno. Trodd Damelsa i weld Nain Myfi, a dynes dal, fain y tu ôl iddi. Roedd hi'n gwisgo leotard coch llachar a hwnnw'n sêr i gyd, a'i gwallt tywyll yn gwrls tyn, taclus.

'Dyma chi, Miss Tombolini, cymerwch sedd,' meddai Nain Myfi, gan dacluso rhai o'r clustogau ar y soffa fach, cyn amneidio ar Damelsa i ddod draw. 'Dyma Damelsa, fy mhrentis, a hi fydd yn cynnal y cymundeb heno. Mae hi dan hyfforddiant, welwch chi.'

Gan gofio bod yn gwrtais cododd Damelsa ei llaw yn chwithig. 'Neis eich cyfarfod chi, Miss Tombolini. Fasach chi'n licio panad o bi-pi cacwn...? Ym, te dwi'n feddwl... Panad o de?'

Edrychodd Nain Myfi'n siarp ar Damelsa. O diar, doedd hyn ddim yn ddechrau da.

'Na, na, dim a-diolch,' atebodd Miss Tombolini â thinc Eidalaidd yn ei llais. Eisteddodd, ac edrychodd o'i chwmpas ar y penglogau a'r crochan, a gafaelodd yn dynn yn ei bag llaw.

'Os felly,' aeth Nain Myfi yn ei blaen, 'mi fyddai'n well i ni ddechrau arni. I gychwyn, gawn ni gadarnhau mai ysbryd eich diweddar frawd rydan ni am gyfathrebu efo fo heno, ia, Miss Tombolini?'

'Plîs, galwch fi'n a-Carlotta,' atebodd y ddynes. 'Ac ie, rydych chi'n a-gywir, fy mrawd, Giacomo. Mae sawl blwyddyn ers iddo'n a-gadael, a dwi'n dal i hiraethu cymaint amdano. Roedden ni'n bartneriaid ar y trapîs a-welwch chi — Teulu Twmblo'r Tombolini. Un diwrnod mi lithrodd llaw Giacomo oddi ar y bar a...' Gwenodd yn drist. 'Dyna'r tro ola iddo dwmblo, yn an-a-ffodus.'

Llyncodd Damelsa wrth deimlo poen Carlotta. Am beth ofnadwy i ddigwydd.

'Pan glywes am eich a-gwasanaeth roeddwn i'n methu ag aros am y cyfle i siarad gyda fy mrawd unwaith eto,' ychwanegodd Carlotta. 'Dwi'n mynd i agor syrcas fy hun a-cyn bo hir, welwch chi. Dyna fy mreuddwyd ers 'mod i a Giacomo yn blant a-bach. Mi hoffwn i'n a-fawr i rannu'r newyddion gyda fe.'

'Hyfryd!' atebodd Nain Myfi. 'A llongyfarchiadau. Er, dwn i'm sut y gallwch chi hongian ben-i-lawr fel 'na yn yr awyr — faswn i methu cadw fy nannedd gosod i mewn.' Rhoddodd ei dwylo at ei gilydd. 'Reit, cyn i ni ddechrau'r cymundeb, Carlotta, wnaethoch chi gofio dod â rhywbeth o eiddo personol Giacomo, er mwyn i ni ei ddefnyddio?'

'Do, mi a-wnes i,' atebodd Carlotta. Dechreuodd ei llygaid befrio, a'r ysfa i gael gweld ei brawd unwaith eto yn llosgi'n llachar ynddynt. Estynnodd i'w bag, a thynnu trôns â smotiau du a gwyn allan. 'Rhain oedd ei drôns a-lwcus. Doedden nhw ddim mor lwcus â hynny yn y diwedd, ond fyddai o byth yn a-perfformio hebddyn nhw. Wnaiff y rhain y tro? Dwi a-wedi eu golchi nhw...'

'Perffaith,' meddai Nain Myfi. Trodd at ei hwyres. 'A Damelsa, wnest ti lwyddo i ddod o hyd i'r cynhwysion eraill?'

Nodiodd Damelsa'n falch a phwyntio at yr hyn yr oedd hi wedi ei osod ar y fainc.

'Mmm-hmm... da iawn... ia...' mwmiodd Nain Myfi ei chymeradwyaeth wrth edrych ar yr hyn roedd Damelsa wedi ei gasglu. 'Fyddwn i ddim wedi gallu dewis yn well fy hun.' Gwenodd a sibrwd yng nghlust Damelsa, 'Rôn i'n gwbod y byddat ti'n giamstar ar hyn.'

Ar gyfer rhan nesa'r broses, Nain Myfi oedd yn arwain a Damelsa'n dilyn. Gyda'r un gofal ag y byddai'n ei roi i un o'i dyfeisiadau, trefnodd Damelsa bopeth oedd eu hangen arni.

Cyn hir roedd yn sefyll wrth y crochan gyda'i photes yn ffrwtian o'i blaen. Cafodd gip sydyn o'i hun yn adlewyrchu oddi ar fol copr y crochan, a theimlodd binnau bach o gynnwrf ar ei gwar.

'Iawn, Carlotta, rydan ni'n barod i gychwyn,' meddai Nain Myfi. 'Ydach chi'n barod?'

Nodiodd y drapîswraig yn awyddus. 'O ydw! Yn fwy nag a-pharod!'

'Os felly, Damelsa, wnei di ddechrau adrodd y Swyngan o bennod deg *Llyfr Mawr y Meirw*? Llais mawr a chlir i ni gyd gael clywed, iawn?'

Trodd Damelsa at y dudalen gywir a chymrodd anadl ddofn. Canolbwyntiodd gymaint â phosib ar y geiriau o'i blaen, gan feddwl am bob brawddeg, pob sill. Roedd hi wastad wedi casau siarad yn gyhoeddus yn yr ysgol;

roedd yn casau'r ffordd y byddai pawb arall yn troi i syllu arni, gan wneud iddi faglu dros ei geiriau. Ond yr eiliad honno, fel petai rhan o'i henaid wedi deffro o drwmgwsg, agorodd Damelsa ei cheg a dechreuodd y Swyngan lifo'n ffri rhwng ei gwefusau fel geiriau cerdd gyfarwydd:

> *'Ysbryd, ysbryd, clyw fy nghri!*
> *Ymhell o'r ochr draw,*
> *Er cau y llen ac oeri'r gwaed,*
> *Tyrd nôl heb wae na braw.'*

Adleisiodd ei geiriau o gwmpas y stafell fel cân yr aderyn, ac wrth ryfeddu at ei sain hyderus, cododd Damelsa ei llais ac adrodd yn eofn.

'Dyna chdi, Damelsa!' meddai Nain Myfi yn llawn anogaeth. 'Dyna ti! Rôn i'n gwbod y basat ti'n gallu! Rŵan dal ati i ganolbwyntio!'

Roedd calon Damelsa ar ras. Wrth iddi lafarganu teimlai ei bysedd yn cynhesu ac yn pigo, fel petai fflam fach yn dawnsio ar ben bob gewyn. Roedd gwres yn cropian ar gefn ei llaw ac i fyny ei breichiau, nes bod ei chorff i gyd yn teimlo fel petai gwefr drydanol gref yn saethu trwyddo. Teimlai fel petai'n gallu twmblo ar drapîs driliwn o weithiau, ac yna dod nôl i dwmblo driliwn o weithiau eto!

'Ysbryd, ysbryd, clyw fy nghri!
Ymhell o'r ochr draw,
Er cau y llen ac oeri'r gwaed,
Tyrd nôl heb wae na braw.'

Edrychodd draw at Nain Myfi; ystumiodd hithau wrthi y dylai godi ei breichiau i'r awyr. Dilynodd Damelsa gyfarwyddyd ei nain, a gwyliodd mewn syndod wrth i darth glaswyrdd ddechrau codi o'r crochan. Dyna'n union wnaeth Nain Myfi y noson gynt! Dilynodd y tarth lwybr ei bysedd drwy'r awyr fel petai'n ddewines, gan droi'n araf o laswyrdd i goch, yna rhuddgoch tywyll, ac yna'n wyn. Roedd y cymundeb ar ddigwydd, yno yn y fan a'r lle, yn union o flaen ei llygaid!

'Dyna ti, Damelsa! Ti bron yna!' meddai Nain Myfi, ei llais yn gyffro i gyd wrth annog ei hwyres. Fyny fry yn y trawstiau roedd y tarth yn troi a throelli, gan dasgu gwreichion disglair dros y siambr. 'Dal ati efo'r Swyngan! Dal ati i ganolbwyntio!'

Ond roedd Damelsa'n dechrau blino.

Roedd ei breichiau'n brifo, a'i gwddf yn sych ar ôl yr holl lafarganu. Roedd fel petai'r cymundeb yn sugno pob tamaid o'i hegni allan ohoni. Teimlai ei breichiau'n dechrau disgyn, a'i llais yn tawelu fesul eiliad.

'Fedri di neud hyn!' gweiddodd Nain Myfi. 'Rhaid i ti goelio yn dy hun. Rwyt ti ddigon cry. Mae gen i bob ffydd ynddat ti!'

Teimlodd Damelsa law Nain ar ei hysgwydd. Rhoddodd hynny nerth iddi, a chymrodd anadl ddofn. Dychmygodd wyneb Carlotta, a pha mor hapus y byddai o weld ei brawd. Meddyliodd am ei rhieni hithau, a pha mor falch y bydden nhw o'i gweld hi nawr.

Roedd yn rhaid iddi ddal ati!

Gan gasglu pob un owns o nerth oedd ar ôl ynddi, dechreuodd Damelsa lafarganu eto. Brwydrodd trwy'r boen oedd yn tynnu ar ei chyhyrau ac yn llosgi llinynnau ei llais, a chyn hir, er mawr syndod iddi, dechreuodd deimlo ysbrydblasma yn troelli fyny ei chorn gwddf ac allan drwy ei ffroenau.

Bloeddiodd Nain Myfi yn llawen a churo'i dwylo. 'Dyna ti, Damelsa! Ti 'di llwyddo! Da iawn, 'mechan i!'

Ceisiodd Damelsa beidio â chynhyrfu, a gwyliodd wrth i'r rhubanau o ysbrydblasma gyrlio a throelli tua'r cwmwl o darth oedd o flaen ei llygaid. Roedd hi wedi meddwl y byddai'n brofiad anghyfforddus, y byddai'n tagu neu'n fyr ei gwynt — ond dim byd o'r fath. Teimlai'n fodlon, ac yn llwyr reoli'r sefyllfa.

Ac yna, daeth y datguddiad.

BWWWM!

Daeth fflach wen lachar i oleuo'r Gilfan Gymuno.

Baglodd Damelsa wrth gamu nôl. Roedd hi'n teimlo'n flinedig drwyddi, yn tuchan fel petai newydd redeg ras traws-gwlad. Ond cyn hir roedd ei thrwyn yn dechrau crychu, a daeth arogl popcorn melys a drewdod dom eliffant i lenwi'r aer — arogl y syrcas!

'Giacomo!' ebychodd Carlotta, ei llaw yn saethu at ei cheg wrth iddi neidio o'i sedd. 'O Giacomo annwyl! Rwyt ti a-yma!'

Cododd Damelsa ei golygon. Fel rhywbeth allan o freuddwyd, roedd ysbryd trapîsiwr cyhyrog wedi ymddangos o'i blaen, yn hofran ychydig uwchben y crochan — ddim cweit yn solet, ond ddim yn dryloyw chwaith. Edrychai'r ysbryd fel rhywun mewn hen lun oedd wedi pylu dros amser. Roedd Nain Myfi eisoes wedi rhoi gŵn hir amdano a syllodd Damelsa arno mewn llesmair llwyr.

'Carlotta? Ti — ti sydd yna?' meddai'r ysbryd yn ansicr. Am eiliad edrychai ar goll ac yn ddryslyd, ond wrth i'w lygaid ganolbwyntio ar ei chwaer, ebychodd. 'Na! Pa ryfeddod yw hyn?!'

'Ie, fi sydd a-'ma, Giacomo! Fi sy a-'ma!' Rhedodd Carlotta ymlaen ato, ei llygaid yn disgleirio a'i gwedd yn llawn asbri. Safodd wyneb yn wyneb ag ysbryd ei brawd marw. 'O, Giacomo, dwi 'di gweld dy golli a-gymaint.'

Wrth i'r ddau ddechrau sgwrsio, gafaelodd Nain Myfi yn llaw Damelsa a'i gwasgu'n dynn. Doedd Damelsa ddim yn rhy siŵr os mai curiad ei chalon hi, neu guriad calon ei Nain oedd hi'n ei deimlo drwy ei bysedd — ond roedd y curiad cyn gryfed â churiad drwm timpani. Roedd hi wedi llwyddo! Roedd hi wedi galw ysbryd!

'Dwi mor flin am beidio'ch coelio chi, Nain,' meddai dan sibrwd. 'Ddrwg gen i.'

'Mae'n iawn, 'mechan i,' atebodd Nain Myfi gan roi winc i'w hwyres. 'Fasa chdi ddim yn chdi os na fasa chdi wedi mynnu cael *tystiolaeth wyddonol!* Dwi'n gobeithio bod hyn yn ddigon o dystiolaeth i chdi.'

Nodiodd Damelsa. Roedd hyn yn fwy na digon!

'Ond Carlotta, sut ydw i a-yma?' gofynnodd Giacomo, gan hedfan o gwmpas y stafell. Edrychodd ar ei ddwylo gwyn, ac yna ar Damelsa a Nain Myfi. 'A phwy yw'r a-bobol yma? 'Nes i a-ddisgyn o'r trapîs... Fues i farw... Rôn i'n aros yn a-rhywle...'

'Mi esbonia i bopeth wedyn,' atebodd Carlotta'n garedig. 'Ond mae'r a-diolch i gyd i'r ferch a-hyfryd yma.' Trodd at Damelsa, yn wên o glust i glust. 'Hi ddaeth â ti nôl! Mae hi'n a-ddawnus fel Ysbrydolyn yr Ysbrydion!'

Aeth Carlotta i gyffwrdd gwyneb ei brawd, ond cyn gynted ag y cyrhaeddodd ei foch, diflannodd ei llaw drwyddo. Roedd fel petai ei brawd wedi ei wneud o fwg. 'Dwi... dwi methu â'i a-gyffwrdd e?' gofynnodd, gan droi at Nain Myfi.

'Na fedrwch, yn anffodus,' atebodd hithau gan grychu ei thalcen. 'Er bod ysbrydion yn edrych yn ddigon solet, tydi cnawd dynol methu cyffwrdd yr ysbrydblasma. Ond, mae ysbrydion yn gallu cyffwrdd pethau anfeidrol, pethau sy ddim yn fyw — maen nhw'n gallu codi pethau, gwisgo dillad, ymlacio mewn cadair freichiau. A deud y gwir, beth am i chi'ch dau ddod i eistedd yn gyfforddus?'

Eisteddodd y ddau o flaen y tân, ac wrth i Damelsa eu gwylio'n mwynhau cwmni ei gilydd, llifodd gwres cysurus trwy ei chorff — fel petai newydd yfed llond cwpanaid o'r siocled poeth melysaf erioed. Dyma'r un teimlad fyddai'n ei gael wrth roi anrheg Nadolig i rywun, neu brofi dyfais newydd am y tro cyntaf.

'Beth am i ni roi 'chydig o lonydd iddyn nhw, ia?' sibrydodd Nain Myfi, gan dynnu ar grys Damelsa. Trodd at y brawd a'r chwaer, oedd wrthi'n sgwrsio fel petaen nhw erioed wedi bod ar wahân. 'Mi rown ni lonydd i chi rŵan. Mae gynnoch chi deirawr efo'ch gilydd, ac wedyn mi ddaw Damelsa yn ei hôl i ddod â'r cymundeb i ben. Iawn?'

'O, diolch! Diolch!' atebodd Giacomo yn syfrdan. 'Wn i ddim sut a-fedra i ddiolch i'r ddwy ohonoch chi. Ches i erioed a-ddweud ffarwel wrth Carlotta, a nawr...' edrychodd ar ei chwaer â gwên anferth ar ei wyneb. 'Nawr fe gawn ni ddod â'r a-sioe i ben gyda'n gilydd, am y tro ola.'

PENNOD 12

Rhybudd
Nain Myfi

Wrth i haul plygeiniol y bore godi, eisteddai Nain Myfi a Damelsa wrth yr hen fwrdd derw yn bwyta'u brecwast. Roedd Mot wedi cyrlio'n braf wrth y popty, ei drwyn yn crychu i sawr blasus yr awyr bob hyn a hyn, wrth i'r ddwy gladdu platiaid o facwn, madarch a thomatos wedi'u ffrio. A hwn yn achlysur go arbennig, roedd Nain Myfi wedi paratoi llond plât o grempog hefyd, a rheiny'n bentwr uchel dan ddilyw o fêl a menyn.

'Wel, dwêd wrtha i... wnest ti fwynhau dy gymundeb cynta, 'mechan i?' holodd Nain Myfi.

'Nain, roedd o'n anhygoel!' atebodd Damelsa, gan estyn am y pupur du a'i ysgwyd yn ffyrnig dros ei bwyd. 'Arallfydol! Ansbaradigaethus! Dyma'r tro cynta erioed i unrhyw wyddonydd fedru profi bod 'na fywyd ar ôl marwolaeth! Mae hyn yn ddarganfyddiad chwyldroadol!' Dechreuodd ei phen-glin fownsio yn llawn cyffro wrth iddi ddychmygu ennill Gwobr Nobel am Ffiseg. Gwthiodd ei chadair yn ôl ac estyn am bapur a beiro oddi ar y dresel. 'A deud y gwir, yn syth ar ôl i mi orffen fy mrecwast dwi isio dechrau astudio'r broses o gymuno ag ysbryd. Mae angen gwylio, ymchwilio a chadarnhau pob manylyn. Pan fydd pobol yn dysgu am hyn, fi fydd y gwyddonydd enwocaf yn y...'

'NA!' Â chlep sydyn, tarodd Nain Myfi bren y bwrdd â'i chwpan te. Neidiodd Damelsa. Roedd wyneb ei nain yn gwgu, ei gwedd cyn ddued â chymylau'r nos, a'i chorff yn crynu fel deilen. 'Na! Fedri di ddim deud wrth *yr un enaid byw* am hyn, Damelsa. Rôn i'n meddwl 'mod i wedi gwneud hynny yn gwbwl glir. All neb ddod i wbod be 'dan ni'n neud. Wyt ti'n 'y nghlywed i? Nid rhyw lygod labordy ydan ni, i gael ein gwthio a'n procio. Mae'n rhaid i bob dim 'dan ni'n ei neud fod yn gyfrinachol.'

'Ond, Nain, dwi...'

'OND DIM BYD, DAMELSA!' Saethodd Nain Myfi ar ei thraed, a dechreuodd Mot gyfarth mewn braw. 'DIM BYD! WYT TI'N CLYWED?'

Disgynnodd y beiro o law Damelsa. Doedd hi erioed

wedi gweld Nain Myfi mor flin o'r blaen. Mor ddifrifol. Mewn chwinciad chwannen roedd awyrgylch y stafell wedi newid yn llwyr, gan adael tawelwch annifyr yn orchudd trwm drostynt. Mwya sydyn, roedd tic-toc cloc y gegin yn fyddarol o swnllyd. Doedd gan Damelsa ddim syniad beth i'w ddweud.

'Yli,' meddai Nain Myfi ymhen tipyn, gan estyn ei llaw. 'Dôn i ddim yn bwriadu gweiddi arnat ti, 'mechan i. Dim ond —' edrychodd ar ei llaw — 'wel, mae'n torri 'nghalon i orfod deud hyn wrthat ti, Damelsa, ond mae gen i ofn bod rhaid i mi. Dwi ddim am i ti boeni'n ddiangen, ond dwi'n meddwl bod angen i ti ddallt bod dy swydd fel Ysbrydolyn yr Ysbrydion yn gallu bod yn andros o beryglus.'

Roedd ei bochau pinc wedi gwelwi, a'i dwylo bach yn crynu. 'Ti'n gweld, Damelsa, mae 'na bobol allan yn y byd mawr sydd am gymryd mantais o'n pwerau ni, a hynny am y rhesymau anghywir. Pobol ddrwg. Pobol beryg.'

Llifodd ton o fraw ar draws stumog Damelsa wrth iddi lyncu llond pen o fadarch. 'Be 'dach chi'n feddwl, Nain? Pa bobol ddrwg?'

Plygodd Nain Myfi i godi Mot wrth iddo ddechrau cwyno, a mwytho'i glustiau pigfain, melfedaidd. 'Wel, mae 'na ffordd i Ysbrydolyn yr Ysbrydion allu dod â rhywun yn ôl o fod yn gelain farw i fod yn fyw ac yn iach. Mae hynny wedi cael ei wahardd yn llwyr, cofia, ond mae modd galw ysbryd a'i droi nôl yn berson go iawn o gig a gwaed eto. Atgyfodi'r Meirw ydan ni'n galw hyn.

Ceisiodd Damelsa ddeall beth yn union oedd ei nain yn trio'i ddweud. 'Be...? 'Dach chi'n deud wrtha i fod modd dod ag ysbryd nôl i'r byd hwn i fod yn berson go iawn?'

'Mae'n bosib, ond does gynnon ni ddim hawl i neud,' meddai Nain yn llym. 'Mae Atgyfodi'r Meirw wedi cael ei wahardd yn llwyr gan Yr Hynafol Gorff. Fyddet ti ddim am wneud beth bynnag. Ti'n gweld, Damelsa, os ydi Ysbrydolyn yr Ysbrydion yn galluogi ysbryd i gael ail-gyfle ar fywyd, yna maen nhw'n colli eu bywyd eu hunain yn y broses.'

Brathodd Damelsa ei gwefus. 'Felly, os faswn i yn Atgyfodi'r Meirw, faswn i'n marw fy hun?'

Nodiodd Nain Myfi. 'Basat. Bywyd am fywyd.'

Tynnodd Damelsa ar gwrlen yn ei gwallt. Dim ond dechrau dod i arfer â'r syniad o ysbrydion oedd hi, a nawr roedd Nain yn dweud bod modd dod â'r meirw nôl yn fyw? Rhoi cyfle i rywun fyw eto?

'Ond sut ydach chi'n gwneud hynny, Nain?' gofynnodd. 'Ydi o'n wahanol iawn i gymundeb arferol?'

Rhoddodd Nain Myfi ei chrempog i lawr a phwyso nôl yn ei chadair. 'Mae rhai gwahaniaethau. Dim ond am hanner nos ar Galan Gaeaf mae modd Atgyfodi'r Meirw — dyna pryd mae'r llen rhwng y byd hwn a'r ochr draw ar ei fwya brau. Ac rwyt ti hefyd angen pedwerydd Cynhwysyn yr Adfywio — tamaid o asgwrn o gorff y person marw. A gan fod pwerau Ysbrydolyn yr Ysbrydion yn mynd yn wannach ac yn wannach wrth iddyn nhw fynd yn hŷn, person ifanc sydd orau i Atgyfodi'r Meirw.'

Teimlodd Damelsa'r pryder yn codi yn ei llais. 'Ond... ond... beth sydd ag Atgyfodi'r Meirw i wneud efo'r bobol ddrwg oeddach chi'n sôn amdanyn nhw?' Y rhai sydd isio cymryd mantais o'n pwerau ni?'

Eisteddodd Nain Myfi ar flaen ei sedd. 'Wel, mi ddechreuodd y cwbwl tua phum mlynedd yn ôl. Un tro, jest cyn Calan Gaeaf, aeth hogyn o'r enw Wil Pritchard o bentra Tan y Grisiau ar goll. Ac mi roedd o'n brentis Ysbrydolyn. Doedd o ddim llawer hŷn na chdi, a deud y gwir. Un munud roedd o ar ei ffordd adra o'r ysgol, a'r munud nesa roedd o wedi diflannu. Welodd neb fyth mohono wedyn.'

Estynnodd Damelsa am ei chwpan a gafael yn y glust yn dynn. 'Be-be ddigwyddodd iddo fo?'

'Tydan ni ddim yn siŵr iawn, ond dros y blynyddoedd

mae sawl prentis arall wedi diflannu hefyd. Yr un dwytha tua blwyddyn yn ôl, a deud y gwir, wastad o gwmpas Calan Gaeaf.' Pesychodd Nain Myfi i glirio'i gwddf. 'Ddaeth neb o hyd iddyn nhw, ond gan eu bod nhw i gyd yn gywion Ysbrydolion, ac oherwydd adeg y flwyddyn, roedd Yr Hynafol Gorff yn siŵr mai rhywun oedd yn ceisio Atgyfodi'r Meirw oedd ar waith. Ac mae o wedi cael llysenw erbyn hyn — Yr Ysbeiliwr.'

Aeth ceg Damelsa'n sych. 'Felly ydach chi'n meddwl bod y plant wedi gwneud fel oedd yr Ysbeiliwr yn gofyn? A'u bod nhw wedi Atgyfodi'r Meirw, ac wrth wneud eu bod nhw eu hunain wedi marw?'

'Un ai hynny,' meddai Nain Myfi, 'neu eu bod nhw wedi gwrthod, ac yna wedi cael eu lladd gan yr Ysbeiliwr am roi stop ar ei gynlluniau fo neu hi.'

Wrth glywed y geiriau *eu lladd*, teimlodd Damelsa ei cheg yn agor led y pen mewn braw. 'Nain, mae hyn yn ofnadwy! Pam fod yr Ysbeiliwr isio nhw Atgyfodi'r Meirw? Pwy oedden nhw isio'u hatgyfodi?'

Cododd Nain Myfi ei hysgwyddau. 'Does neb yn gwbod.'

Teimlodd Damelsa ei chalon yn curo deirgwaith ynghynt nag arfer wrth i'w meddwl chwyrlïo â syniadau hunllefus, ofnadwy. 'Ond be os ydi'r Ysbeiliwr yn dal yno? Be os ydyn nhw'n dal i chwilio am Ysbrydolyn ifanc? Mae hi bron yn Galan Gaeaf! Ella byddan nhw'n trio fy nghipio i!'

Daeth Nain Myfi yn nes at ei hwyres a'i dal yn dynn. '*Shhh*, 'mechan i. Dôn i ddim isio dy ddychryn di. Ond dyna pam ei bod hi mor bwysig nad ydan ni'n datgelu ein crefft. Cyn belled ag ein bod ni'n cadw'r peth yn dawel, mi fydd popeth yn hollol iawn, dwi'n gaddo. A beth bynnag, ddim fi 'di'r unig Ysbrydolyn o gwmpas y lle 'ma, wyddost ti. Mae 'na bobol eraill yma hefyd i gadw llygad arnat ti.'

Crychodd Damelsa ei thalcen. 'Go iawn? Pwy, Nain?'

'Wel, fedra i ddim deud, na fedra! Dwi ddim am roi neb arall mewn peryg.' Tywalltodd baned arall o'r tebot. 'Rŵan, gorffen dy frecwast, wedyn mi gawn ni'n dwy fynd i'r cae sgwâr. Dwn i'm amdanat ti, ond dwi 'di llwyr ymlâdd!'

'O'r gora,' atebodd Damelsa. Ond wrth iddi roi'r tamaid olaf o facwn yn ei cheg roedd ei chalon yn llawn ofn.

PENNOD 13

Y Nodiadur

Yr wythnos honno cafodd Damelsa aros adref o'r ysgol i barhau â'i hyfforddiant fel prentis. Yn ystod y dydd byddai'n dysgu am elfennau theori'r gwaith — casglu Cynhwysion yr Adfywio, ymarfer adrodd Swyngan y Galw, a dysgu am y broses bwysig iawn o sgwrio'ch crochan i osgoi cymysgu gwahanol gynhwysion. ('Pair glân, pen clir yw'r hen air,' pwysleisiodd Nain Myfi. 'Mae'n anodd iawn canolbwyntio os oes arogl bwyd ci yn dal ar y crochan ar ôl i ti geisio cymuno efo pob Gelert, Shep neu Bero.')

Roedd Damelsa'n mwynhau'r gwersi, ond y pinacl iddi bob tro oedd cymundeb ganol nos. Dywedodd Nain Myfi mai'r ffordd orau iddi fagu hyder oedd ymarfer, ac felly roedd pob noson yn llawn apwyntiadau gyda galarwyr.

Bob nos byddai ysbrydion newydd yn ymddangos o'r crochan, y ffurfiau gwyn yn hudo eu hanwyliaid — ynghyd â Damelsa hefyd. Yr adeg yma'r wythnos ddiwethaf y peth gorau iddi ei weld erioed oedd casgliad o gogls hynafol yn yr Amgueddfa Offer Gwyddonol — ond doedd y gogls ddim byd i'w cymharu â'r rhyfeddodau arallfydol roedd hi'n eu gweld nawr! Er bod yr Ysbeiliwr wastad yng nghefn ei meddwl, roedd Damelsa'n edrych mlaen at gyrraedd ei chanfed cymundeb, pan fyddai'n cael dod yn aelod llawn o'r Hynafol Gorff ac yn derbyn y Mwgwd Anhysbys copr arbennig.

Fodd bynnag, y dydd Llun canlynol, er mawr siom i Damelsa, dyma Nain Myfi yn datgan ei bod yn amser iddi ddychwelyd i'r ysgol.

'Rŵan, cofia, dim gair wrth neb am be 'dan ni wedi bod yn neud,' meddai, wrth i Damelsa bacio'i bag ysgol yn bwdlyd wrth fwrdd y gegin. 'Jest deud... '

'...'Mod i wedi bod yn sâl gyda phwl difrifol a hynod heintus o frech mwnci,' meddai Damelsa ar ei thraws. 'Dwi'n *gwbod*, Nain. 'Dach chi 'di deud ganwaith.' Rowliodd ei llygaid wrth roi ei bocs bwyd yn ei bag. 'Dwi dal ddim yn dallt pam bo raid i mi fynd i'r ysgol beth bynnag. Dwi 'di dysgu mwy yn ystod yr wythnos yma efo chi na wna i fyth efo Miss Callwen.'

'Achos tydw i ddim isio'r un o'r arolygwyr ysgol busneslyd 'na i gnocio ar fy nrws!' atebodd Nain, gan arwain Damelsa at ddrws y ffrynt.

'Ond dwi heb gael cyfle i ddyfeisio dim ers wythnos gron gyfan!' protestiodd Damelsa. 'Rôn i isio treulio heddiw yn profi fy llaw robotig. Mi fasa'n beth mor ddefnyddiol i'w gael i estyn Cynhwysion yr Adfywio...'

'Ha! Dwyt ti ddim yn dod â'r un o'r dyfeisiadau 'na yn agos at y Gilfan Gymuno, madam,' atebodd Nain Myfi, gan sythu tei ysgol Damelsa. 'Tydi Beti Wyn ddim wedi dodwy yr un ŵy ers i ti ddefnyddio'r cwt ieir fel rhan o'r arbrawf trydanol 'na fis dwytha.'

Rhoddodd Damelsa chwerthiniad bach wrth feddwl am fethiant ei hymgais i greu Cwt Ieir Cynnes ar gyfer Wyau Campus. Roedd yr arbrawf wedi dod ag ystyr newydd i ŵy wedi ffrio!

'Rŵan, ffwrdd â ti,' meddai Nain Myfi. 'A chofia, dim siarad efo pobol ddiarth. Ar dy feic yn syth i'r ysgol ac yna'n syth adra. Ac mi fydd 'na selsig a stwnsh pwmpen yn aros amdanat ti pan ddoi di adra. Mae gen i ddigon o bwmpenni i 'nghadw fi fynd tan Dolig.'

Agorodd ddrws y ffrynt a chariodd y gwynt lond dwrn o ddail lliwgar yr hydref dros y rhiniog. 'O! Aros eiliad. Fasat ti cystal â tharo'r rhein yn y blwch post i mi, 'mechan i?' Trodd Nain Myfi at y cwpwrdd ac estyn pentwr o lythyrau wedi eu clymu â chortyn. 'Mae'n rhaid iddyn nhw fynd heddiw.'

'Iawn,' meddai Damelsa, ac ar ôl llacio'i thei fymryn ar y slei, stwffiodd y llythyrau i mewn i'w bag a chychwyn allan i haul y bore.

* * *

Allai Damelsa ddim canolbwyntio'n ystod y gwasanaeth. Roedd y neuadd yn boeth, ac roedd hen arogl stiw clustiau mochyn yn llenwi'r aer ers dydd Gwener. Yn lle gwrando ar Miss Callwen yn siarad am fihafio yn y coridorau, roedd Damelsa'n cadw'i hun yn ddiddan drwy dynnu lluniau bach mewn nodiadur oedd wedi ei guddio o dan ei thaflen emynau. Wrth i'r brifathrawes baldaruo am *ymarweddiad* a *chwrteisi* ac *ymddygiad*, roedd beiro Damelsa'n dawnsio dros y dudalen. Mewn un gornel roedd hi wedi tynnu llun o Mot gyda dannedd miniog, yn udo ar y lloer fel blaidd. Mewn cornel arall roedd wedi tynnu llun o'i chynllun ar gyfer ei phwmpen Calan Gaeaf. Er nad oedd hi wedi bwriadu gwneud hynny, cyn hir a hwyr roedd darluniau inc o'r Gilfan Gymuno wedi dechrau llenwi'r dudalen. Darluniodd ysbrydion bach yn hedfan o gwmpas hefyd, poteli o bob lliw a llun, a chrochan yn ffrwtian. Roedd Damelsa ar fin gorffen llun o benglog pan...

'Damelsa Penorlais! Fasat ti'n hoffi rhannu beth bynnag wyt ti'n neud efo pawb, gan dy fod ti'n amlwg yn meddwl ei bod yn bwysicach tynnu lluniau na gwrando ar dy brifathrawes?!'

Cododd Damelsa ei phen a dyna ble'r oedd Miss Callwen yn sefyll o'i blaen fel tŵr llwyd bygythiol. Roedd ei chorff pigog wedi ei ffrwyno y tu fewn i siwt greulon o anhyblyg, a diferion hallt o chwys yn gwlitho'i gwefus uchaf — fel y byddai wastad yn digwydd yng ngwres y neuadd lawn.

'Ro-rôn i jest yn darllen rhywbeth,' meddai Damelsa'n sydyn, gan gau ei nodiadur. 'Am... goridorau... a bihafio... difyr tu hwnt!'

Daeth adlais o gilchwerthin gan ei chyd-ddisgyblion o bedwar ban y neuadd. Tuchodd Miss Callwen. 'Anodd gen i gredu'r geiriau hynna'n dod o dy wefusau di, Damelsa Penorlais. Rho hwnna sy gen ti yn dy law i mi, y munud yma.'

Sythodd corff Damelsa, ei bysedd yn gafael yn dynn am y nodiadur. 'Miss Callwen, tydi o'n ddim byd! Dim ond...'

Ond bachodd y brifathrawes y llyfr o'i gafael. Yn llawn dychryn, trodd llygaid Damelsa at Miss Callwen. Roedd y brifathrawes yn astudio'r clawr, a rhedeg ei bysedd ar hyd y cefn. *Plîs peidiwch ag edrych ynddo fo,* meddyliodd. *Plîs peidiwch ag edrych trwyddo...*

Er yr ymbil mewnol, roedd trwyn Miss Callwen eisoes yn y llyfr, ac wrth iddi edrych ar y lluniau dyma'i hwyneb yn tynnu stumiau hyll, fel petai gwsberen sur iawn yn llosgi yn ei cheg. Wrth iddi fflicio drwy'r tudalennau dechreuodd Damelsa deimlo'n affwysol o anghysurus. Beth os byddai Miss Callwen yn dangos y nodiadur i weddill y staff? Beth os byddai'n ei ddangos i'r disgyblion eraill yn y neuadd? Mi fyddai Nain Myfi yn benwan petai hanner y pentref yn gweld lluniau o'u gweithgareddau cyfrin yn y Gilfan Gymuno. *Sut allet ti fod wedi bod mor flêr, Damelsa?*

'Fel rôn i'n disgwyl,' meddai Miss Callwen o'r diwedd, gan gau'r nodiadur yn glep a'i blannu o dan ei chesail. 'Mwy o dystiolaeth o ddychymyg gwallgo a diffyg hunan-ddisgyblaeth. Mi gei di ddod i ôl y nodiadur o'r swyddfa ar ddiwedd y dydd.'

'Na, Miss Callwen! Plîs!' protestiodd Damelsa. 'Plîs gai o nôl? Dwi'n gaddo ei gadw yn fy mag, a wna i ddim edrych arno eto.'

'Digon!' sgyrnygodd Miss Callwen. 'Fy swyddfa i, ar ddiwedd y dydd.' Taflodd ei thrwyn i'r awyr a throi ar gamre sydyn yn ôl tuag at y llwyfan.

PENNOD 14
Y Sgwrs Ffôn

'Damelsa, ti'n gwbod nad wyt ti fod i redeg yn yr ysgol!' meddai Gwenllian, gan sefyll yn ei ffordd wrth i Damelsa wibio ar hyd y coridor yn hwyrach y prynhawn hwnnw. Roedd cloch ola'r diwrnod wedi canu ac roedd hi ar dân i gyrraedd swyddfa Miss Callwen cyn gynted â phosib i gasglu ei nodiadur. Roedd yn hollol hanfodol nad oedd neb arall yn cael gweld ei lluniau.

'O, neno'r tad, jest gad i fi basio,' meddai Damelsa'n flin. 'Mae'n siŵr bo chdi'n ysu i gyrraedd adra i fod efo dy geffylau gwerthfawr neu rywbeth, on'd wyt?'

'Dwi'n meddwl y dylen ni ddweud wrth Miss Callwen, wyt ti?' gofynnodd Gwenhwyfar, oedd fel gelen ddu yn sownd wrth ei chwaer.

Yn ôl ei harfer, roedd Miriam yno'n gwylio yn y cefndir, heb ddweud na bw na be.

'Wrth gwrs y dylen ni,' heriodd Gwenllian. 'Yn enwedig ar ôl y sgwrs am fihafio yn y coridorau yn y gwasanaeth bore 'ma. Ella dylet ti ddyfeisio rhywbeth i stopio dy hun rhag cam-fihafio gymaint, Damelsa!'

'O, dwi lot rhy brysur ar hyn o bryd,' atebodd Damelsa gyda gwên goeglyd. 'Dwi'n gweithio ar beiriant newydd fydd yn help i waredu'r byd o efeilliaid erchyll. Ydach chi isio bod yn rhan o'r arbrawf sy gen i ar y gweill?'

Pylodd wynebau'r efeilliaid, ond o'r tu cefn dyma Miriam yn pwffian chwerthin.

'Ti'n meddwl bod hynna'n ddoniol, wyt?' sgyrnygodd Gwenhwyfar, gan droi at Miriam â'i llygaid poeri tân.

'Na-nadw wir,' meddai Miriam, gan geisio llyncu ei chwerthin. Tarodd ei brest fel petai'n ceisio clirio peswch. 'Dim ond tagu ôn i. Mae gen i ryw hen gosi yn fy ngwddf.'

Ond gallai Damelsa weld bod ei llygaid yn dal i chwerthin. Roedd hi wedi amau sawl gwaith os oedd Miriam *wir* yn mwynhau bod yr unig aelod o warchodlu personol Gwenllian a Gwenhwyfar. Roedd hi'n andros o un dda am daflu'r pwysau yn y gwersi ymarfer corff, a hi oedd wedi ennill y cwpan am daflu'r pwysau ym mabolgampau'r sir dair blynedd yn olynol. Doedd bosib y byddai'n well ganddi fod yn rhywbeth gwell na morwyn fach i'r efeilliaid?

'Wel, paid â sefyll yn fan 'na'n trio dal pry, Miriam!' gorchmynnodd Gwenllian, gan brancio'n ddiamynedd. 'AR EI HÔL HI!'

Ond roedd Damelsa eisoes wedi'i heglu hi. Sgrialodd i lawr y cyntedd cyn bras-lamu i fyny'r grisiau i swyddfa Miss Callwen dri gris ar y tro.

Wrth iddi agosau, gwnaeth rhywbeth i Damelsa stopio. Trwy gil y drws gallai glywed y brifathrawes yn siarad gyda rhywun ar y ffôn, ac yn nhawelwch y coridor allai Damelsa ddim peidio â chlywed beth oedd yn cael ei ddweud.

'Yndw, dwi'n sicr,' meddai Miss Callwen. 'Ie, bore 'ma yn y gwasanaeth... roedd o'n dipyn o sioc a deud y gwir...'

Crychodd Damelsa ei thalcen. Roedd rhywbeth yn od am lais y brifathrawes — roedd hi'n sibrwd yn frysiog ac yn dawel, y math o lais mae rhywun yn ei ddefnyddio wrth rannu cyfrinach.

Yn chwilfrydig, aeth Damelsa gam yn nes a rhoi ei llygad wrth gil y drws. Roedd Miss Callwen yn eistedd wrth ei desg, a mynydd o draethodau o'i blaen, pob un yn siŵr o gael ei halogi cyn hir gan inc coch y brifathrawes.

'Dwi'n deu'tha chdi, Waldo, dwi'n sicr,' aeth yn ei blaen, gan afael yn y ffôn mor dynn nes bod ei dyrnau'n troi'n wyn. 'Mi gymrais i fo oddi arni ac mae'r cwbwl yna mor glir â haul ar bared... Ie!... lluniau ysbryd, penglog, crochan...'

Neidiodd calon Damelsa. *Lluniau ysbryd... penglog... crochan...?* Oedd Miss Callwen yn siarad am ei nodiadur *hi*?

Wrth deimlo'r blew ar ei gwar yn codi, syllodd Damelsa ar Miss Callwen wrth i'r olwg ar wyneb y brifathrawes droi'n fwyfwy difrifol.

'Mae'n rhaid bod ei phwerau hi'n hwyr yn cyrraedd,' meddai Miss Callwen. 'Mi all ddigwydd o dro i dro... ond o leia rŵan dwi'n gwbod am ffaith ei bod hi'n un o Ysbrydolion yr Ysbrydion.'

Saethodd llaw Damelsa at ei gwefusau.

Oedd Miss Callwen yn gwybod pob dim am Ysbrydolion yr Ysbrydion? Sut oedd hi'n gwybod am ei phwerau *hi?* Gyda'r amheuon yn tasgu drwy ei phen, dylai Damelsa fod wedi troi ar ei sawdl... ond safodd yn yr unfan, yn torri ei bol eisiau gwybod beth fyddai'r brifathrawes yn ei ddweud nesa.

Trodd a throdd Miss Callwen weiren y ffôn am ei llaw. 'Mi wna i yn fuan,' meddai gan wenu. 'Ddiwedd yr wythnos. Dwi 'di aros blynyddoedd... a rŵan, o'r diwedd, ella caf i'r hyn dwi isio. Ond hwn fydd fy nghynnig olaf, Waldo. Alla i ddim cario mlaen fel hyn...'

Bwerus belydrau gama! Disgynnodd Damelsa am yn ôl, gan deimlo'r gwaed yn llifo o'i hwyneb. Ffrwydrodd geiriau Miss Callwen yn ei phen fel moleciwlau di-drefn yn gwrthdaro.

Ddiwedd yr wythnos.

Aros blynyddoedd.

Cynnig olaf.

Doedd bosib bod hynny'n golygu....?

Ffrwydrodd y cwestiwn ym mhen Damelsa fel ffrwydrad potasiwm yn adweithio â dŵr. Ai Miss Callwen oedd yr Ysbeiliwr?

'Rhaid i mi fynd,' meddai Miss Callwen o'r diwedd. Roedd ei llais yn frysiog. 'Gawn ni siarad mwy am y peth wedyn, ond cofia, dim gair wrth neb.' Â chlep, rhoddodd y ffôn yn ôl yn ei grud, cyn iddi droi ei golygon at y drws, fel petai'n synhwyro bod rhywun yn ei gwylio.

Llamodd Damelsa yn ôl.

'Pwy sy 'na?' gofynnodd Miss Callwen.

Greddf Damelsa oedd rhedeg, ond, a hithau wedi cael cymaint o sioc, roedd ei dwydroed wedi glynu'n sownd i'r llawr.

'Pwy sy 'na, medda fi?'

Gwingodd Damelsa. 'Fi... fi sy 'ma, Miss Callwen. Damelsa Penorlais.'

Daeth gwich o du draw i'r drws wrth i Miss Callwen wthio ei chadair yn ôl, ac yna sŵn *clic-clac* ei hesgidiau caled yn dynesu. Agorodd y drws, a hithau â golwg ffwndrus arni.

'Damelsa, be dwi 'di ddeud wrthat ti am sefyllian?' meddai, wrth i'w llygaid wibio nôl tuag at y ffôn. Roedd ei bochau gwelw arferol wedi cochi; roedd hi'n edrych yn nerfus, fel petai wedi cael ei dal yn gwneud rhywbeth drwg.

'Be-be t'isio?'

'Mi ddudoch chi y baswn i'n cael fy nodiadur yn ôl ar ddiwedd y dydd,' atebodd Damelsa, gan geisio peidio cynhyrfu er bod ofn yn treiddio trwyddi. 'Yr un gymroch chi gen i yn y gwasanaeth bore 'ma.'

'O... o, ie...' baglodd Miss Callwen yn nerfus. 'Rôn i wedi anghofio popeth am y nodiadur 'na.'

Heb stopio meddwl amdano, ddudwn i, meddyliodd Damelsa.

Tynnodd Miss Callwen y nodiadur allan o boced ei chot a pheswch yn uchel. 'Rŵan, tydw i ddim isio gweld hwn yn yr ysgol eto, Damelsa Penorlais. Nid lle i hel

meddyliau a breuddwydion gwirion ydi Bronmeirwon.'
Trodd y brifathrawes i ffwrdd, a hithau prin yn gallu
edrych ar Damelsa. 'Ydi hynna'n gwbwl glir?'

Nodiodd Damelsa, yr adrenalin yn pwmpio tu ôl
i'w dannedd wrth iddi gymryd y nodiadur oddi wrth y
brifathrawes.

'Da iawn. Rŵan, i ffwrdd â thi. A da ti hogan, sytha
dy dei am unwaith!'

Trodd Damelsa a chychwyn lawr y grisiau. Beth oedd
hi wedi'i wneud? Mewn panic llwyr, teimlai'n wan â
gwres tanboeth yn berwi trwy ei chorff. Roedd angen
iddi eistedd.

Gan weld bod tai bach y merched yn dal ar agor,
aeth yn syth i mewn a chloi ei hun yn y gorlan gynta.
Pwysodd yn erbyn y drws, a daeth teimlad yn don drosti
fod rhywbeth ofnadwy ar fin digwydd. Siawns na allai
popeth oedd Miss Callwen wedi sôn amdanyn nhw ar y
ffôn *ddim* bod yn gyd-ddigwyddiad?

Roedd stumog Damelsa'n glymau i gyd.

Un casgliad posib yn unig oedd 'na: prifathrawes
Ysgol Bronmeirwon oedd yr Ysbeiliwr... a'r enw nesa ar
ei rhestr oedd Damelsa Penorlais!

PENNOD 15

Hanner Baich
ei Rannu

Yn ddiweddarach y noson honno, roedd Damelsa a Nain Myfi wrthi'n cael eu swper. Ond doedd dim chwant bwyta ar Damelsa.

'Ti'n dawel iawn heno,' meddai Nain, wrth i'w hwyres chwarae'n ddi-hid â'r selsigen oedd ar ei phlât. Roedd y grefi 'di llifo'n ddiferion dros yr ochrau, gan adael stremps ar y lliain bwrdd blodeuog. 'A ti ddim wedi bwyta llawer o dy swper. Oes rhywbeth yn bod, 'mechan i?'

Rhoddodd Damelsa ei fforc i lawr. Roedd hi wedi bod yn poeni am sgwrs ffôn Miss Callwen ers cyrraedd adre o'r ysgol, ac roedd hynny'n amlwg. Ond os byddai'n dweud wrth Nain Myfi am be ddigwyddodd gyda'r nodiadur, mi fyddai ei nain mor flin, ac mor siomedig.

A beth bynnag, doedd hi ddim eisiau poeni Nain heb fod angen, yn enwedig am nad oedd unrhyw dystiolaeth gadarn am fwriad Miss Callwen.

'Dwi'n iawn, diolch, Nain,' atebodd yn gelwyddog, gan daflu selsigen i geg Mot. 'Jest wedi blino. Ffiseg dwbwl heddiw, ac roedd rhaid i ni redeg o gwmpas y cae hoci ugain o weithiau.'

''Mond hynny?' meddai Nain Myfi, gan lwytho ei fforc â gweddill ei phys. 'Pan ôn i dy oedran di, roedd yn rhaid i ni redeg o gwmpas y cae 'na bedwar deg o weithiau, a hynny efo bagiau llawn cerrig ar ein cefnau!' Pinsiodd foch Damelsa yn ysgafn a gwenodd. 'Ond roedd dy ddiwrnod di'n iawn heblaw am hynny, oedd? 'Nest ti'm sôn gair am *ti'n-gwbod-be*, naddo?'

Aeth dwylo Damelsa'n sydyn iawn i deimlo'n oer ac yn chwyslyd. Llyncodd. 'Na... naddo siŵr. Dduda i'm gair wrth neb.'

Nodiodd Nain Myfi. 'Da iawn. Wel, mi fyddi di'n falch o wybod nad oes gen ti'r un cymundeb heno. Be sy angen arnat ti ydi bath cynnes braf, dwi'n meddwl. Mae dros wythnos ers i ti gael un, ac mi allwn i wneud cannwyll allan o'r holl gwyr 'na sy'n cronni yn dy glustia di, madam!'

Gwthiodd ei chadair yn ôl a dechrau clirio'r llestri

swper. 'Ond gynta, beth am fowlen fawr neis o hufen iâ mafon? Mae gen i 'chydig o jeli oren yn y ffrij hefyd, os fedri di neud lle iddo fo?'

Ochneidiodd Damelsa. Roedd pwdin yn swnio'n fendigedig, ond dyna'r peth olaf ar ei meddwl. Y cwbwl allai feddwl amdano oedd beth i'w wneud am Miss Callwen. Os mai hi oedd yr Ysbeiliwr go iawn, ysbryd pwy oedd hi am ei alw wrth Atgyfodi'r Meirw? Hen gydweithiwr, hen ffrind, neu aelod o'r teulu efallai? Beth bynnag oedd bwriad y brifathrawes, roedd yn rhaid i Damelsa roi stop arni. Ond sut?

'Helôôôôô? Oes 'na rywun adra?' ebychodd Nain Myfi, gan sefyll uwch ei phen gyda thwb o hufen iâ pinc-a-gwyn. 'Pwdin?'

Ysgwydodd Damelsa ei hun o'i llesmair ac edrych ar Nain. 'Ym... ella wedyn.'

Eisteddodd Nain Myfi wrth ei hymyl. 'Wyt ti'n siŵr dy fod ti'n iawn, 'mechan i? Dwyt ti ddim i'w weld yn chdi dy hun. Tyrd rŵan. Deud wrtha i be sy. Hanner baich ei rannu, 'sti.'

Anadlodd Damelsa'n ddwfn. Gwyddai bod Nain Myfi yn iawn. Doedd hyn ddim yn rhywbeth y gallai ei ddatrys ar ei phen ei hun; doedd hafaliad mathemategol neu fformiwla wyddonol ddim am fod o help y tro hwn.

Ar y llaw arall, doedd hi ddim wir eisiau cyfadde'r cwbwl wrth Nain Myfi chwaith. Ddim eto, beth bynnag. Petai hi ond yn gallu rhannu ei hamheuon gyda rhywun arall. Petai hi ond yn gallu dweud wrth... Ffurfiodd syniad fel fflach ym mhen Damelsa.

Mae'n siŵr y byddai'n iawn iddi ddweud wrth Peris. Prin oedd e'n gadael ei stafell, ac wedi'r cwbwl, doedd ganddo fe ddim ffrindiau eraill. Wrth bwy fyddai'n dweud? Ei dedi bêr?

'Wel?' meddai Nain Myfi. 'Wyt ti am ddeud wrtha i beth sy'n mynd mlaen rhwng y ddwy glust 'na, neu wyt ti am ddelwi drwy'r nos?'

'Wir yr, 'di o'n ddim byd,' meddai Damelsa, gan godi. 'Dwi'n meddwl af i i gael y bath 'na... Syniad da.'

Daliodd Nain ei dwylo dros ei cheg i herio. 'Damelsa Penorlais, yn mynd i folchi o'i gwirfodd. Bydd y stori yn y papur bora fory!'

Roedd meddwl Damelsa'n rhy brysur i ymateb i jôc Nain. Aeth allan o'r gegin a fyny'r grisiau, y cynllun yn prysur ffurfio yn ei phen. Yn hwyrach heno, pan fyddai Nain Myfi a Mistar Llwyd yn cysgu'n drwm, byddai'n sleifio allan o'r bwthyn i siarad efo Peris.

Hanner baich ei rannu... *gwir y gair.*

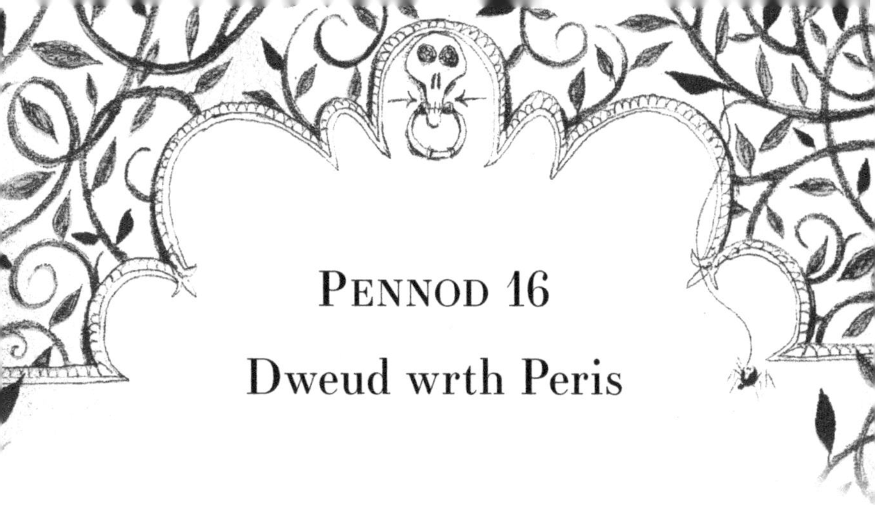

PENNOD 16
Dweud wrth Peris

'Damelsa, tydi hyn *ddim* yn syniad da!' cwynodd yr Arglwydd Beblych wrth i Damelsa gerdded am dŷ Peris toc cyn hanner nos. O dan un fraich roedd hi'n cario'r penglog parablus wedi ei lapio mewn siwmper, ac o dan y llall ei Bwci Bocs. 'Mi wyddost ti'n iawn nad wyt ti fod i ddangos y rhain i neb. Ac mae hynny yn cynnwys y Peris 'ma.'

Stopiodd Damelsa, ac ar ôl gwneud yn saff nad oedd neb o gwmpas, sbeciodd o dan y siwmper. '*Shhhh!*' hushtodd. 'Dwi 'di deu'thach chi am gau eich ceg. A beth bynnag, rôn i'n meddwl bo chi'n casau gorfod aros yn y Gilfan Gymuno drwy'r amser?'

'O, mi ydw i! Ond tydw i ddim yn rhy hoff o gael fy nghario dan dy gesail chwyslyd fatha pêl rygbi, chwaith.

A ti'n gwbod yn iawn fasa dy nain byth yn gadael i chi neud hyn. Fasai ddim yn haws i chdi sôn wrthi am dy amheuon, yn lle galifantio liw nos fel lleidr pen ffordd?'

Teimlodd Damelsa rhyw bwysau yn ddwfn yn ei bol wrth iddi gerdded yn frysiog drwy'r tywyllwch. Roedd hi *yn* poeni am fynd yn erbyn dymuniadau Nain Myfi — bu'n gorwedd yn meddwl am y peth yn nyfroedd cysurus y bath am gyhyd nes iddi grebachu fel prwnsen. Ond roedd yn rhaid iddi siarad â rhywun. Doedd dim dwywaith y byddai ei phen yn ffrwydro'n racs petai hi ddim yn gwneud yn fuan fuan iawn.

'Dwi ddim isio poeni Nain Myfi nes 'mod i'n hollol sicr bod y ddamcaniaeth yn gywir,' meddai'n swta. 'A dwi'n gwbod ei bod hi'n cogio bod yn iach fel cneuen. Ond mae hi mewn oed, a'r peth dwytha dwi isio neud ydi rhoi trawiad iddi. Rŵan, rhowch daw ar eich swnian, neu mi gewch chi weld *go iawn* sut beth ydi bod yn bêl rygbi!' Rhoddodd orchudd y siwmper nôl dros ben y penglog, cyn mynd yn ei blaen ar hyd y llwybr at dŷ Peris.

Ar ôl cyrraedd yno, tynnodd Damelsa ei Chap Meddwl dros ei chlustiau a gwyro'i phen yn isel. Ar fodiau ei thraed aeth ymlaen at y ffens, a sbecian drwy un o'r tyllau yn y pren. Diolch byth! Roedd y lle fel bol buwch!

Mentrodd i mewn yn llechwraidd drwy'r gât ar yr ochr. Yn chwim ac yn dawel, igamogamodd ei ffordd o amgylch yr ardd, gan osgoi gwely blodau perffaith Mistar Llwyd. Gwyddai bod allwedd sbâr o dan y cerflun bach o angel wrth ddrws y cefn. Gan drio bod mor ddistaw â phosib, agorodd y drws ac i mewn â hi.

Roedd stafell Peris ar lawr ucha'r tŷ, felly gan gofio tynnu ei sgidiau, sleifiodd Damelsa i fyny i'r llofft. Roedd lluniau'r teulu mewn fframiau euraidd ar hyd y waliau ar bob llawr, a'r rheiny'n cael eu goleuo gan lewyrch y lloer: dyna Mistar Llwyd mewn parti yn y clwb golff; Mistar a Misus Llwyd ar ddiwrnod eu priodas; bedydd; pen-blwydd; a sawl dydd Nadolig. Ond roedd rhywbeth yn rhyfedd am y lluniau, rhywbeth nad oedd Damelsa wedi sylwi arno o'r blaen — doedd Peris ddim i'w weld yn yr un ohonyn nhw. Roedd llun ohono ar ei ddiwrnod cyntaf yn yr ysgol gynradd, ac un arall ohono'n diffodd y canhwyllau ar ei gacen ben-blwydd yn naw oed, ond dim byd wedi hynny. Ysgwydodd Damelsa ei phen. *Mae'n rhaid bod Mistar Llwyd ofn i fflach y camera niweidio llygaid bregus ei fab annwyl,* meddyliodd.

Wedi cyrraedd y drws i stafell Peris, taflodd Damelsa gip dros ei hysgwydd. Roedd y ffordd yn glir! Sleifiodd i mewn a dyna ble'r oedd ei ffrind yn chwyrnu'n dawel o dan ei gwilt pluog trwchus, ac un o'i gomics ar ei hanner ar y llawr.

'Peris,' sibrydodd, gan gau drws y stafell yn ofalus ar ei hôl. 'Peris, deffra.'

Symudodd Peris dan ei gwrlid, ond roedd ei lygaid yn dal ar gau. 'Un sleisen o'r dishen jocled,' meddai, ar goll mewn breuddwyd. '*Plîs*, Dad, dim ond sleisen fach...'

Aeth Damelsa ar ei chwrcwd wrth ochr y gwely a sibrwd yng nghlust ei ffrind. 'Peris, fi sy 'ma. Damelsa. Deffra! Tyrd! Deffra!'

'*Mmmm... yyy?!*' Cododd Peris ar ei eistedd yn sydyn ac edrych o'i gwmpas yn y tywyllwch. 'Pwy sy 'na? Dad? Ceridwen Ebrillwen Mair?'

'*Shhht!*' hushtodd Damelsa. Cynnodd y lamp fach oedd ar y bwrdd wrth erchwyn ei wely, gan daflu golau dros ei hwyneb. 'Fi sy 'ma. Damelsa.'

'O, Damelsa,' meddai, gan roi ochenaid o ryddhad. 'Roiest ti ffit binc i fi.' Ysgwydodd ei ben cysglyd a rhwbio'i lygaid. 'Beth ŷt ti'n neud fan hyn? Faint o'r gloch yw hi?'

'Dwi angen siarad efo chdi,' meddai Damelsa. Gan wneud yn siŵr bod yr Arglwydd Beblych wedi ei orchuddio'n llwyr gan ei siwmper, daeth i eistedd ar ochr y gwely. 'Mae'n bwysig,' meddai.

'Mor bwysig fel na alle fe aros tan y bore?' atebodd

Peris, gan dynnu'r cwilt o'i gwmpas. 'Ôn i yng nghanol breuddwyd hyfryd.'

'Dwi'n gwbod,' meddai Damelsa, gan rowlio'i llygaid. 'Ond bydd yn rhaid i ti ddychwelyd at dy gacen siocled rywbryd eto.' Tarodd olwg ar ddrws y stafell yn sydyn.

'Sai'n deall,' meddai Peris. 'Be sy'n mynd mlân?'

Pesychodd Damelsa er mwyn clirio'i gwddf. 'Wel, mae'n stori hir,' meddai. 'Ac a deud y gwir, dwn i'm os fasat ti'n fy nghoelio i hyd yn oed taswn i'n deu'tha chdi. Felly, dwi am ddangos rhywbeth i ti. Ond mae'n rhaid i ti addo peidio sgrechian, iawn?'

'Ym... iawn,' meddai Peris, gan edrych yn ddryslyd. 'Ond gobeithio nage un o'r malwod-bochdew od 'na, ôt ti'n creu dros yr haf, sy 'da ti. Smo Dad wedi stopid conan fod eu pwps nhw'n dal yng nghanol ei wely rhosys e.'

Gwgodd Damelsa. *Malfochdewiaid,* dyna be ôn i'n eu galw nhw, a doedden nhw ddim yn gneud pwps ym mhobman, diolch yn fawr... wel, ella un neu ddau...' Cododd a safodd wrth y ddesg. 'Rŵan, wyt ti'n barod?'

Nodiodd Peris ei ben, a gydag anadl ddofn chwipiodd Damelsa ei siwmper-orchudd i ffwrdd gan ddatgelu'r Pen Parablus.

Pesychodd yr Arglwydd Beblych yn ddramatig, fel petai'n tagu. *'Ych!* Diolch byth am hynny. Rôn i'n meddwl fy mod i am fygu i farwolaeth o dan y siwmper ddrewllyd afiach 'na.'

''Dach chi 'di marw'n barod,' meddai Damelsa dan ei gwynt. 'Beth bynnag, Peris. 'Swn i'n licio i ti gyfarfod â'r Arglwydd Beblych ap Sulbych ap Pebid Penllyn. Arglwydd Beblych, dyma fy ffrind, Peris.'

Trodd llygaid y penglog i edrych ar y bachgen, a moesymgrymodd ei ben. 'Mae'n braf iawn cwrdd â chi, Peris. Er, rwy'n ofni ein bod wedi tarfu arnoch ar awr annaearol. Sut ydach chi?'

Daeth dim ateb o enau Peris. Aeth ei wyneb yn llipa i gyd, a chyn i Damelsa allu rhoi taw arno, daeth sgrech iasoer o berfeddion ei gorn gwddf. 'WAAAAAA! MAE E'N FYW! MAE E'N FYW!'

Neidiodd o'i wely, a gan chwifio'i freichiau'n orffwyll, rhedodd ar draws y stafell. 'Cadw fe bant wrtha i! Cadw fe bant!'

'Peris, bydd ddistaw!' hushtiodd Damelsa. ''Nes i ddeu'tha chdi beidio sgrechian! Fyddi di'n deffro dy dad!'

Safodd Peris yn stond â'i ddwylo dros ei lygaid, ei gorff yn crynu fel jeli.

'Nefoedd yr andros, fachgen!' ebychodd yr Arglwydd Beblych. 'Oes angen gymaint o ffws? Pen Parablus ydw i, nid neidr wenwynig!'

'Mae'n rhaid bo fi'n mynd yn dŵ-lal,' meddai Peris wrth ei hun. 'Fi'n gweld pethe! Falle bo fi 'di cael rhyw fath o bwl.'

'Peris, plîs,' meddai Damelsa, gan edrych i fyw ei lygaid, 'Does dim angen i ti fod ofn. Dwi'n gaddo, dwyt ti ddim yn colli arnat nac yn cael ffit. Eistedd yn fa'ma, ac mi 'na i esbonio'r cyfan i chdi.'

Gyda'i ddwylo dros ei wyneb, sbeciodd Peris rhwng ei fysedd. Pan sylweddolodd nad ei ddychymyg oedd wedi mynd yn wyllt, meddai, 'Dim ond os ti'n addo cael gwared ar y... y peth 'na!'

'*Y peth?*' poerodd yr Arglwydd Beblych, bron â thagu. 'Y ffasiwn anghwrteisi! Mae'r *peth* yr wyt ti'n cyfeirio ato yn un o foneddigion y Gymru Fu! Damelsa, chaiff neb siarad â mi yn y fath fodd!'

Ond roedd Damelsa eisoes wedi codi'r penglog, a chyn iddo gael cyfle i brotestio'n rhagor, fe'i rhoddodd yng nghwpwrdd dillad Peris. 'Hynna'n well?' gofynnodd.

Nodiodd Peris ei ben, ac ar ôl iddo stopio ysgwyd, a mynd i swatio nôl yn ei wely, dyma Damelsa'n cychwyn ar adrodd yr hanes.

Dechreuodd gan ddychwelyd at y noson honno pan oedd y ddau wedi sleifio gyda'i gilydd i'r tŷ gwydr a darganfod y drws cudd — a dwedodd wrth Peris beth oedd hi wedi ei ffeindio yno'n *go iawn*. Dywedodd y cwbwl am ei phwerau newydd, am fod yn Ysbrydolyn, am yr Ysbeiliwr, ac yn olaf, ei hamheuon am Miss Callwen.

Roedd Peris yn dawel trwy'r cwbwl, ei ên yn gostwng yn is ac yn is gyda phob gair a lefarai Damelsa.

'Felly... os ŷf i 'di deall hyn yn iawn,' meddai'n gloff ar ôl iddi orffen, 'ti'n gweud wrtho fi bo ti a dy nain yn gallu siarad 'da bwci-bôs ?'

'Wel, yn dechnegol ysbrydion 'dan ni'n eu galw nhw,' meddai Damelsa, fel petai wedi bod wrthi erioed. 'Ond ia, yndan. Rydan ni'n galw arnyn nhw i helpu pobol sy'n galaru. Dim ond prentis ydw i ar hyn o bryd, ond pan fydda i'n barod, mi fydda i'n cael cymryd drosodd gan Nain Myfi.'

Ysgwydodd Peris ei ben. 'Ond... ond ôn i ddim yn meddwl bo ti'n credu mewn pethe fel 'na, Damelsa. Ôn i'n meddwl bo ti ond yn credu mewn pethe oedd wedi cael eu *profi'n wyddonol*.'

Oedodd Damelsa. 'Ychydig wythnosau yn ôl faswn i *ddim* wedi coelio. Ond am wn i does dim gwell tystiolaeth na gweld rhywbeth efo dy lygaid dy hun, neu alw ar ysbryd efo dy ddwylo dy hun. Mae bod yn un o Ysbrydolion yr Ysbrydion yn fy ngwaed i, Peris. Wastad wedi bod.'

Taflodd Peris gipolwg draw at ei gwpwrdd dillad ac

aeth ias drwyddo. 'Ond, pam nag yw dy famgu wedi gweud wrthot ti o'r blaen? Mae fe'n eitha peth i'w gadw'n dawel.'

'Roedd Nain isio 'ngwarchod i mor hir â phosib, yn enwedig am fod fy mhwerau i ddim wedi cyrraedd mewn da bryd,' atebodd Damelsa. 'Ac fel dwi 'di deud, mae bod yn Ysbrydolyn yn beryglus. Ac mae o ar fin bod yn fwy peryglus, diolch i'r llofrudd o brifathrawes sy gen i.'

Ysgwydodd Peris un o'i obenyddion. 'Ti wir yn credu taw eich prifathrawes chi yw'r Ysbeiliwr?'

'Dwi'n reit sicr,' meddai Damelsa. 'Ond dwi'm yn gwbod be i neud am y peth. Fedra i ddim deud wrth Nain heb gyfadde 'mod i wedi bod yn flêr ofnadwy. A dwi ddim isio'i siomi hi.' Cododd y comic oddi ar y llawr a phwyntio at y dudalen flaen. 'Be fyddai Capten Teithwalch yn ei neud?'

Yr eiliad honno daeth gwich swnllyd o ben y grisiau a throdd y plant at y drws.

'Glou!' ebychodd Peris, gan bwyntio at y gwagle o dan ei wely. 'Cer i gwato! Dad yw e!'

Sgrialodd Damelsa o dan y gwely, a daliodd ei gwynt wrth i'r drws agor. Petai Mistar Llwyd yn dod o hyd iddi, mi fyddai Nain Myfi yn ei chadw hi yn y tŷ am wythnosau... misoedd... blynyddoedd!

Ond nid traed Mistar Llwyd ddaeth i'r golwg.

Daeth pedair pawen frith flewog i mewn i'r stafell a chroesi'r carped gan fewian yn swnllyd.

'O Bitw, *ti* sy 'na,' sibrydodd Peris. 'Dim panics, Damelsa. Dim ond y gath ôdd 'na.'

Gwthiodd Damelsa ei phen allan a chodi ei hun i fyny. Roedd Bitw ar ben gwely Peris yn canu grwndi'n braf, ei choler goch am ei gwddf.

'Newydd fod am wâc ganol nos ma' 'ddi, siŵr o fod,' meddai Peris. 'Roiest ti ofan i ni, pws!'

Ond er bod y perygl wedi cilio, roedd euogrwydd wedi dechrau chwyddo yn stumog Damelsa. Cael a chael oedd hi nes y byddai'r gath allan o'r cwd *go iawn,* ac yn sydyn teimlai'n ymwybodol dros ben o'r holl wybodaeth roedd hi wedi ei rannu â Peris — a'r addewidion roedd hi wedi eu torri. Tybed oedd hi wedi gwneud y peth iawn, wrth ymddiried yn ei ffrind?

'Peris, ti'n gaddo peidio deud wrth neb am hyn, on'd wyt?' meddai, gan obeithio am ychydig o sicrwydd. 'Ein cyfrinach fach ni, ia?'

'Bach?' tuchodd Peris. 'Dyna'r jôc fwya os buodd un eriôd! Ond odw, fi'n addo.' Gafaelodd yn ei gomic ac roedd golwg benderfynol yn disgleirio o'r newydd yn ei lygaid. 'Weda i beth wrthot ti, dere draw fory a gallwn ni roi cynllun at ei gilydd i ddelio 'da Miss Callwen. Ti'n gwbod pa mor ffyrnig fi'n gallu bod yn fy slipers bwni, on'd wyt ti?' Cododd ei freichiau fel petai'n godwr pwysau, a thynnodd wyneb mileinig gwyllt.

Chwarddodd Damelsa. 'Iawn, ond os wyt ti'n gweld unrhyw beth amheus cyn hynna, rho wbod i mi efo hwn.' Rhoddodd ei llaw yn ei bag thynnodd ddau lafargerddwr allan. Roedd Damelsa wedi dyfeisio'r teclyn siarad-a-symud yn wreiddiol pan oedd hi'n gaeth i'w gwely ar ôl troi ei throed y flwyddyn flaenorol — pan fyddai hi angen potel dŵr poeth, neu ragor o rawnwin, neu damaid o gacen, byddai'n gallu gwasgu'r botwm, siarad, a gofyn i Nain Myfi am gymwynas heb orfod symud cam o'i stafell.

Rhoddodd un i Peris, a dangos iddo sut i'w ddefnyddio. 'Ond paid â defnyddio dy enw go iawn dros yr awyr, cofia! Pwy a ŵyr pwy sy'n gwrando. Galw fi'n Gwyddonydd Gwych, a ti fydd Capten Comic. Ti'n dallt?'

Gwenodd Peris. 'Deall yn iawn, Gwyddonydd Gwych!'

Cododd Damelsa ac agor y cwpwrdd dillad. 'Dewch, Arglwydd Beblych, mae'n bryd i ni fynd adra.'

'Wel, diolch i'r nefoedd am hynny,' atebodd y penglog yn swrth wrth i Damelsa ei godi i'r awyr. 'Tydw i erioed wedi cael fy nhrin mor wael! Arglwydd ydw i, nid hen bâr o sgidiau drewllyd!'

'Ia, ia...' meddai Damelsa, cyn ei dawelu gyda'i siwmper eto. Rhoddodd y Pen Parablus yn dynn o dan ei chesail a chychwyn am y drws. 'Wela i ti fory 'ta, Peris. Neu nes mlaen heddiw, a deud y gwir. A chofia, dim gair wrth neb!'

PENNOD 17

Cymanfa'r Meirw

'Aha! Dyma hi!' meddai Nain Myfi wrth i Damelsa allusgo'i hunan i mewn i'r gegin yn ddiweddarach y bore hwnnw. 'Rôn i ar fin dod i dy ddeffro di, y gysgadures fawr.' Roedd Nain yn sefyll wrth y popty; rhoddodd 'sgytwad fach i'w phadell ffrio cyn taflu crempogen dew i'r awyr. Glaniodd honno'n blwmp nôl yn y ffrimpan, â'r ochr euraidd am i fyny.

Edrychodd Damelsa yn syn ar y cloc — roedd hi wedi troi hanner dydd! Mae'n rhaid ei bod hi wedi blino cymaint ar ôl ei hantur i dŷ Peris ganol nos, a'i bod hi wedi cysgu drwy gloch y cloc larwm! 'Nain, ddaru chi adael i fi gysgu? Dwi 'di methu hanner diwrnod o'r ysgol!'

'Wel, roeddet ti'n edrych mor glyd yn dy drwmgwsg,' meddai Nain, gan droi'r grempogen yn yr awyr eto cyn iddi lanio'n dwt ar blât Damelsa. 'Yn fwndel cysurus fel arth fach gwtshlyd. A beth bynnag, nes mlaen heno byddi di angen pob diferyn o egni sy gen ti.'

Crychodd trwyn Damelsa. *Beee?* Be sy'n digwydd heno? Oes 'na rywun yn dod i'r Gilfan am gymundeb?'

'Wel, nagoes! Ond 'dan ni'n dwy yn mynd ar antur fach,' meddai Nain Myfi, gan roi'r plât ar y bwrdd. 'Mae'n andros o bwysig cael brecwast mawr.' Edrychodd ar ei horiawr a chwerthin. 'Neu ginio mawr, fentrwn i ddeud!'

Lledodd llygaid Damelsa wrth iddi eistedd wrth y bwrdd. *Syrpreis?* Beth ar wyneb y ddaear allai hwn fod? Oedd Nain Myfi wedi deall ei hawgrymiadau cynnil o'r diwedd ac wedi prynu'r telesgop newydd iddi, yr Astro 250? Roedd hi wedi bod yn trio plannu had y syniad ym meddwl ei nain ers y nesa peth i *flwyddyn*!

'Felly, be ydi o, Nain?' gofynnodd, gan suddo'i llwy i mewn i bot o driog melyn cyn ei dywallt yn afon drwchus dros ei chrempog. 'Be 'di'r syrpreis?'

'Wel mi fydd yn rhaid i ti aros i weld, bydd?' meddai Nain Myfi, gan eistedd wrth ei hymyl â thebotiaid o de. 'Ond mae gynnon ni lot o waith cerdded o'n blaenau p'nawn 'ma, felly gwna'n siŵr dy fod ti'n llenwi dy fol. A dos i nôl dy got aeaf o'r cwpwrdd. Mae'n mynd i fod yn rhynllyd.'

Roedd hi eisoes yn dechrau nosi wrth i'r ddwy gamu allan o Fwthyn Blegerwyd yn hwyrach y prynhawn hwnnw. Gyda chymorth ei ffon gerdded, i ffwrdd â Nain Myfi ar hyd llwybr yr ardd. Dilynodd Damelsa, gan gau pob un o fotymau mawr ei chot cyn rhoi ei Chap Meddwl am ei phen. Doedd hi dal ddim callach beth oedd gan Nain Myfi mewn golwg. Roedd y cyffro wedi bod yn ffrwtian yn ei bol drwy'r prynhawn nes iddi bron iawn â ffrwydro yn ei chynnwrf. Ond tybed oedd hi'n syniad da cychwyn allan tra bod Miss Callwen o gwmpas? Penderfynodd Damelsa y byddai'n rhaid iddi fod yn barod am unrhyw drwbwl, felly yn ei bag roedd cwpwl o ddyfeisiadau y gallai eu defnyddio er mwyn amddiffyn ei hun os oedd angen — y Bwledi Baw Trwyn, y Dwrn Efydd er Leinio (neu'r DEL i'w ffrindiau), ynghyd â bocs o'i Gwreichion Goleulawn Gwych oedd ganddi dros ben ers noson tân gwyllt y llynedd.

'Rŵan, mae'n rhaid i ti aros efo fi yr holl amser,' meddai Nain Myfi wrth iddyn nhw gyrraedd y gât. Roedd hi'n gwisgo clogyn melfed hir ac yn cario hen sach brethyn cartref dros ei hysgwydd.

Yn y gwyll roedd ei llygaid gwyrdd yn disgleirio'n ddireidus fel llygaid cath. 'Dim crwydro ar dy ben dy hun, a chadwa'r llais swnllyd 'na mor dawel â phosib. Tydan ni ddim isio neb i'n dilyn ni. Rydan ni ar fusnes Ysbrydolion yr Ysbrydion.'

Busnes Ysbrydolion yr Ysbrydion? *O, na!* Dechreuodd Damelsa boeni'n ddifrifol. Dyma'r cyfle perffaith i Miss Callwen ei bachu hi! Dechreuodd ei phen lenwi â delweddau erchyll o'r brifathrawes yn eu dilyn ar hyd y wlad. Er ei phryderon nodiodd ar Nain, ac wrth i'r ddwy gychwyn ar hyd ffyrdd bach troellog y fro, dechreuodd sêr disglair ymddangos yng nghwrlid dudew y nos. Byddai'n rhaid iddi fod yn wyliadwrus a chadw'i phwyll.

O'r diwedd, dyma'r ddwy yn cyrraedd cyrion y pentre cyn bwrw mlaen am y bryniau gerllaw. Wrth i Damelsa droi ei llygaid nôl ar Fronmeirwon, edrychai'r adeiladau yn bitw bach, a doedd goleuadau'r stryd yn ddim ond ffaglau'n wincio yn y pellter. Gallai weld tŵr yr eglwys, ac yn bellach na hynny, gwelsai dyrrau bregus Castell Cyndeyrn — un o adfeilion hyna'r pentref — yn codi'n fain tua'r awyr fel bysedd esgyrnog hen wreigan.

Tynnodd Nain Myfi ddwy lantern allan o'i chês, a rhoi un i Damelsa. Gydag un fatsien roedd y ddwy lamp ynghyn, ac yn goleuo'r llwybr o'u blaen gyda'u dawns o lewyrch melyngoch.

Ebychodd Damelsa wrth iddi sylweddoli i ble'r oedden

nhw'n mynd. Roedd coedwig drwchus eang yn ymestyn o'u blaenau, a boncyffion praff y coed yn rhwystrau cryf a thal, fel bariau cell carchar. Crynodd Damelsa wrth ddychmygu Miss Callwen yn ymddangos rhwng y coed a'i chipio i'r nos. *Nid* dyma'r math o syrpreis oedd hi wedi gobeithio amdano. "Dan... 'dan ni'n mynd mewn i fan 'na?' gofynnodd.

Y cwbwl wnaeth Nain Myfi oedd nodio'i phen a thynnu o'r sach ei Mwgwd Anhysbys hi, ac un Damelsa, gan gyfarwyddo'i hwyres i roi ei mwgwd amdani.

Cerddodd y ddwy yn dawel drwy'r coed, un ar ôl y llall. Dan draed, roedd y ddaear yn frau a phob cam o'u traed yn diasbedain drwy'r drain a'r drysni coediog. Bob nawr ac yn y man byddai Nain yn oedi, fel petai'n gwrando am rywbeth — neu rywun. Mynd yn fwyfwy pryderus oedd Damelsa bob eiliad, gyda'i hofnau am Miss Callwen yn llenwi ei phen. Wrth gamu ymhellach i goed y nos, ystyriodd a ddylai gyfaddef popeth wrth ei Nain. Doedd hi ddim eisiau i Nain Myfi ddechrau poeni, ond eto doedd hi ddim wedi rhagweld y byddai'r ddwy ohonyn nhw yn troedio drwy'r goedwig ganol nos ar drothwy Calan Gaeaf!

'Nain...' dechreuodd, gan edrych i lawr ar ei thraed yn nerfus wrth iddyn nhw gerdded. 'Dwi... dwi angen siarad efo chi am rywbeth. Rhywbeth pwysig. Y peth ydi, dwi'n meddwl ella 'mod i mewn 'chydig o drafferth. Rhywbeth ddigwyddodd yn yr ysgol ddoe. Ddaru Miss Callwen ddwyn fy nodiadur. Mi welodd hi rai o'r lluniau rôn i wedi eu tynnu o'r Gilfan Gymuno...'

Cododd Damelsa ei phen, ond er mawr siom iddi doedd yr hen wreigan ddim yn gwrando. Roedd hi wedi cerdded yn ei blaen, a bellach yn sefyll o dan hen dderwen fawr â changhennau eang a thyfiant gwyllt o'i hamgylch ym mhobman. Roedd niwlen drwchus yn troelli'n orchudd o gwmpas y pren praff, bron fel petai'n ddôr i ddimensiwn arall.

'Tyrd rŵan, y falwen, 'dan ni yma,' sibrydodd Nain Myfi, gan siarsio Damelsa i ddod yn nes. Fel cnocell, curodd ei dwrn rythm cymhleth o ergydion ar y boncyff derw... ac yna arhosodd.

Yn sionc fel jac-yn-y-bocs chwimwth, sbonciodd pen dynes allan o'r llwyn gerllaw. Roedd hithau'n gwisgo Mwgwd Anhysbys â pherlau du prydferth yn addurn arno. 'Beth yw'r cyfrinair?' sibrydodd.

'Meindia dy fusnes!' atebodd Nain Myfi'n syth.

Fel arfer, byddai Damelsa wedi dychryn wrth glywed ei nain yn ateb rhywun mewn ffordd mor anghwrtais — ond yn bwysicach o lawer na hynny oedd beth oedd yn digwydd yn union o flaen ei thrwyn.

Fel petai trwy hud a lledrith, dechreuodd y canghennau o amgylch y dderwen symud a gwahanu. O'u blaenau, roedd llannerch clir o laswellt yn ymestyn am erwau meithion.

I bob cwr o'r llannerch roedd lampau bach a llusernau pwmpen yn goleuo'r coed, ac yn y canol roedd coelcerth fawr â phenglogau o'i chwmpas. Taflai'r goelcerth olau melyn dros dorf o bobol o gwmpas y tân, a phob un yn ei fwgwd. Mewn nudden fyglyd dros awel y nos cariwyd arogl melys sinamon a chlôfs a sbeisys. Roedd fel petai rhywun wedi codi'r llen ar un o lwyfannau mwyaf anhygoel y byd.

'Nain, be *ydi'r* lle 'ma?' gofynnodd Damelsa yn ei syn.

Rhoddodd Nain Myfi fraich am ysgwydd ei hwyres wrth iddyn nhw gamu i'r llannerch.

'Dyma Gymanfa'r Meirw, 'mechan i. Mae Ysbrydolion yr Ysbrydion yn dod at ei gilydd ar gyfer y gymanfa bob hydref; dyma binacl ein blwyddyn. Mae'r Gymanfa'n cael ei chynnal mewn llefydd gwahanol bob tro, felly 'dan ni'n lwcus ei bod hi mor agos at adra eleni. Mae pobol wedi dod o bell i fod yma, a heno, lle bydd yr ysbrydion a'r Ysbrydolion yn cyd-ddathlu! Sbia!'

Pwyntiodd i fyny, a dyna pryd y daeth yr olygfa orau un

i sylw Damelsa. Roedd awyr y nos yn orlawn o gannoedd ar gannoedd o hen ysbrydion o'r oesoedd o'r blaen, pob un yn cyhwfan ymysg y sêr fel cymylau gwyn o fwg. Roedd rhyfelwyr y Brythoniaid yn hedfan ochr yn ochr â'r Hen Eifftiaid, dynion o droad yr ugeinfed ganrif yn sgwrsio gyda merched o oes Fictoria, a phlant goruwchnaturiol o'r oesoedd a fu yn sgipio gyda'i gilydd ymysg y sêr. Roedd hon yn olygfa fel na welodd Damelsa erioed o'r blaen, ei llygaid anghrediniol yn disgleirio mewn syndod. 'O ble maen nhw i gyd wedi dod? Rôn i'n meddwl mai dim ond er mwyn helpu eraill oedd modd galw ysbrydion.'

'Dyna'r ysbrydion sy'n gweithio i'r Hynafol Gorff, 'mechan i. Maen nhw i gyd yn ysbrydion sydd wedi cael eu galw rywbryd neu'i gilydd dros yr oesoedd, ond sydd am ba bynnag reswm heb gyrraedd nôl i'r Tŷ Draw mewn pryd. Derwyddon yr Ysbrydion sy'n gofalu amdanyn nhw rŵan. Dacw un o'r Derwyddon yn fan 'na, sbia.'

Pwyntiodd at y goelcerth, ac at ddyn â gwallt du, mwgwd am ei wyneb a gŵn hir hyd at ei draed. Roedd mwy o addurniadau ar ei fwgwd penglog hardd nag oedd Damelsa wedi gweld erioed, yn gregyn, a pheli bach gwydr, a thameidiau bach o ddrych. Wrth i fflamau'r tân ei oleuo, disgleiriai'r mwgwd fel trysor gwerthfawr.

'Rŵan cofia,' meddai Nain Myfi, 'mae'n bwysig iawn

dy fod ti'n gwisgo dy fwgwd drwy'r amser. Er bod pawb yma yn Ysbrydolion, mae'n rhaid i ni fod yn anhysbys rhag ofn bod pobol ddiarth yn llwyddo i ymuno yn y Gymanfa a dod mewn i'n plith. Ti'n dallt?'

Daeth rhyw fath o ateb allan o enau Damelsa, ond doedd hi ddim wir yn gwrando mwyach. Roedd cymaint yn mynd mlaen, a hithau'n ysu i weld popeth. Roedd poeni am Miss Callwen wedi llwyr ddiflannu o'i meddwl. Mi fyddai hi'n ddigon saff yn fan hyn.

'Tyrd i ni fynd i gynhesu a chael rhywbeth i'w fwyta,' meddai Nain Myfi, gan bwyntio at y goelcerth. 'Mae'r wledd wastad yn un arbennig. Ti isio bwyd, gobeithio?'

Gafaelodd yn llaw ei hwyres a'i harwain drwy fwrlwm y dorf fywiog. Roedd yr awyr yn drwch o dawch myglyd, ac ym mhob cwr roedd byrddau hir yn gyforiog o fwydydd bendigedig yr olwg. Roedd 'na bastai poeth yn swatio wrth ymyl pentwr o datws trwy'u crwyn, a byns yn llawn cwrens yn bentwr siwgwrllyd uchel. Dechreuodd Damelsa lafoerio.

'Mi ddechreuwn ni'n fa'ma,' meddai Nain Myfi, gan grwydro draw at bafiliwn bychan. Roedd y lle wedi ei addurno â rhes o bwmpenni a chostreli euraidd, a thu mewn roedd dynes dan fwgwd corniog yn rhwygo tameidiau o dorth dywyll.

'Be ydi hwn?' holodd Damelsa, gan estyn am damaid a'i roi yn ei cheg.

Gwenodd Nain Myfi. 'Hwn, 'mechan i, ydi un o'n ryseitiau hyna ni. Torth y Meirw 'dan ni Ysbrydolion yr Ysbrydion yn ei alw o. Mae o'n fwyd go arbennig.'

'*Ych a fi!*' Bu bron i Damelsa boeri ei chegiad ar y llawr. 'Ydach chi'n deud... ydi o wedi cael ei neud allan o bobol *wedi marw?*'

Chwarddodd Nain Myfi. 'Rargian, nacdi siŵr, paid â bod yn wirion. Dim ond enw symbolaidd ydi o! 'Dan ni'n galw'r bara yn Dorth y Meirw gan ein bod ni'n ei fwyta fo i gofio am rywun sy 'di'n gadael ni.'

Rhoddodd Damelsa ochenaid o ryddhad wrth gymryd tamaid arall o'r dorth a dechrau meddwl am lowcio rhai o'r siocledi cyfarwydd oedd gerllaw. Ond wrth iddi weld platiaid o fisgedi Bodiau Gwrach ar y bwrdd nesa draw, allai hi ond gobeithio mai symbolaidd oedd yr enw hwnnw hefyd.

Wrth i'r noson fynd yn ei blaen, llenwodd y llannerch â cherddoriaeth. Roedd band bach o ysbrydion yn chwarae alawon traddodiadol ar y ffidil (gyda chlychau a chwibanau yn gyfeiliant soniarus), ac aelodau'r dorf yn dawnsio'n llawen o gwmpas y goelcerth. Yn cael eu slotian fel dŵr roedd galwyni o Hedd Perffaith Fedd —

sef y medd cryfa dan haul, oedd yn hen ddigon cryf i neud i Damelsa deimlo'n benysgafn ar ôl cael dim ond un chwiff ohono. Mae'n rhaid bod Nain Myfi wedi cael llond jwg o'r melys fedd, oherwydd o fewn dim roedd hi wedi rhoi ffling i'w ffon, ac yn tapio'i thraed gyda Damelsa i guriad y gerddoriaeth.

'Dwi'n meddwl af i nôl mwy o bwdin, Nain' meddai Damelsa ar ôl dawns werin chwim o gyflym gyda hen ryfelwr Samwrai o'r enw Toyotomi yn galw. 'Mae'r busnes dawnsio 'ma yn codi chwant bwyd!'

'Hwnna fydd dy drydydd pwdin di, ia?' meddai Nain Myfi, gan fynd â'i llaw drwy wallt ei hwyres yn gellweirus. 'Ond mae'n siŵr gen i ei fod o'n beth da gweld hogan ifanc â chymaint o flys am fwyd. Ond brysia, a tyrd nôl yn syth.'

''Na i!' meddai Damelsa, ac i ffwrdd â hi ar draws y llannerch at y bwrdd pwdinau. Roedd hi ar fin codi bowlen o bwdin triog a chwstard pan sylwodd ar rywbeth yng nghwr ei llygad. Draw yn y coed, ar ymyl y llannerch, roedd brigau'n symud. Yn ddisymwth, gyda sgrech aflafar, cododd tylluan ar adain o'i nyth.

Gwelodd fflach o symudiad.

Sŵn traed yn torri brigau sych ar lawr.

Rhywun yn peswch.

Gydag un cam gofalus ar ôl y llall, symudodd Damelsa'n nes, ac wrth iddi drio edrych drwy gil ei llygaid i'r tywyllwch, gollyngodd ei bowlen.

Er bod cysgodion yn celu'r coed, roedd digon o oleuni yn dawnsio o'r goelcerth iddi allu gweld dwy lygad yn syllu arni dan benwisg drom.

Roedd rhywun yn gwylio.

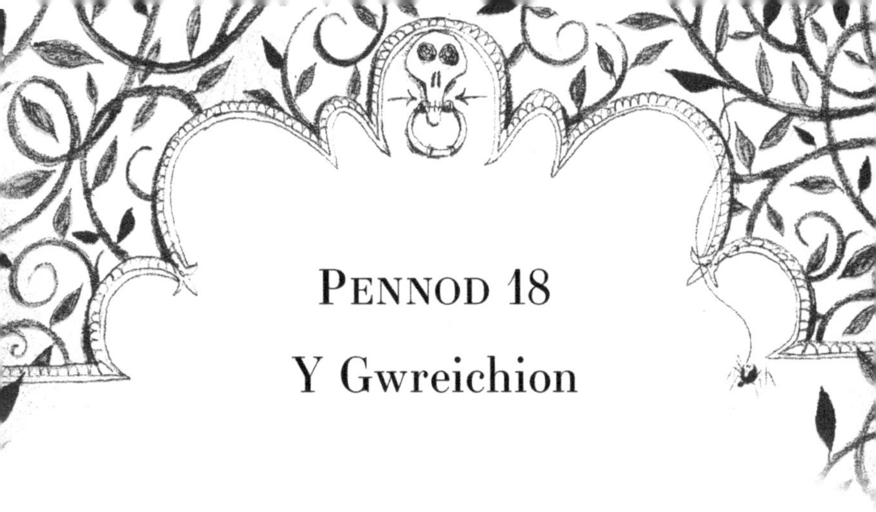

PENNOD 18
Y Gwreichion

Gyda'i chalon yn ei gwddf, gwibiodd Damelsa fel y gwynt nôl ar draws y llannerch. Er nad oedd hi wedi gweld pwy oedd yn ei llygadu, mae'n *rhaid* mai'r Ysbeiliwr oedd yno. Roedd Miss Callwen wedi eu dilyn nhw yma — yn union fel oedd hi wedi ofni!

Heb fentro edrych nôl hyd yn oed am eiliad, carlamodd draw at Nain Myfi â'i gwynt yn ei dwrn. Allan o bwff, 'Nain, Nain!' meddai, gan dynnu ar glogyn yr hen ddynes. 'Draw fan 'na! Sbiwch!'

'Sgiws mi, madam,' meddai Nain Myfi yn swta. 'Be dwi 'di ddeud wrthat ti am dorri ar draws pan dwi ar ganol siarad efo rhywun? Anghwrtais tu hwnt!' Trodd yn ôl at ysbryd oedd yn cyhwfan wrth ei hymyl — ysbryd rhyw fenyw o Oes y Cerrig oedd â'r mwng mwya gwyllt welsoch chi erioed. 'Sori am hynna, Eirlys. Be oeddach chi'n ddeud?'

'Nain, tydach chi ddim yn dallt!' ebychodd Damelsa eto. Trodd yn sydyn i gael cipolwg ar ymyl y llannerch a llenwodd ei chorff â braw wrth iddi sylwi fod y person yn y benwisg yn dal i fod yno. 'Mae rhywun yn ein gwylio ni! O'r coed! Dwi'n meddwl mai'r Ysbeiliwr ydi o!'

Trodd Nain Myfi ati, ychydig yn ddiamynedd. 'Damelsa, os mai un o dy jôcs gwirion ydi hon, mi fydda i'n...' Wnaeth hi ddim gorffen ei brawddeg.

Yn sydyn, gwelodd y siâp yn y coed, a daeth ebychiad o'r tu ôl i'w mwgwd euraidd. 'Damelsa, aros di yn fa'ma, a phaid â symud blewyn!' gorchmynnodd. Mewn chwinciad roedd hi wedi rhedeg i ganol y dorf yn gweiddi nerth ei phen, a'i breichiau'n chwyrlio drwy'r awyr, 'Pobol ddiarth! Pobol ddiarth! Pobol ddiarth yn y coed!'

Mewn amrantiad, roedd môr o wynebau o'u cwmpas yn llawn braw. O fewn ychydig eiliadau, roedd y llannerch yn gorwynt o Ysbrydolion yr Ysbrydion, pob un yn ceisio hel eu pac a dod o hyd i'w teuluoedd a'u ffrindiau. Dechreuodd pobol eraill wneud yr un fath â Nain Myfi, a chyn pen dim roedd y geiriau "pobol ddiarth!" yn atsain fel bonllef o amgylch y llannerch.

A hithau yng nghanol cwlwm gorffwyll o freichiau a choesau, edrychodd Damelsa o'i chwmpas, heb wybod beth i'w wneud. Hi oedd ar fai am hyn. Hi oedd wedi achosi'r holl anhrefn!

'Ysbrydolion yr Ysbrydion!' gweiddodd y Derwydd oedd Nain Myfi wedi dangos iddi'n gynharach. Roedd e wedi dringo i ben bwrdd ger y goelcerth, ac yn taro'r pren oddi tano â'i droed. 'Paciwch eich pethau ar unwaith a pheidiwch â gadael y mymryn lleiaf o dystiolaeth ar eich hôl! Gwnewch yn siŵr fod eich prentisiaid gyda chi! A chi ysbrydion, nôl â chi i'r Hynafol Gorff yn ddiymdroi!'

Roedd twrw'r traed ar y ddaear galed, oer, yn diasbedain drwy'r goedlan wrth i Ysbrydolion yr Ysbrydion ffoi i bob cyfeiriad fel haid o forgrug. Dechreuodd yr ysbrydion ddiflannu hefyd, pob un yn diflannu drwy'r coed fel cawod o sêr gwib llachar.

Dyna pryd y clywodd Damelsa'r sgrech.

Ar ei hunion, trodd ar ei sawdl a gweld y person yn y benwisg yn sgrialu ar draws y llannerch â rhywbeth o dan ei fraich. Gwthiodd Damelsa drwy'r dorf, a synnu o sylweddoli mai *plentyn* oedd o dan fraich y dieithryn — cyw Ysbrydolyn wedi cael ei chipio, rhywun tua'r un oedran â hi! Roedd ei gwallt yn goch ac yn gyrliog, a'i mwgwd wedi llithro i ddatgelu wyneb gwelw â brychni haul. Roedd hi'n ymladd i geisio torri'n rhydd ac yn gwichian mewn ofn.

Gwibiodd llygaid Damelsa o gwmpas y dorf yn chwilio am gymorth, a cheisio cael sylw rhywun — ond roedd y lle yn un trobwll gwyllt. Doedd dim golwg o Nain Myfi chwaith. 'Help!' gweiddodd wrth y dorf, ond yng nghanol yr helynt gyda phawb ar ffo, doedd dim pwrpas gweiddi.

Be nesa felly? Allai hi ddim gadael y ferch ifanc yn nwylo Miss Callwen — dwylo llofrudd o bosib! Roedd yn *rhaid* iddi wneud rhywbeth, a hynny ar frys.

Llyncodd Damelsa ei phoer, a dechrau ymbalfalu drwy'r dorf. Gyda phrin eiliad i'w cholli, gafaelodd yn un o'r llusernau wrth waelod y goelcerth. Roedd y tanllwyth yn clecian ac yn hisian yn wyllt erbyn hyn, y mwg yn troelli i'r nen fel plu tywyll. Cymrodd Damelsa anadl ddofn, a gan geisio cadw'r llusern o awel groes y gwynt, dechreuodd redeg i gyfeiriad y person yn y benwisg.

Rhedodd ar draws y glaswellt, gyda gwynt y nos yn chwythu'n rhyferthwy drwy ei gwallt. I ddechrau, roedd camau Miss Callwen yn rhy fras ac yn rhy gyflym, ond cyn hir roedd pwysau'r ferch afrosgo yn dechrau dweud arni, a dechreuodd arafu. Cyn pen dim roedd Damelsa ar ei chynffon, gwta droedfeddi oddi wrthi.

Ond beth nawr? Fyddai dim modd iddi daclo oedolyn ar ei phen ei hun bach. Yn enwedig un oedd yn hoff o lofruddio cyw Ysbrydolion...

Ond yna — cofiodd!

Gan gadw i redeg, estynnodd i waelod ei bag i ôl un o'i Gwreichion Goleulawn Gwych. Roedd ei siâp hirgrwn yn llyfn yn ei llaw, a gyda'i braich yn crynu daliodd babwyr y Gwreichionyn at fflam y llusern. Taniodd yn fflach oren lachar, a gyda phob gronyn o'i nerth, taflodd y Gwreichionyn trwy awyr y nos.

BWWWM!

Glaniodd wrth draed Miss Callwen, gan ffrwydro yn gawod o wreichion mân. Disgynnodd y brifathrawes i'r llawr, a rowliodd yr Ysbrydolyn ifanc o'i gafael.

'Brysia!' sgrechiodd Damelsa, gan chwifio dwylo'n wyllt ar y ferch tra bod Miss Callwen yn gorwedd yn ddryslyd. 'Tyrd yma! Rhed!'

Gyda dagrau a baw trwyn yn gymysg ar draws ei hwyneb, ymlusgodd y ferch ar ei phedwar drwy'r glaswellt. Crwmanodd y tu ôl i Damelsa, yn crynu'n afreolus.

'Be 'di dy enw di?' Gofynnodd Damelsa, heb dynnu ei llygaid oddi ar Miss Callwen.

'Ce-Celyn,' meddai'r ferch trwy ei dagrau.

'Iawn, Celyn. Paid â phoeni. Damelsa ydw i. Fyddi di'n saff efo fi. Does 'na neb yn mynd i dy frifo di rŵan.'

Ond roedd Miss Callwen eisoes wedi dechrau dadebru ac yn codi i sefyll. Wrth iddi edrych o'i chwmpas am ffordd i ddianc, rhoddodd Damelsa gam ymlaen. 'Peidiwch â mentro symud!' bloeddiodd, gan geisio swnio mor ddewr â phosib. 'Dwi'n gwbod pwy ydach chi! Ac mae gen i fwy o ffrwydron, a tydw i ddim ofn eu defnyddio nhw!'

Wrth iddi roi ei llaw yn ei bag i ôl Gwreichionyn arall, taflwyd Damelsa o'r ffordd gan ddau Ysbrydolyn praff, ill dau yn gwisgo mygydau efydd ac yn cario ffaglau gwenfflam. Yn ei braw, trodd Miss Callwen i ffoi.

'AROS LLE WYT TI!' gweiddodd un o'r Ysbrydolion.

''DAN NI'N SAFF O DY DDAL DI!' bloeddiodd y llall.

Gyda'r ddau'n diflannu i'r tywyllwch ar sodlau'r rheibwraig, disgynnodd Damelsa ar ei gluniau. Gyda'i chalon ar ras, anadlodd yn ddwfn er mwyn ceisio tawelu ei churiad. *Hi* oedd ar fai am hyn i gyd. *Hi* oedd wedi arwain Miss Callwen i gymanfa fawr Ysbrydolion yr Ysbrydion. A beth oedd canlyniad ei chwarae plant? Rhywun yn ceisio cipio geneth ifanc. Roedd hi at ei phen a'i chlustiau mewn trwbwl, doedd dim dwywaith am hynny.

Dan grynu yn ei chwrcwd, tynnodd Celyn ei breichiau am ei choesau.

'Ti'n iawn?' gofynnodd Damelsa, wrth iddi ddiosg ei chot a'i lapio am ysgwyddau'r ferch.

Nodiodd Celyn. 'Y-y-yndw, dwi'n meddwl. Diolch am dy help.'

Gwenodd Damelsa. 'Wel, mae'n rhaid i bob geneth bengoch helpu'i gilydd, on'd oes?' meddai, gan bwyntio at wallt cyrliog cringoch Celyn, oedd bron iawn yr un lliw â'i gwallt hi.

'Dacw nhw!' meddai llais o'r tu ôl iddyn nhw. 'Draw yn fan acw!'

Trodd y merched i weld criw o Ysbrydolion yn brasgamu tuag atynt, ac yn eu harwain roedd y Derwydd y gwelodd Damelsa'n gynharach, a dynes mewn mwgwd esgyrn.

'Mam!' sgrechiodd Celyn, gan neidio ar ei thraed a thaflu cot Damelsa o'r neilltu.

Rhedodd y ddynes gyda'i breichiau ar led, a gafael yn dynn am ei merch.

Dechreuodd Celyn grio eto, a gafael yn dynn yng ngwddf ei mam fel arth fach golledig.

'O, fy ngeneth lân i!' meddai'r fam, gan fwytho wyneb ei merch, a sychu ei dagrau. '*Shhh, shhh*, paid â phoeni. Mae Mam yma rŵan. A Dad hefyd.' Ar ôl ennyd, rhoddodd mam Celyn ei merch yng ngofal ei thad, a throdd at Damelsa. 'O'r annwyl, rwyt ti wedi achub bywyd ein merch! Sut fedrwn ni ddangos ein diolch i ti?'

'Mae'n... mae'n iawn,' atebodd Damelsa, oedd wedi llyncu'i thafod mwyaf sydyn. Tynnodd ei chot amdani a chwarae gyda'r llawes. 'Mi fyddai unrhyw un wedi gwneud yr un fath. Doedd o'n ddim byd.'

'Dim byd? DIM BYD?'

Daeth Nain Myfi o rywle, ei llais yn gras a'i chorff yn crynu i gyd.

'Damelsa, beth ar wyneb y ddaear ddaeth dros dy ben di yn rhedeg i ffwrdd fel 'na? Mi allat fod wedi cael dy ladd!'

'Dwi... rôn i...' baglodd Damelsa, wrth i ryw deimlad tyn lenwi ei brest. 'Rôn i'n meddwl mai dyna'r peth iawn i wneud. Rôn i'n meddwl...'

'West ti ddim meddwl! Dyna'r broblem! WNEST TI DDIM MEDDWL O GWBWL!' Dechreuodd Nain Myfi grio, ei hwyneb — y tu ôl i'r mwgwd — yn disgyn i'w dwylo. 'Paid byth, byth â gwneud dim byd fel 'na eto, wyt ti'n clywed? Rôn i'n ofni am dy fywyd. Rôn i'n meddwl 'mod i am dy golli di.'

Edrychodd Damelsa ar y llawr. 'Mae'n ddrwg calon

gen i, Nain. Dim ond isio helpu ôn i. Roedd y ferch 'ma wedi dychryn. Fedrwn i mo'i gadael hi.'

Anadlodd Nain Myfi'n ddwfn wrth dynnu Damelsa oddi wrth weddill y grŵp. 'Dwi'n gwbod, 'mechan i. Ac mi oeddat ti mor ddewr. Ond yr Ysbeiliwr oedd y person yna — doeddet ti ddim wir yn meddwl y basat ti'n gallu ei gwffio fo ar dy ben dy hun bach?'

Tynnodd Damelsa ei dwylo trwy ei gwallt. Er y gwyddai y byddai'n arwain at ragor o drwbwl, allai Damelsa ddim cadw'i amheuon yn dawel bellach. Roedd yn *rhaid* iddi ddweud wrth Nain Myfi am Miss Callwen. Roedd hi wedi aros rhy hir yn barod.

Nain, dwi'n meddwl 'mod i'n gwbod pwy 'di'r Ysbeiliwr,' dechreuodd.

'O?' meddai Nain Myfi. 'Gest ti gip arno fo?'

'Naddo, ond dwi'n meddwl...' straffaglodd Damelsa am y geiriau cywir. 'Dwi'n meddwl mai Miss Callwen ydi'r Ysbeiliwr.'

'O, Damelsa, paid â bod yn hurt!' gwawdiodd Nain Myfi. 'Nid dyma'r amser i siarad y fath lol.'

'Dwi o ddifri!' protestiodd Damelsa. 'Mi gafodd Miss Callwen afael ar fy nodiadur yn y gwasanaeth ddoe, a gweld lluniau rôn i wedi eu tynnu o'r Gilfan Gymuno. Yna, yn hwyrach, mi glywais i hi'n siarad amdana i ar y ffôn, yn deud rhywbeth *am gael be oedd hi isio o'r diwedd.* Mae'n rhaid ei bod hi wedi'n dilyn ni yma. Mae'n wir ddrwg gen i; ddylswn i fod wedi deud yn gynt, dwi'n gwbod.'

Lledodd llygaid Nain Myfi a daliodd Damelsa ei gwynt, gan ddisgwyl y storm. Mi fyddai Nain yn siŵr o fynd â'r Sbaner Sbardun oddi arni; fyddai 'na ddim crempog i frecwast byth eto; ac yn waeth na dim, roedd hi wedi siomi ei nain.

Ond rhoddodd yr hen ddynes ei llaw ar ysgwydd Damelsa, a gwenu. 'O, 'mechan i. Dwi'n gwerthfawrogi dy fod ti wedi deud wrtha i, ond nid Miss Callwen oedd y person 'na. Dwi'n gwbod ei bod hi'n dipyn o hen jadan, ond tydi hi ddim yn herwgipio plant. A dwyt ti ddim yn ddisgybl perffaith, nagwyt? Mae'n siŵr mai siarad amdanat ti efo athro arall oedd hi.'

Gwgodd Damelsa mewn dryswch. 'Ond, Nain, y pethau oedd hi'n ddeud, mae...'

'Ddim hi 'di'n pechadur ni,' torrodd Nain Myfi ar ei thraws. 'Mae'r dychymyg byw 'na sgen ti wedi bod yn gweithio oriau ychwanegol unwaith eto. Rŵan, tyrd am adra. Mae 'di bod yn noson hir.'

Ochneidiodd Damelsa, ac wrth iddyn nhw gerdded trwy'r goedwig gyda rhai o'r Ysbrydolion eraill, allai hi ddim peidio â meddwl am ymateb Nain Myfi. Pam nad oedd hi wedi cymryd y peth o ddifri, tybed? Meddyliodd eto ac eto am y sgwrs glywodd hi. Doedd dim dwywaith bod Miss Callwen wedi bod yn sôn am Ysbrydolion yr Ysbrydion. Roedd hi'n bendant wedi dweud, 'Dwi 'di aros blynyddoedd... a rŵan, o'r diwedd, ella caf i'r hyn dwi isio.'

Nid ei dychymyg byw oedd ar waith.

Roedd hi'n sicr o'i ffeithiau.

PENNOD 19

Brân a Gomer

Dihunodd Damelsa gyda dwylo Nain Myfi am ei hysgwyddau, yn ei hysgwyd yn wyllt o'i thrwmgwsg.

'Damelsa, coda!' meddai drwy ei dannedd. 'Brysia, cod o dy wely!'

Rhwbiodd Damelsa ei llygaid. Roedd siâp Nain Myfi yn niwl o'i blaen. Roedd hi'n dal yn ei choban, a'i hwyneb yn llawn panic yng ngolau'r gannwyll.

'Nain...' meddai Damelsa'n grug, gan wisgo'i sbectol a chael cip ar y cloc oedd wrth ei gwely. Roedd hi'n chwarter wedi pedwar yn y bore. 'Be sy?'

Trodd Nain Myfi i edrych ar ffenest yr atig a sibrwd yn frysiog. 'Mae rhywun yn trio torri mewn i'r tŷ. Rhaid i ni guddio!'

'Be? Pwy sy 'na?'

'Damelsa, 'sa'm amser am gwestiynau!' mynnodd Nain, gan gerdded am yn ôl at ddrws yr atig. 'Mi allen ni fod mewn peryg! Rŵan, brysia!'

Yn sydyn roedd adrenalin wedi llenwi gwythiennau Damelsa, a llamodd o'i gwely. Ai'r Ysbeiliwr oedd yno? Tybed oedd Miss Callwen wedi eu dilyn nhw adre o Gymanfa'r Meirw?

Heb oedi, tynnodd Aelhaearn o'i gawell, a'r llygoden fach yn troi a throi yn ceisio dianc wrth iddi ei roi ym mhoced ei phyjamas.

Brasgamodd Damelsa ar ôl Nain Myfi, ac wedi cyrraedd gwaelod y grisiau aeth y ddwy ar eu cwrcwd i sbecian drwy bostion y staer. Yn sydyn iawn, rhewodd Damelsa. Trwy wydr llwydlas drws y ffrynt gallai weld dau gysgod tywyll yn dod am y tŷ. Tybed oedd Miss Callwen wedi dod â rhywun gyda hi?

'Nain, be wnawn ni?' sibrydodd.

'Rhaid i ti guddio, brysia!' meddai Nain Myfi'n dawel. Rhoddodd ei channwyll i Damelsa a phwyntio i lawr y grisiau. 'Dos i guddio yn rhywle yn y Gilfan Gymuno, a phaid â dod allan nes 'mod i'n deud.'

'Ond, Nain, beth amdanoch chi? Fedra i'm jest eich gadael chi'n fa'ma...'

'Paid â phoeni amdana i,' torrodd Nain ar ei thraws. Rhoddodd law grynedig ar ysgwydd Damelsa ac edrych i fyw ei llygaid. 'Mi ddo i ar dy ôl di, paid â phoeni. Ond os mai'r Ysbeiliwr ydi hwn, yna mae'n rhaid i mi gael golwg arno fo.'

Dechreuodd clicied drws y ffrynt glecian. Daeth twrw dyrnau'n pwnio'r gwydr, a throed drom yn cicio'r drws...

'Dos!' meddai Nain Myfi dan ei hanadl. *Dos rŵan!'*

Neidiodd Damelsa ar ei thraed. Doedd ganddi ddim dewis ond gwrando ar Nain.

Gyda'i gwynt yn ei dwrn, brysiodd i lawr y grisiau, trwy'r gegin ac allan i'r ardd. Roedd hi'n noson rynllyd, a gallai deimlo'r gwlith yn gwlychu ei sanau wrth iddi redeg. Roedd Aelhaearn wedi mynd yn belen fach ym mhoced crys ei phyjamas, a'i galon fach yn curo'n galed wrth ymyl ei chalon hi.

Brysiodd Damelsa drwy'r drws cudd gan ei dynnu ar ei hôl. Dechreuodd edrych yn wyllt o gwmpas y Gilfan Gymuno am rywle i guddio. Ceisiodd oleuo pob twll a chornel gyda golau gwan y gannwyll.

O dan y bwrdd?

Tu ôl i gwpwrdd?

Na, rhy amlwg!

Yr unig ddewis oedd iddi wasgu ei hun i mewn i'r pantri

yng nghefn y Gilfan a gweddïo y byddai'r tywyllwch yn ei chuddio. Tarodd gipolwg dros ei hysgwydd cyn camu i mewn, a gadael y drws yn gilagored er mwyn gallu clywed os oedd rhywun yn dod.

Roedd yr awyrgylch yn llethol yn y pantri, ac arogl sbeisys a pherlysiau Nain yn cyfuno'n un sawr trymaidd. Suddodd Damelsa i'r gornel, a dal ei phengliniau yn ei breichiau, ei chalon ar ras. Roedd yn gas ganddi fod heb ei bag o ddyfeisiadau — hebddo teimlai nad oedd yn gallu amddiffyn ei hun. Pam yn y byd wnaeth hi ddim dod â'i bag gyda hi?

Er mwyn ceisio tawelu ei meddwl, aeth ati i gyfri sawl gwialen fach o sinamon oedd 'na mewn jar fawr o'i blaen. *Un... dau... tri... pedwar...*

Tybed fyddai rhywun yn dod o hyd iddi lawr fan hyn?

Pump... chwech... saith...

Tybed fyddai hi'n cael ei chipio?

Wyth... naw... deg...

Yna, fel taran annisgwyl, clywodd Damelsa chwalfa anferth yn y tŷ gwydr uwch ei phen. Clywodd sŵn traed yn ergydio'r llawr, a lleisiau dyfnion dynion o hirbell. Pwy oedd y dynion hyn? Roedd hi'n amhosib clywed beth yn union oedden nhw'n ei ddweud ond roedden nhw'n swnio'n fileinig. Chwythodd ar y gannwyll er mwyn diffoddodd fflam rhag ofn iddyn nhw ddod lawr yr ysgol.

'Oi! Gomer, tyrd fa'ma!' rhochiodd llais cras uwchben. 'Sbia be dwi 'di ffeindio! Drws cudd!'

Yn ei braw, bu bron i Damelsa anghofio anadlu. Roedden nhw wedi dod o hyd i'r Gilfan Gymuno!

Yn sydyn clywodd drwst eu sgidiau trwm yn taro'r ysgol fetel, ac mor dawel ag y gallai, llusgodd Damelsa ei hun at gil drws y pantri. Hwyrach bod Nain Myfi wedi dweud wrthi am guddio, ond roedd hi hefyd eisiau gweld pwy oedd y dynion hyn. Roedd yn *rhaid* iddi eu gweld. Tybed oedden nhw'n gweithio i Miss Callwen?

Gydag ofn yn ffrydio trwyddi, gwelodd rhyw epa o gorff yn gollwng ei hun trwy'r drws cudd, ac yna rhyw ddyn arall llai o faint yn ei ddilyn. Ar ôl iddyn nhw gyrraedd gwaelod yr ysgol, dyma nhw'n cynnau dwy fflachlamp. Cafodd Damelsa fraw wrth weld eu hwynebau yng nghysgodion llym y fflachlamp, yn union fel golygfa allan o ffilm arswyd.

Roedd y dyn talaf yn benfoel, ei wddf mor llydan â boncyff, a'i freichiau'n chwyddo allan o'i grys fel dau dalp mawr o gig rhost caled. Ar hyd ei wyneb roedd olion brith y plorod mawr fu'n gornwydion dros ei ruddiau, ac o flaen ei wefus uchaf gwthiai dau ddant cam i fyny fel dannedd ci peryglus. Un byrrach oedd y dyn arall, ond roedd ei bryd a'i wedd yr un mor frawychus, a'i wallt yn seimllyd a'i lygaid yn goch gan waed. Ond roedd tebygrwydd annifyr rhwng y ddau. Oedden nhw'n perthyn, tybed?

Collodd Damelsa ei gwynt. Roedd rhywbeth cyfarwydd am y dynion hyn. Teimlai'n siŵr ei bod wedi eu gweld o'r blaen, ond ymhle? Doedd ganddi ddim syniad.

'Yn fa'ma maen nhw'n gwneud y majic, mae'n rhaid!' meddai'r talaf o'r ddau, a'i drwyn yn ffroenu'r stafell fel bwystfil gwyllt. Roedd yn rhochian yn fwy na siarad, ei lais yn ddwfn fel petai ei eiriau'n dod o waelodion dyfnaf ei gorn gwddf, a nam heriol ar ei leferydd. 'Chwala'r che 'ma, Gomer! Rhaid i ni jecio pob twch a chornel.'

'Iawn, Brân!' atebodd Gomer.

Heb oedi eiliad, dechreuodd y ddau ar eu gwaith. Gyda phob *clep* a *chlec*, roedd stumog Damelsa'n troi, a gallai deimlo Aelhaearn yn gwingo yn ei phoced, ei gorff bach pitw yn crynu gan ofn.

'Hei, sbia ar hwn, mêt,' meddai Gomer, wrth roi un o fygydau Nain am ei wyneb, a stompio o gwmpas y lle fel anghenfil. 'Mae'n debyg i chdi, ond yn fwy o bishyn!'

'Oi, rho hwnna i fi!' gweiddodd Brân, gan rwygo'r mwgwd o law ei frawd a rhoi bonclust iddo ar draws ei ben. 'Mae gynnon ni waith i neud, y lembo! Yn enwedig gan mai chdi wnaeth gipio'r hogan rong yn y goedwig gynna, a gwychtio'r bos gymaint. Tasat ti heb neud camgymeriad mor sdiwpud yn y lle cynta, fasan ni ddim wedi gor'od dod yma o gwbwl.'

Gwgodd Gomer. 'Wel, ma' plant i gyd yn edrach 'run fath i fi — bach a drewchyd. A beth bynnag, oedd hi'n jinjyr, 'doedd? Oedd hi'n anodd deud pwy oedd pwy efo pawb yn gwisgo'r masgs gwirion 'na.'

'O, mae gen ti wastad ryw egsgiws! Ti'n rêl brawd mawr. Rŵan, brysia i ni ffeindio Damelsa. Dwi'n chwgu.'

Gwasgodd Damelsa ei dwrn yn dynn i'w cheg, er mwyn stopio'i hun rhag cadw sŵn. *Gwifrau gwallgo!* Gomer oedd y person dan y benwisg yn llannerch Cymanfa'r Meirw. Trio'i chipio *hi,* nid y ferch arall, oedd ei fwriad. Ac mi roedd hi'n iawn amdanyn nhw — mi roedden nhw'n perthyn! Roedd y ddau fwbach yn ddau frawd, ac mae'n rhaid eu bod nhw'n weision cyflog i Miss Callwen! Pa ffordd arall fydden nhw'n gwybod sut i fynd amdani hi? A sut fydden nhw'n gwybod beth oedd ei henw? Heblaw am Nain Myfi a Peris, Miss Callwen oedd yr unig berson oedd yn gwybod am ei phwerau newydd.

Roedd Damelsa'n ysu i daflu'r drws ar agor led y pen, a rhoi stop ar y brodyr. Ond gwyddai bod hynny'n syniad byrbwyll — efallai bod y ddau yn swnio fel tasen nhw'n ddau glob gwirion, ond roedden nhw'n amlwg yn hynod o ffiaidd a brwnt.

'Wel, does 'na ddim sein ohoni yn fa'ma,' meddai Brân ymhen tipyn. 'Ty'd, awn ni i gael un lwc arach yn y bwthyn. Os fedrwn ni ddim ei ffeindio hi, bydd rhaid i ni fynd am Gynchun B.'

'Ac ar ôl hynna gawn ni chwalu'r pantri!' meddai Gomer, gan lyfu ei wefusau sych. 'Dwi'n siŵr 'mod i 'di gweld tamaid mawr o borc pei yno gynna.'

Trodd y ddau am yr ysgol, ac wrth iddyn nhw ei chyrraedd hi gollyngodd Damelsa ochenaid fawr o ryddhad. Pwysodd yn ôl yn erbyn silff, gan ymlacio am eiliad. Ond wrth i'w choesau ymestyn, tarodd ei throed yn erbyn un o'r jariau gwydr oedd ar y llawr a...

CRASHSHSH!

'Witshad! Be oedd hwnna?' gofynnodd llais Gomer. 'Dwi'n meddwl bo fi 'di clwad rhywbeth yn y cefn 'na!' Brysiodd yn ôl i'r Gilfan Gymuno a phwyntiodd at y pantri. 'Mae 'na rywun mewn yn fan 'na!'

Aeth brest Damelsa'n dynn wrth iddi grafangu am yn ôl. Yn sydyn, teimlai fel petai'r drws oedd rhyngddi hi a'r dynion bygythiol wedi diflannu'n llwyr, fel petai braich gyhyrog anferth Gomer yn ddryll oedd yn cael ei anelu'n syth at ei phen. Edrychodd o'i chwmpas yn wyllt am ffordd i ddianc, ond doedd unman i droi.

'Ty'd, hogan fach,' meddai Brân. 'Ti'm angan cuddiad. Dim ond isio tshat bach ydan ni, 'sti.'

'Ia, pam na ddoi di achan?' meddai Gomer, gan rwbio'i ddwylo. 'Mae ganddon ni ddoli fach ddel i ti chwara efo hi.'

Ar unrhyw adeg arall byddai Damelsa wedi esbonio pam y byddai'n well ganddi fwyta'i llygaid ei hun na chwarae gydag unrhyw ddol wirion, ond penderfynodd nad nawr oedd yr amser gorau i wneud ei phwynt. Yn lle hynny, aeth yn ôl at sach enfawr o flawd oedd yn pwyso yn erbyn y wal gefn, a cheisio cuddio'r tu ôl iddi.

'Iawn,' meddai Gomer. 'Dwi am gyfri i ddeg, ac os na ddoi di achan yn hogan dda, dwi'n dod i nôl chdi. Un... dau... tri...'

Teimlodd Damelsa ei stumog yn troi eto wrth iddi glywed y pleser haerllug yn llais y dyn. Yn syml, roedd ganddi ddau ddewis — naill ai aros yn ei hunfan a hithau wedyn yn *sicr* o gael ei chipio, neu drio dianc ac *efallai* cael ei dal wrth geisio ffoi.

'Pedwar... pump... chwech... ym, be sy'n dod nesa, mêt?'

'Saith, y bwbach!'

Cododd Damelsa ar ei chwrcwd ac anadlu'n ddwfn. Unwaith y byddai Gomer yn agor y drws roedd hi am drio sgrialu oddi yno. Dyna'r unig obaith oedd ganddi.

'Wyth... naw... DEG! Barod neu beidio, dwi'n dod!'

Daeth sŵn y camau yn nes ac estynnodd llaw fawr flewog i afael yn nrws y pantri. Wrth i'r gwaed guro llond ei chlustiau, dyma Damelsa'n paratoi i neidio.

Ond yn sydyn teimlodd rywbeth yn crafu yn erbyn ei chroen. Edrychodd lawr a gweld Aelhaearn yn ymbalfalu allan o'i phoced. Cyn iddi gael cyfle i'w wthio nôl mewn, roedd wedi rhedeg lawr ei chorff ac allan trwy goes ei throwsus. 'Aelhaearn, na!' sibrydodd, gan geisio gafael ynddo. 'Tyrd nôl!'

Roedd hi'n rhy hwyr.

Llithrodd y llygoden fach trwy gil y drws, ei chynffon hir binc yn troelli yn yr awyr, fel petai'n dweud ffarwel am y tro olaf. Rhoddodd Damelsa ei phen yn ei dwylo. *Aelhaearn, be ti 'di neud?*

Yna digwyddodd rhywbeth annisgwyl.

Dechreuodd un o'r brodyr sgrechian.

'NAAAAA! TYNNA FO FFWR'! TYNNA FO FFWWWWR'! NAAAAA!'

Rhoddodd Damelsa ei llygaid nôl wrth gil y drws, a cheisio llyncu ei chwerthin. Yno, yn chwifio'i freichiau'n

wyllt fel petai'n gwneud dawns y glocsen, oedd Gomer —
ac Aelhaearn yn cnoi ar fys bach llaw dde y penci!

'Helpa fi, idiot!' gweiddodd ar ei frawd. 'Tynna'r
chygoden fawr 'ma oddi arny fi! Mae'n masuf!' Roedd e
wedi troi'n welw, a'i lais wedi codi sawl wythawd nes ei
fod yn swnio fel cystadleuydd mewn unawd soprano.

'Dwi ddim yn twtshad hwnna!' meddai Brân, gan roi
naid i ochr arall y stafell. 'Echa bo ganddo fo chwain!'

'Blwmin 'ec!' udodd Gomer. Gyda 'sgytwad sydyn o'i
ysgwydd rhoddodd ffluch i Aelhaearn ar draws y stafell,
nes bod ei gorff bach yn waldio'r wal yr ochr draw.

Saethodd llaw Damelsa at ei cheg, a dechreuodd ei
llygaid losgi gan ddagrau.

'Ha — dyna ddysgu lesyn iddo fo!' meddai Gomer, gan
wasgu ei ddyrnau a chlecian ei fysedd wrth gerdded yn
hy draw at y creadur llipa. Gyda blaen ei esgid, rhoddodd
ergyd ysgafn i Aelhaearn er mwyn sicrhau ei fod e ddim
yn symud. 'Does 'na'r un chygoden yn cael y gora arna i.
Tydi'r hogan 'na'n amlwg ddim yma, ac mae'r che 'ma'n
codi crîps arna i.'

I ffwrdd â'r ddau frawd nôl i fyny'r ysgol, a'r eiliad
y clywodd Damelsa nhw'n gadael y tŷ gwydr, agorodd
ddrws y pantri a llamu allan. 'Aelhaearn!' llefodd, gan
redeg ar draws y stafell a chodi'r belen fach o ffwr yn

ofalus ei dwylo. 'Plîs bydd yn iawn! Plîs...'

I ddechrau, doedd dim symud ar yr anifail o gwbwl. Roedd ei lygaid ar gau, a'i dafod pinc yn hongian o ochr ei geg fel selsigen fach dila. Ond wrth i Damelsa fwytho'r ffwr ar ei gefn, dechreuodd ei wisgers symud ac wedi ennyd rhoddodd *wich* fach dawel.

'O, Aelhaearn, diolch byth!' meddai Damelsa, gan roi cusan iddo ar ei drwyn. 'Rwyt ti'n bendant yn haeddu moronen hynod o grenshlyd i frecwast. Ond gynta, tyrd i ni ffeindio Nain Myfi.'

Roedd Damelsa ar fin codi pan ddechreuodd Aelhaearn wingo eto, a gyda gwich fach fe neidiodd o'i dwylo a dechrau rhedeg ar draws y llawr cerrig. Roedd ei wisgers yn ei arwain fel dwy ffon hud, a chyn pen dim daeth i stop wrth waelod yr ysgol. Ystumiodd ei drwyn am i fyny tua gris isaf yr ysgol, fel petai'n ceisio dweud rhywbeth wrth Damelsa.

'Be? Be sy, 'ngwash i?' gofynnodd iddo, gan gamu mlaen a phlygu lawr. 'Be ti 'di...?'

Rhewodd Damelsa ar ganol ei brawddeg. Yno, yn hongian ar damaid o ruban du ar ris isaf yr ysgol, roedd allwedd!

Aeth Damelsa ati i'w datod a'i dal o flaen ei llygaid. Roedd hi'n hen allwedd drom, gyda phatrwm dau hanner lleuad wedi eu cerfio i mewn i'r metel. 'Mae'n rhaid eu bo nhw 'di gollwng hi,' sibrydodd yn gyffrous. 'Mae'r ddau fwnci 'na wedi gadael darn allweddol o dystiolaeth! Ha!'

Rhoddodd Damelsa Aelhaearn ar ei hysgwydd, ac unwaith roedd hi'n siŵr nad oedd neb o gwmpas, rhedodd nôl drwy'r ardd.

'Nain,' sibrydodd, gan agor drws y gegin. 'Nain Myfi, fi sy 'ma!'

Ond yr eiliad y croesodd Damelsa'r trothwy, daeth i stop a safodd yn stond.

Roedd y gegin yn edrych fel petai wedi cael ei dal mewn corwynt — lluniau wedi eu rhwygo o'r waliau, cadeiriau wedi torri'n deilchion, llyfrau ryseitiau Nain wedi eu taflu ar hyd y llawr fel adar papur. A'r pantri wedi cael ei ysbeilio'n wag.

Mentrodd Damelsa mlaen yn ara deg, ei thraed yn crensian dros faes rhewllyd eang o wydr teilchion. Roedd brwsh llawr yn gorwedd o'i blaen, felly gafaelodd ynddo, yn barod i waldio rhywun ag e, petai raid.

'Nain? Mot?' sibrydodd, gan gerdded yn araf am y cyntedd. Ond doedd dim golwg o neb — yn berson nac yn gi. Roedd ei llais yn crynu, a phrin oedd hi'n geirio'n glir. 'Nain. Os ydach chi yma, plîs dudwch rhywbeth, plîs!'

A dyna pryd y gwelodd hi.

Ffon gerdded Nain Myfi.

Wedi ei chwalu... a'i thaflu ar lawr.

PENNOD 20
Y Nodyn

O dan y ffon roedd nodyn. Fel petai mewn breuddwyd, cododd Damelsa'r nodyn a'i ddarllen:

AT SYLW DAMELSA PENORLAIS
OS WYT AM WELD DY NAIN A'R CI YN
FYW ETO, TYRD I BONT YR HELIWR
AM 11.00 Y NOS AR 31 HYDREF.
BYDD YN BAROD I ATGYFODI'R MEIRW.
PAID Â CHYSYLLTU Â'R HEDDLU, A TYRD
AR DY BEN DY HUN. OS NA FYDDI DI'N
DILYN Y CYFARWYDDIADAU HYN, DAW
CANLYNIADAU ANNYMUNOL IAWN I RAN
DY NAIN A'R HEN GI CEINIOG A DIMAU 'NA.

Surodd stumog Damelsa. Dan len ddagreuol, dechreuodd ei llygaid golli golwg ar y geiriau o'i blaen, a theimlai fel petai ar fin chwydu. Mae'n rhaid mai hwn oedd y Cynllun B y gwnaeth Brân sôn amdano yn gynharach! Cynllun B oedd herwgipio Nain Myfi a Mot! A'u defnyddio nhw fel abwyd!

'O, Nain!' llefodd Damelsa, gan ddisgyn i'r llawr. 'Nain, be dwi 'di neud?'

Roedd ei hofnau gwaethaf i gyd wedi dod yn wir. Roedd dichell Miss Callwen ar waith, a hi ei hun oedd ar fai am y cwbwl. Pam yn y byd aeth hi â'r nodiadur i'r ysgol? Pam wnaeth hi dynnu'r lluniau, gwirion, gwirion 'na? Pam nad oedd hi wedi llwyddo i ddarbwyllo Nain Myfi i goelio'i amheuon?

'HELP! HELP!'

Clustfeiniodd Damelsa. Roedd llef ddistaw yn dod o'r gornel agosaf at ddrws y ffrynt. Trodd i edrych, ond y cwbwl welai oedd hetiau a chotiau a sgarffiau yn bentwr anniben wedi eu taflu oddi ar y bachyn ar y wal.

'Pwy sy 'na?' mynnodd gael gwybod. 'Pwy sy 'na?'

'Fi!' meddai'r llais distaw eto. 'Ar y llawr. O dan y dillad!'

Yn ara deg, dyma Damelsa'n cropian ar hyd y cyntedd, a dechrau twrio drwy'r blerwch. Cododd got las o'r ffordd — a phwy oedd yno, yn syllu arni, ond yr Arglwydd Beblych.

'O, magnesiwm!' gwichiodd Damelsa, gan godi'r Pen Parablus. Wrth iddi hel y llwch oddi ar ei dalcen, dechreuodd y pen riddfan yn swnllyd. Roedd crac hir yn ymestyn o'i lygad dde ac i fyny i'w gorun, ac roedd sawl dant ar goll o'i enau. 'Arglwydd Beblych, ydach chi'n iawn?'

'Ooo, y boen, y boen!' cwynodd. 'Fy mhen! Un munud roeddwn i ar ganol breuddwyd hyfryd am gael corff — a'r munud nesaf roeddwn i ar y llawr.'

Gosododd Damelsa yr Arglwydd Beblych ar fwrdd bychan. Roedd canolbwyntio'n anodd; roedd yr ofn a'r pryder yn sugno pob owns o egni o'i hymennydd. Fory oedd Calan Gaeaf! Beth ddylai hi wneud? Cychwyn allan i chwilio am Nain yr eiliad hon? Neu a fyddai'n ddoethach iddi ddilyn cyfarwyddiadau'r nodyn, a mynd i Bont yr Heliwr nos fory?

Yna, canodd y ffôn. Edrychodd Damelsa ar y cloc a synnu gweld ei bod hi toc wedi saith y bore — mae'n rhaid ei bod hi wedi bod yn cuddio yn y cwpwrdd yn hirach nag oedd hi wedi sylweddoli.

Daeth at ei choed yn sydyn. Efallai mai Nain Myfi oedd yno. Efallai ei bod hi wedi llwyddo i ddianc ac wedi ffeindio ffôn yn rhywle. Yn sydyn iawn, roedd stumog

Damelsa fel coed tân sychion yn eiddgar ddisgwyl fflam o obaith; rhedodd i'r stafell fyw i ateb y ffôn.

'Helô?'

'O! Helô, Damelsa fach,' meddai llais crynedig y pen arall. 'Mistar Winston sydd yma. Flin gen i am alw mor gynnar. Mi fydda i draw ger eich bwthyn gyda rhyw fymryn o archebion cyn hir, a meddwl oeddwn i os oedd dy Nain isio mi ddod ag unrhyw beth iddi. Rhyw fymryn o neges efallai, neu oedd unrhyw lythyrau oedd hi am i mi eu postio? Tybed faswn i'n gallu cael gair bach sydyn efo hi?'

Llyncodd Damelsa ei phoer; roedd yr alwad wedi ei dal yn gwbwl annisgwyl. 'Ym... na... dydi Nain ddim ar gael ar hyn o bryd, Mistar Winston. Mae hi'n... ym... yn ei gwely efo'r ffliw.'

'O diar,' atebodd Mistar Winston. 'Wel, dyna sobor. Efallai y dylwn i alw efo ambell beth i neud iddi deimlo'n well.'

'NA, NA!' torrodd Damelsa ar ei draws yn ddigywilydd, gan ddifaru gwneud yn syth. 'Hynny ydi, *na, dim diolch*. Mae o'n beth hawdd iawn i'w ddal, a faswn i ddim isio i chi fynd yn sâl hefyd. A deud y gwir dwi'n meddwl 'mod i'n clywed Nain yn peswch rŵan. Well i mi fynd. Diolch am ffonio, Mistar Winston!'

Rhoddodd Damelsa'r ffôn nôl yn ei grud a thynnu ei dwylo trwy'i gwallt. Gwyddai mai dim ond eisiau helpu oedd Mistar Winston, ond doedd hi ddim am iddo ddod draw a dechrau busnesu. Petai'n dod i wybod beth oedd wedi digwydd i Nain Myfi mi fyddai'r peth yn newyddion ledled y pentref o fewn dim. Roedd hi eisoes wedi datgelu cyfrinach Ysbrydolion yr Ysbrydion unwaith, a fiw iddi wneud hynny eto! A beth yn y byd fyddai ymateb Miss Callwen pe bai'r hanes yn mynd ar led? Na, roedd yn rhaid i Damelsa ddelio â hyn ar ei phen ei hun. Roedd yn rhaid iddi feddwl am gynllun!

'Ac i ble wyt ti'n mynd?' galwodd yr Arglwydd Beblych wrth iddi ruthro i fyny'r grisiau. 'Fedri di ddim gadael milwr yn ei gystudd ar ei ben ei hun!'

'Peidiwch â phoeni,' atebodd Damelsa heb stopio. 'Fydda i nôl!'

Heglodd i fyny i'r atig a rhoi Aelhaearn yn ei gawell cyn tyrchu yn ei bag am ei nodiadur a beiro. Roedd hi'n ffyddiog bod cadw cofnod ar bapur wastad yn helpu wrth gynllunio.

Roedd hi ar ganol tyrchu yn y boced y tu fewn i'w bag pan darodd ei llaw yn erbyn rhywbeth oedd yn teimlo fel pentwr o amlenni. *O na!* Dyma'r llythyrau roedd Nain Myfi wedi gofyn iddi eu postio ers dechrau'r wythnos.

Roedd hi wedi anghofio'n llwyr amdanyn nhw!

Sychodd Damelsa gledrau ei dwylo ar ei gŵn-nos a datod y cortyn oedd yn dal y bwndel llythyrau ynghyd. Taflodd y rhan fwyaf o'r llythyrau i ffwrdd yn syth — biliau, archebion, cerdyn pen-blwydd i ffrind Nain yn Sweden — ond yna daliodd un amlen ei llygaid. Amlen borffor oedd hi, a'r cyfeiriad wedi ei sgrifennu'n gain mewn llawysgrifen aur, a'r llythrennau'n troelli a throi fel barcud yn y nen:

Yr Adran Adnoddau Annynol
Tabernacl yr HG
Lôn y Cysegr
Aberangau

A'i thalcen yn grychau i gyd, darllenodd Damelsa'r cyfeiriad eto... ac eto. Beth ar y ddaear oedd Yr Adran Adnoddau Annynol? Ac am beth oedd HG yn sefyll?

Dim ond wrth i Damelsa droi'r amlen a gweld ei bod wedi ei selio â diferyn o inc porffor a llun penglog wedi ei stampio arno y daeth y cyfan yn glir.

Wrth gwrs!

Yr Hynafol Gorff oedd HG, corff llywodraethol Ysbrydolion yr Ysbrydion, y bu Nain Myfi yn aelod ohono ers dros chwe deg o flynyddoedd. Troi atyn nhw ddylai hi wneud! Roedd Nain wedi sôn eu bo nhw'n gallu helpu gydag unrhyw drafferthion allai godi gydag Ysbrydolion yr Ysbrydion, on'd doedd? Mae'n rhaid y byddai un o'r Derwyddon yn gallu helpu — mi fydden nhw'n bendant eisiau gwybod beth oedd Miss Callwen wedi'i wneud.

Mwya sydyn, roedd bwriad angerddol yn ei gyrru mlaen. Gafaelodd Damelsa yn y llafargerddwr a gwasgu'r botwm. 'Gwyddonydd Gwych yn galw Capten Comic. Wyt ti'n clywed? Drosodd.'

Bu tawelwch am eiliad, cyn i lais cysglyd Peris ateb dros y donfedd. 'Damelsa? Ti sy 'na?'

'Ia, fi sy 'ma,' atebodd Damelsa yn swta, yn awyddus i osgoi unrhyw fân siarad. Eisteddodd ar ei gwely a dechrau sibrwd. 'Rŵan, gwranda'n ofalus. Ti angen sleifio allan o'r tŷ a 'nghyfarfod i wrth neuadd y pentre cyn gynted â phosib. Paid â deud wrth unrhyw un lle ti'n mynd. Ti'n clywed? Dim gair wrth neb. Drosodd.'

Pennod 21
Lôn y Cysegr

Erbyn i Peris gyrraedd neuadd y pentre awr yn ddiweddarach, roedd haul y bore'n lliwio'r awyr yn oren, coch a phinc. Roedd yn gwisgo o leia ddeg dilledyn o wlân, gan gynnwys sgarff, cardigan, menyg a het bompom flewog fawr. Safodd yn stond, ei lygaid yn sbecian allan o dan ei gapan.

'Licio'r owtffit!' meddai Damelsa, gan gymryd golwg dda arno. 'Dôn i ddim yn cofio'n bo ni'n byw ym Mhegwn y Gogledd. Dwi'n gobeithio dwyt ti ddim wedi croesi unrhyw arth wen ar dy ffordd lawr 'ma!'

Rhoddodd Peris wên ffals a thynnu ei dafod arni. 'Ti'n gwbod bo fi'n dost. Fi'n gorfod cadw'n dwym!'

'Ond 'nest ti lwyddo i sleifio allan yn iawn? Welodd dy dad mohona chdi?'

Tynnodd Peris ei fenyg gyda'i ddannedd, gan ddatgelu pâr arall o fenyg, gan wneud i Damelsa wenu eto. 'Naddo, ma' fe bant 'da'r gwaith, felly Ceridwen Ebrillwen Mair sy 'da fi. Roedd hi wedi yfed potel o win coch neithiwr, felly fi'n credu bydd hi'n cysgu am sbel fach 'to! Beth ŷn ni'n neud 'ma, ta p'un hi? Pam ti lan mor gynnar?'

Teimlodd Damelsa ei stumog yn troi. 'Peris, mae 'na rywbeth ofnadwy wedi digwydd,' meddai, gan edrych o'i chwmpas i wneud yn siŵr bod neb yn eu gwylio. 'Rhywbeth ofnadwy, ofnadwy iawn. A dwi ddim yn meddwl galla i sortio hyn ar ben fy hun.'

Edrychodd Peris arni'n ddifrifol. 'Rhywbeth i neud 'da Miss Callwen?'

Nodiodd Damelsa.

'O na! Damelsa, beth?'

Pwyntiodd Damelsa at ei beic. Roedd yr Arglwydd Beblych yn eistedd ar wely o bapur sidan yn ei basged, a phlaster ar ei ben yn cuddio'r crac. 'Neidia ar gefn y beic. Mi dduda i bob dim wrthat ti ar y ffordd. Mae'n rhaid i ni gyrraedd Aberangau cyn gynted â phosib. Does gynnon ni ddim lot o amser.'

Aeth Peris i eistedd ar y sedd. Gosododd Damelsa ei throed ar y pedal a bant â'r ddau ar ras dros gerrig llyfngrwn y stryd anesmwyth.

Wrth wibio i ffwrdd, adroddodd Damelsa'r hanes i gyd wrth Peris — Cymanfa'r Meirw, Gomer a Brân, y nodyn, Nain yn cael ei herwgipio. Wrth iddyn nhw gyrraedd cyrion Bronmeirwon, mynnodd Peris eu bo nhw'n stopio.

'Damelsa, mae hyn yn ofnadw!' meddai'n emosiynol, gan neidio oddi ar y beic a chymryd cam neu ddau oddi wrth ei ffrind. Dechreuodd chwarae gydag ymylon ei sgarff hir, gan dynnu ar y gwlân. 'Mae'n *rhaid* i ti weud wrth rywun am Miss Callwen! Rhaid i ni weud wrth yr heddlu!'

'NA!' gweiddodd Damelsa. 'Ti'n cofio beth oedd y nodyn yn ddeud? A beth bynnag, dwi 'di bod yn meddwl pwy fasa'n gallu bod o help... Yr Hynafol Gorff — arweinwyr urdd Ysbrydolion yr Ysbrydion. Eu swyddfa nhw ydi'r Tabernacl yn Aberangau. Mi fyddan nhw'n gwbod be i neud.'

Dyma Peris yn griddfan yn uchel. 'Nefi wen, Damelsa, dim rhagor o'r stwff ysbrydion 'ma, plîs! Gall hyn fod yn ddanjerus. Beth am fynd gartre a ffono Dad? Fi'n gwbod fod e'n hen ffash, ond fi'n siŵr fydd e'n deall...'

'Dy dad?' torrodd Damelsa ar ei draws, ei chorff yn sythu'n flin. 'Ti o ddifri? Be fydd o'n gallu neud i helpu? Tydi o siŵr o fod ddim yn coelio mewn ysbrydion, hyd yn oed!' Roedd Damelsa wedi codi ei llais erbyn hyn, ond gallai ddweud fod ei ffrind wedi cael 'sgytwad — roedd gên Peris yn amlwg yn crynu. Cymerodd eiliad i anadlu cyn siarad eto. 'Yli, flin gen i am wylltio, ond dyma'r unig obaith i ni. Mae'n rhaid i ni gyrraedd Tabernacl yr Hynafol Gorff cyn gynted â phosib. Rŵan, wyt ti'n dod efo fi, 'ta be?'

Gwingodd Peris yn nerfus cyn rhoi ei ateb. 'Odw, wrth gwrs. Mae Nain Myfi angen ni.'

Neidiodd y ddau nôl ar y beic ac edrychodd Damelsa yn y fasged flaen. ''Dach chi'n iawn yn fan 'na, Arglwydd Beblych?'

Griddfanodd yr Arglwydd Beblych. 'Yndw, ond fasa modd i chi reidio 'chydig bach arafach o hyn mlaen os gwelwch yn dda? Tydi bownsio ar wib dros gymaint o dyllau ar y lôn ddim yn brofiad pleserus, yn enwedig i rywun mor fregus â fi!'

* * *

Cyn pen dim roedd Aberangau o'u blaenau, ac ar ôl cyrraedd y stryd fawr, arhosodd Damelsa i edrych o'i chwmpas. Hen le bach di-nod oedd Aberangau, ac ar wahân i ambell i siop flêr a hen orsaf drên, roedd y lle bron yn wag.

'Iawn, dwi'n reit siŵr mai yn rhywle yn fan hyn 'dan

ni angen bod,' meddai Damelsa, gan dynnu map allan o'i bag.

'Smo'r Arglwydd Beblych yn gwbod y ffordd?' holodd Peris. 'Mae'n rhaid ei fod e wedi bod i Dabernacl yr Hynafol Gorff o'r blân.'

Ysgwydodd Damelsa ei phen. 'Tydi Pennau Parablus ddim i fod i adael Cilfan Gymuno eu prentis.'

Pesychodd yr Arglwydd Beblych. 'Y tro ola i mi gwarfod ag unrhyw un arall oedd pan oedd pobol yn teithio efo ceffyl a throl,' meddai.

Tynnodd Damelsa ei bys ar hyd y llinellau culion coch oedd yn dynodi strydoedd Aberangau. Yna cododd ei phen. 'A, ia! Draw yn fan'cw. Dwi'n meddwl 'mod i'n gallu ei weld o.'

Pwyntiodd at agoriad cul rhwng yr adeiladau yr ochr arall i'r ffordd; lôn fach y byddai wedi bod yn amhosib i'w gweld oni bai am lewyrch melyn egwan y lamp oedd yn goleuo'r agoriad. Uwchben y lôn roedd arwydd hynafol tu hwnt yr olwg, ac ar hwnnw enw'r lle yn cuddio o dan haen drwchus degawdau o faw.

'Ife lawr y pasej 'na mae Tabernacl yr Hynafol Gorff?' gofynnodd Peris, a'i lais yn crynu.

Edrychodd Damelsa eto ar y cyfeiriad ar yr amlen. 'Ia. Yn bendant. Lôn y Cysegr. Tyrd.'

I ffwrdd â'r ddau i lawr y lôn gul, gan adael haul gwan y bore ar eu holau. Wrth fynd heibio i reng o ddrysau dan glo, a rhes o siopau gweigion yng nghysgodion y llwybr caeedig, roedd yr awyr o'u cwmpas yn amdo o niwl llonydd, trwchus.

'O Damelsa, smo fi'n lico hwn,' meddai Peris. 'Fi ofan. Fi moyn mynd sha thre!'

'Clywch, clywch!' cytunodd yr Arglwydd Beblych o'i fasged. 'Pa mor weddus ydi hi i Arglwydd gael ei weld mewn lle mor sâl! A beth bynnag, tydi hi'm yn amser i'r ddau ohonoch feddwl am fynd i'r ysgol?'

'Syncrotronau wedi sgramblo! Ysgol?!' ebychodd Damelsa. 'Mae 'na bethau pwysicach i boeni amdanyn nhw ar hyn o bryd! Rŵan, dowch, brysiwch, y ddau ohonoch!' Er ei geiriau dewr, roedd calon Damelsa ar garlam gwyllt.

Gam wrth gam, ymlaen aeth y plant, a chyn hir, o'u blaenau roedd adeilad trwmddwys tywyll yn sefyll, a'i gysgod yn taflu mantell oeraidd drostynt. Tŵr o fath oedd o'u blaenau, yn eithriadol o dal ac yn hynod o gul, fel petai'r adeiladau y naill ochr a'r llall iddo wedi pwyso arno a'i orfodi i godi am y nen. Yn dallu pob ffenest roedd llenni trymion du, ac yng nghanol drws y ffrynt, sgyrnygai cnocell ar ffurf penglog.

'Hwn 'di o, dwi'n meddwl,' meddai Damelsa, gan lygadu pob cornel o'r adeilad. 'Dyma'r Hynafol Gorff — fedrith o ddim bod dim byd arall!'

'Ti'n siŵr?' meddai Peris, gan guddio tu ôl iddi. 'Smo fe'n dishgwl fel y math o le ti'n mynd i gael help! Ma' fe'n dishgwl fel y math o le ble bydde Draciwla'n trial sugno dy waed.'

'Dwi'n si-siŵr fydd o'n wahanol tu mewn,' atebodd Damelsa, gan roi cam dewr ymlaen. Ond wrth i'r geiriau groesi ei gwefusau, gallai deimlo'r amheuon yn llifo trwyddi. Doedd hi ddim wedi disgwyl cwtsh a gofal tyner wrth gyrraedd, ond doedd y lle hwn yn bendant ddim mor groesawgar ag yr oedd hi wedi'i obeithio. Tybed, wir? Beth oedd o'u blaenau? Oedd hwn gam yn rhy bell?

Aeth ymlaen at y drws. Gyda'i llaw yn crynu, cododd y penglog gnocell, a churo'n galed. Atseiniodd sŵn brawychus y gnoc o amgylch y muriau gerllaw, yn ddwndwr o adlais dychrynllyd.

Wedyn, am eiliad, llonyddwch... dim byd. Yna'n ddisymwth agorodd bwlch bach hirsgwar yn y drws, gyda dwy lygad welw yn syllu allan o'r tywyllwch.

'BETH YW'R CYFRINAIR?' gofynnodd llais dwfn, cras.

'Ym... helô...' atebodd Damelsa. 'Tybad fedrwch chi fod o help, plîs? Damelsa Penorlais ydw i, a dwi...'

'Y cyfrinair?' torrodd y llais ar ei thraws. 'Beth yw'r cyfrinair?'

Gwingodd Damelsa. 'Wel... dwn i'm be ydi'r cyfrinair... ond mae hyn yn bwysig iawn. Mae'n rhaid i mi...'

Caeodd yr agoriad bach yn glep, a thrwyn Damelsa o fewn trwch blewyn o gael ei ddal ynddo.

'*Aw!* Graffiau gwallgo!' rhegodd, gan roi cic i'r drws.

'Smo ti'n gwbod beth yw'r cyfrinair?' holodd Peris. 'Wedodd Nain ddim beth oedd e?'

'Na, 'nath Nain 'rioed sôn am gyfrinair. Mae'n rhaid ei bod hi'n aros i mi orffen fy mhrentisiaeth. Be fedar o fod?'

'Wel, fi'n gwbod beth fydden i'n ddewis fel cyfrinair. Rhywbeth bydden i'n dwli bwyta. Picen jam! Neu deisen jocled, falle... ŵŵŵŵ... neu darten riwbob!'

Pwffiodd Damelsa yn ei dicter. 'Nid duw pawb yw ei fol, Peris. Dwi'n ama'n fawr fasa Ysbrydolion yr Ysbrydion mwya pwerus yn y wlad yn meddwl am eu hoff bwdin wrth roi eu mesurau diogelwch ar waith.' Edrychodd ar y fasged ar ei beic. 'Unrhyw syniadau, Arglwydd Beblych?'

Tuchodd y penglog. 'Beth am HELP?'

Rowliodd Damelsa ei llygaid. Sgwriodd ei chof yn ceisio meddwl neu gofio am unrhyw gyfrinair y gallai Nain Myfi fod wedi sôn amdano. Enw ysbryd enwog o bosib? Neu gynhwysyn fyddai'n cael ei ddefnyddio wrth gymuno?

Roedd hi ar fin rhoi cynnig ar *'Picl Pen Blobsgodyn'* pan gofiodd ymateb anghwrtais Nain Myfi wrth y ddynes oedd yn gwarchod mynedfa Cymanfa'r Meirw.

'Wel, be ti'n mynd i neud?' gofynnodd Peris.

'MEINDIA DY FUSNES!' gweiddodd Damelsa.

Crychodd wyneb Peris. 'O'r gore, y grimpen grac, dim ond gofyn...'

'Na, ti'm yn dallt,' meddai Damelsa. Neidiodd ar ei thraed a churo'r drws yn ffyrnig eto.

'Meindia dy fusnes!' gweiddodd cyn gynted ag yr oedd y blwch wedi agor. *'Meindia dy fusnes,* dyna'r cyfrinair!'

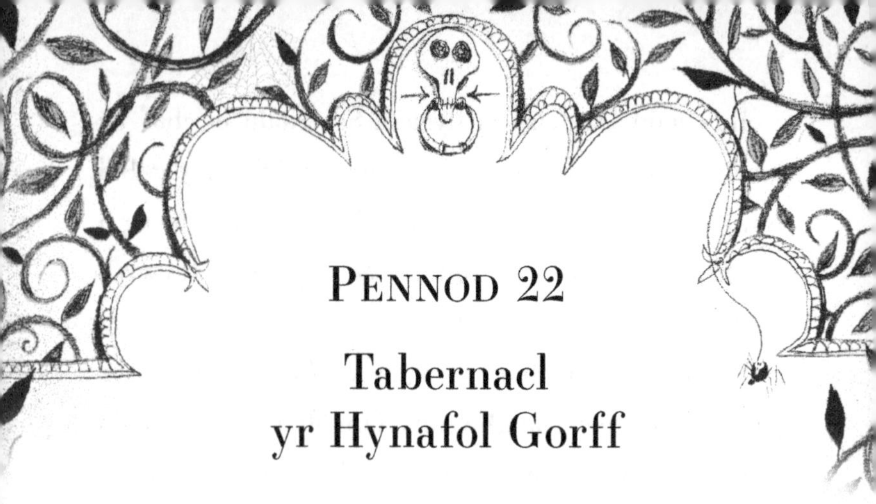

PENNOD 22

Tabernacl
yr Hynafol Gorff

Griddfanodd y drws wrth agor, gydag ysbryd praff penfoel yn ehedeg tuag atynt, a golau melyn rhyfedd yn tywynnu y tu ôl iddo. Roedd yr ysbryd mor dal nes bod ei gorun bron â chyffwrdd top y drws, a'i gefn yn grwm, fel petai dwy garreg enfawr ynghudd o dan ei fantell.

'Dewch i mewn,' chwyrnodd, gan wahodd y plant ato efo'i fys gwyn esgyrnog.

Gyda Peris yn dynn ar ei sodlau, a'r Arglwydd Beblych o dan ei braich, camodd Damelsa i mewn. Roedd yn rhaid iddi symud ar frys, oherwydd roedd y porthor eisoes wedi ehedeg yn ei flaen yn gyflym.

Aeth y porthor â nhw drwy ddrysfa o goridorau, pob un dan olau cannwyll ac yn orlawn ag ysbrydion hanesyddol o bob lliw a llun. Dyna ddynes o'r Oes Efydd a phlethen yn ei gwallt, Pharo o'r Aifft, a marchog o'r Oesoedd Canol yn gafael mewn tarian a chledd. Yna hen forwr â choes bren yn chwerthin yn iach, a phennaeth llwyth o Indiaid Cochion yn ei benwisg o blu. Ac wedyn dyn glanhau simdde o Oes Fictoria; roedd e wrthi'n glanhau un o'r llefydd tân niferus yn yr adeilad, ac yn chwibanu'n llawen wrth ei waith.

'Waaaaw!' meddai Peris, ei geg ar agor led y pen wrth edrych o'i gwmpas. 'Bwci-bôs go iawn!'

Rhoddodd Damelsa bwniad pigog yn ei ochr a'i llygaid yn berwi.

'Aw!' cwynodd, gan rwbio ei ochr. 'Pam 'nest ti 'na?'

'Peris, rydan ni'n trio cael y bobol 'ma i'n helpu ni,' sgyrnygodd Damelsa. 'Go brin y gwnân nhw hynny os wyt ti'n syllu arnyn nhw fel tasat ti mewn syrcas! A dwi 'di deud wrtha chdi o'r blaen, *ysbrydion* ydyn nhw, nid bwci-bôs.'

'Brysiwch!' Gweiddodd y porthor o waelod y cyntedd, a chyflymodd Damelsa. Doedd hi ddim am wylltio'r porthor.

Cyn hir, fe gyrhaeddon nhw neuadd fawr, gron. O'u hamgylch roedd paneli pren ar hyd y waliau. O dan eu traed, teils porffor, du ac aur, a ffurf penglog enfawr yng nghanol y llawr. Ar hyd y muriau roedd rhesi o ganhwyllau gwyn yn llenwi'r lle â golau gwan, myglyd. Ac fel pigau'r sêr, coridorau culion yn arwain o'r neuadd i bob cyfeiriad.

'*Ahem!*'

Daeth sŵn peswch swnllyd o ben arall y stafell a chododd y plant eu golygon. Roedd ysbryd digrifwr y brenin yn ehedeg y tu ôl i ddesg derbynfa fawr o farmor. Amdano, roedd gwisg o batrwm diemwnt, ac am ei ben, het dri phig â chlychau. Y tu ôl iddo roedd darlun olew enfawr o un o Dderwyddon yr Ysbrydolion o'r oes o'r blaen, yn gafael mewn penglog sgleiniog fu unwaith yn eistedd ar ysgwyddau sgerbwd dynol. Ar y ddesg roedd bowlen o felysion, pob un wedi ei lapio mewn papur gloyw, yn union fel y rhai yn siop Mistar Winston.

'Sut fedra i'ch helpu chi?' gofynnodd y digrifwr yn sych wrth i'r plant agosáu. Roedd ei lais yn siarp a main, bron fel petai'n siarad trwy ei drwyn yn hytrach na'i geg. Cymerodd Damelsa gipolwg ar yr arwydd oedd ar ei ddesg, ac arno'r geiriau *Seisyllt ap Lludd — Rheolwr*.

'Ymm... ia... helô, Mistar ap Lludd... syr,' meddai, gan wneud ei gorau glas i swnio fel oedolyn. 'Mi faswn i'n licio gweld un o Dderwyddon yr Ysbrydolion, plîs.'

'Ydach chi wedi trefnu cyfarfod?' Atebodd Seisyllt ap Lludd. 'Mae'r Derwyddon yn bobol brysur iawn.'

'Wel... ym... naddo. Ond mae'n bwysig iawn 'mod i'n siarad efo un. 'Dach chi'n gweld, dwi...'

'Eich cerdyn aelodaeth?' meddai'r digrifwr gan dorri ar ei thraws.

Llyncodd Damelsa ei phoer. 'O, does gen i ddim cerdyn eto. Prentis ydw i, welwch chi. Ond mae gen i Ben Parablus. Mae'n rhaid bod hynny'n profi nad ydw i'n trio'ch twyllo chi.' Cododd yr Arglwydd Beblych i'w ddangos, a moesymgrymodd hwnnw yn ei dwylo.

'Yr Arglwydd Beblych ap Sulbych ap Pebid Penllyn, at eich gwasanaeth,' meddai.

Rholiodd ap Lludd ei lygaid a mwmian dan ei wynt, 'Ia, ia, helô, sut 'dach chi,' cyn agor cofrestr fawr o'i flaen. Rhoddodd flaen ei ysgrifbin mewn inc aur, cyn ei gosod yn barod ar y dudalen.

'A'r rheswm dros eich ymweliad heddiw?'

'Argyfwng,' meddai Damelsa. 'Mae 'na rywbeth ofnadwy wedi digwydd i fy nain, a dwi angen...'

Torrodd Seisyllt ap Lludd ar ei thraws yn haerllug. 'Ydi'r argyfwng yn ymwneud ag: a) ysbryd wedi dianc; b) crochan wedi cracio; c) colli'ch Bwci Bocs; neu ch) dim un o'r uchod?'

Disgynnodd wyneb Damelsa. Doedd yr ysbryd gwirion yn amlwg ddim yn deall difrifoldeb ei sefyllfa o gwbwl. 'Dim un o'r uchod!' poerodd. 'Mae rhywun wedi herwgipio fy nain i!'

Cododd y digrifwr ei ben o'i gofrestr, a'i wefusau wedi eu gwasgu'n dynn fel brechdan. 'Herwgipio?' gofynnodd yn wawdlyd. 'Wel, mae hynny yn anghyffredin iawn. Ydach chi'n hollol siŵr nad ydi hi wedi mynd ar ei gwyliau? I gael 'chydig o lonydd, o bosib?' Pwysodd ymlaen a gwenu'n oeraidd. 'Wedi ymfudo i Batagonia, ella?'

'Na!' meddai Damelsa rhwng ei dannedd. 'Dim ond un ar ddeg oed ydw i! Fasa hi ddim wedi mynd ar ei gwyliau heb ddeud wrtha i. Mae hi wedi cael ei herwgipio!'

Ochneidiodd Mistar Ap Lludd yn uchel a mwmian rhywbeth o dan ei wynt am beidio cael ei dalu ddigon i ddelio â phethau fel hyn. 'A be 'di enw eich nain?'

'Caradog. Myfanwy Caradog.'

Trodd y digrifwr at gwpwrdd llawn ffeiliau y tu ôl iddo, a dychwelyd gyda llyfr cyfrifon gyda'r gair 'Aelodau' ar y clawr. Dechreuodd redeg ei fys drwy'r tudalennau nes cyrraedd y llythyren 'C'.

'Cadfan... Cadifor... Cadwaladr... Cadwallon... Cai... a, dyma ni! Caradog, meddach chi?'

Nodiodd Damelsa, ei chorff yn llenwi â gobaith. 'Fedrwch chi helpu?'

Darllenodd Seisyllt ap Lludd y manylion oedd nesa at enw Nain Myfi, ac ysgwyd ei ben. 'Wel, yn anffodus, mae'n cofnodion ni'n dangos nad yw eich nain wedi tyngu llw i'r Hynafol Gorff eleni.' Edrychodd y digrifwr ar y calendr oedd wrth ei ddesg. 'Dylai'r gwaith papur fod wedi'n cyrraedd ni ddim hwyrach na ddoe. Ddoe oedd y dyddiad cau. A heb dyngu llw, does dim modd cael unrhyw gysylltiad gyda'r Derwyddon.'

Siglodd Damelsa ei phen mewn anobaith. 'Ond... mae hynna'n amhosib. Mae Nain Myfi wedi bod yn aelod o'r Hynafol Gorff erioed. Mae'n *rhaid* bod 'na ryw gamgymeriad.'

Ysgwydodd yr ysbryd ei ben. 'Yn ôl ein cofnodion, tydan ni ddim wedi derbyn unrhyw beth gan eich Nain i ddweud ei bod am barhau i fod yn aelod o'r Hynafol Gorff. Dim aelodaeth, dim cymorth. Rŵan, gair i gall, rwy'n awgrymu eich bod chi a'r penglog hunan-bwysig 'na yn troi am adra cyn i mi alw'r criw diogelwch.'

Daeth pwffian blin o gyfeiriad yr Arglwydd Beblych. 'Hunan-bwysig? Yli, y penci da i ddim, rydw i'n aelod parchus o hen linach tywysogion Cymru, wyddost ti, a wna i ddim derbyn gwas cyflog fatha chdi yn siarad â mi efo'r fath agwedd. Felly, gwell i ti adael i'r ferch 'ma weld un o'r Derwyddon. Rŵan hyn... ar unwaith!'

Edrychodd Damelsa ar y digrifwr gyda llygaid fel dwy soser enfawr, ac erfyn, 'Plîs! Dwi'n gwbod byddai Nain wedi bwriadu adnewyddu ei haelodaeth. Mae'n *rhaid* i chi 'nghredu fi!'

'Gydag amser y daw dyn i gredu rhywun,' meddai Seisyllt ap Lludd, gan edrych ar ei oriawr boced. 'Ac yn anffodus i chi, mi fydda i'n mynd i gael egwyl ymhen pum munud.' Caeodd y llyfr aelodaeth â chlep, a tharanodd y sŵn yn adlais o gwmpas y neuadd gron.

'Rŵan, oes rhywbeth arall?'

Roedd Peris wedi bod yn sefyllian yn nerfus y tu ôl i Damelsa. Daeth ati a sibrwd, 'Dere, fi'n credu dylen ni fynd nawr.'

'Na! Mae'n *rhaid* iddyn nhw'n helpu ni!' meddai Damelsa, ei llais yn grug. 'Mae'n rhaid bod rhywbeth wedi digwydd i lythyr Nain. Ella'u bo nhw wedi ei roid i gadw yn y lle anghywir. Neu ella fod o wedi mynd ar goll yn y...' Saethodd llaw Damelsa at ei cheg a rhewodd. Teimlodd y gwaed yn llifo o'i hwyneb. 'Na! Na... dwi'm yn coelio hyn...'

'Damelsa, be sy'n bod?' holodd Peris.

Dechreuodd Damelsa dwrio'n wyllt yn ei bag, ac yn ddwfn yn y gwaelod daeth o hyd i'r amlen biws gyda chyfeiriad Tabernacl yr Hynafol Gorff arno, yr un yr oedd Nain Myfi wedi gofyn iddi ei bostio. Rhwygodd yr amlen ac yno, yn llawysgrifen droellog ei nain, roedd ei nodyn yn tyngu llw i urdd y Derwyddon. Doedd y llythyr ddim wedi mynd ar goll o gwbwl. Hi oedd wedi anghofio'i roi yn y post!

'Edrychwch, dyma fo!' meddai Damelsa, gan chwifio'r papur yn wyllt o dan drwyn Seisyllt ap Lludd. 'Roedd Nain am i chi gael *hwn,* ond fi wnaeth anghofio'i bostio fo. *Fi* sy ar fai am y cwbwl!'

Ond ysgwyddodd Seisyllt ap Lludd ei ben. 'Rhaid dilyn y rheolau, mae'n ddrwg gen i. A fedra i ddim cyfaddawdu ein rheolau diogelwch, yn enwedig yr adeg hon o'r flwyddyn.' Canodd y gloch oedd ar y ddesg ac ymddangosodd y porthor o'r cysgodion. Mi wneith Blathawn eich tywys chi allan.'

'Na!' mynnodd Damelsa. Teimlai ddagrau yn llosgi ei llygaid, a braw yn bolltio trwyddi. 'Dydach chi ddim yn dallt. Mae'n rhaid i mi weld un o'r Derwyddon! Mae'n rhaid i mi helpu Nain Myfi!'

Wrth i'r porthor anferthol ddod yn agosach, sibrydodd Peris, 'Damelsa, fi o ddifri nawr, mae ishe i ni fynd. Dere, feddyliwn ni am ryw ffordd arall i helpu dy nain, fi'n addo.'

PENNOD 23

Cael Gair â
Miss Callwen

'Ti'n siŵr bo ti moyn wynebu Miss Callwen nawr?' gweiddodd Peris o gefn y beic. Roedd Damelsa'n pedlo fel y gwynt ar hyd Lôn y Cysegr, a gallai feddwl am ddim byd ond cyrraedd Ysgol Bronmeirwon. 'Falle bod ishe i ti fynd gan bwyll bach cyn neud rhywbeth fyddi di'n difaru.'

'Na!' oedd ateb swta Damelsa. 'Ddylswn i fod wedi gwneud hyn o'r cychwyn cyntaf. Roedd Miss Callwen yn ymddwyn mor amheus, ac mi ddylwn i fod wedi dilyn fy ngreddf! 'Dan ni'n brin o amser yn barod!'

Pedlodd Damelsa'n wyllt, gan ddefnyddio pob owns o nerth ei choesau. Roedd hi'n gandryll — yn gandryll gyda Seisyllt ap Lludd, yn gandryll gyda'r Hynafol Gorff, ond yn fwy na dim roedd hi'n gandryll gyda hi ei hunan.

Pam na wnaeth hi bostio'r llythyrau pan ofynnodd Nain iddi? Doedd dim help ar gael i Nain Myfi gan y Derwyddon, a hi oedd ar fai am y cwbwl. Yn sydyn iawn, roedd yr euogrwydd yn ei llethu; daeth yr holl adegau hapus gyda'i nain nôl i'w chof, a dechreuodd dagrau lenwi ei llygaid nes iddi deimlo ei bod yn edrych drwy galeidosgop chwilfriw.

'Damelsa...' mentrodd yr Arglwydd Beblych o'r fasged flaen — ond chafodd e ddim dweud gair pellach.

'Ddim rŵan, Arglwydd Beblych,' brathodd Damelsa. 'Dwi'n gwbod be 'dach chi am ddeud, ond does gen i'm amser i wrando arnach chi'n deud mai chi oedd yn iawn.'

'Dim ond am ofyn os wyt ti'n iawn oeddwn i,' mwmiodd y penglog dan ei wynt, wedi pwdu. *Rargian,* mae'r diwrnod yma'n mynd o ddrwg i waeth. Mae cyn waethed â'r diwrnod pan ddaeth y gwas â chôt aeaf i mi yn lle mantell smart.'

Cyflymodd Damelsa, ac ar ôl cyrraedd gatiau llwyd yr ysgol, rhoddodd ei beic i bwyso yn erbyn y reilins. Gan fod y disgyblion yn eu gwersi'n barod, roedd iard yr ysgol yn gwbwl wag. Edrychodd Peris ar y tyrrau pigfain a'u gargoels cegrwth, a rhedodd ias lawr ei gefn.

'Wel, feddylies i eriôd bydden i'n gweud hyn,' meddai. 'Falle bod cael fy nghadw gartre gyda Ceridwen

Ebrillwen Mair ddim mor ffôl â 'ny wedi'r cwbwl. Beth yw'r lle 'ma, ysgol neu garchar?'

'Aros tan fyddwn ni tu fewn,' meddai Damelsa. 'Dwi 'di gweld lle deintydd sy'n fwy croesawgar na hwn!'

Edrychodd Peris ar y gatiau haearn tal, a'u hysgwyd. 'Maen nhw ar glo. Shwd ŷn ni'n mynd i fynd mewn? Y tro dwetha 'dryches i, doedd yr un ohonon ni'n gallu hedfan!'

'Dwi 'di meddwl am hynna'n barod,' meddai Damelsa, gan ollwng ei bag ysgol ar y llawr. 'Mae gan yr Athro Damelsa Penorlais ateb i bopeth!' Tyrchodd yn ei bag. Tynnodd raff hir allan, gyda bachyn deubig ar y pen. 'Dyma'r Crafanc Dringo Dirgel! Perffaith ar gyfer lleidr, neu unrhyw un sydd am dorri mewn i ysgol. Rŵan, os gaf i 'chydig o le, os gwelwch yn dda!'

Neidiodd Peris nôl, a dechreuodd Damelsa droelli'r rhaff o gwmpas ei phen, cyn rhoi ffling iddi drwy'r awyr. Glaniodd y bachau ar ben y gât gan atsain sŵn metel dros yr iard.

'Perffaith!' meddai Damelsa, gan dynnu'r rhaff yn dynn. 'Dilyn fi!'

'Ahem, a beth amdana i?' gofynnodd yr Arglwydd Beblych yn ei lais trwynol o fasged flaen y beic. 'Does gan bawb ddim mo'r awydd, nac yn wir y breichiau, i dynnu'n hunain gerfydd rhaff.'

'Peidiwch â phoeni, Arglwydd Beblych,' meddai Damelsa, gan wybod yn iawn y byddai'r hyn oedd hi ar fin ei ddweud yn gwylltio'r Pen Parablus blin. 'Faswn i ddim yn disgwyl i *ŵr bonheddig* fatha chi neud y ffasiwn beth. Felly dwi'n mynd i'ch taflu chi drosodd. Dwi wastad wedi bod yn un dda am chwarae pêl rwyd!'

Disgynnodd gên y penglog.

'Dim ond tynnu coes!' meddai Damelsa, yn teimlo braidd yn gas mwya sydyn. Yn lle rhoi ffling iddo, cododd y Pen Parablus i'w bag a dechrau dringo.

Roedd yr ysgol yn dawel wrth i Damelsa arwain y ffordd ar hyd y grisiau troellog i'r trydydd llawr. Roedd hi wedi bod yn stafell y brifathrawes droeon dirifedi o'r blaen — gallai fod wedi cyrraedd yno â'i llygaid ar gau!

Wrth ddrws tywyll, a phlac arno yn dweud *Mabli Callwen — Prifathrawes*, fe ddaethon nhw i stop. Gan anadlu'n ddwfn, rhoddodd Damelsa gnoc ar y drws, ac aros.

'Ia?' holodd llais cras Miss Callwen. 'Pwy sy 'na?'

'Ymm... Damelsa, Miss Callwen. Damelsa Penorlais. Dwi angen siarad efo chi.'

Bu distawrwydd am eiliad cyn i Miss Callwen agor cil y drws jest digon i bipo allan gyda'i llygad dda. 'Beth wyt ti'n neud yn fan hyn? Mi ddylet ti fod yn dy wers,' meddai'n surbwch. Roedd briwsion ar ei gwefusau — roedden nhw'n amlwg wedi tarfu ar ei brecwast. 'A phwy ydi hwn? Un o'r cnafon bach wyt ti'n ffrindiau efo nhw, mae'n siŵr.'

Crychodd Damelsa ei thalcen mewn penbleth. Os mai Miss Callwen *oedd* yr Ysbeiliwr, pam nad oedd hi'n eu gwahodd nhw mewn i'w stafell ar unwaith? Neu efallai mai tric oedd hyn.

'Peris, o drws nesa, 'di hwn,' atebodd Damelsa. 'Mae'n rhaid i ni siarad efo chi. Ar unwaith.'

Ochneidiodd y brifathrawes yn sydyn. 'Wel, mae gen i ofn y bydd yn rhaid i chi aros tan ddiwedd y dydd. Rŵan, yn ôl i dy ddosbarth, ar dy union!'

Ceisiodd gau y drws, ond rhoddodd Damelsa ei throed yn y ffordd. Edrychodd ar y brifathrawes gyda golwg ffyrnig o benderfynol — ei hwyneb yn oer o gadarn, a'i llygaid yn galed fel y dur. Yn sydyn iawn, teimlai Damelsa'n llawn hyder, gan baratoi i roi sioc farwol i Miss Callwen.

'Peidiwch â mentro cau'r drws,' meddai, 'os na 'dach chi isio i bawb yn yr ysgol ddod i wbod am eich *cynllun bach chi.*' Estynnodd yr Arglwydd Beblych allan o'i bag, a'i ddal i fyny.

'Helô, Mabli,' meddai'r Arglwydd Beblych. 'Braf cwrdd â chi!'

Baglodd Miss Callwen am yn ôl, ac aeth yn welw wrth i'r gwaed lifo o'i bochau. Ceisiodd siarad, ond y cwbwl ddaeth allan o'i gweflau oedd llifeiriant annealladwy.

'Wel?' meddai Damelsa'n ddiamynedd. 'Ydach chi am adael ni mewn, 'ta be?'

'Rho hwnna nôl yn dy fag!' atebodd, gan edrych i lawr y coridor i'r ddau gyfeiriad. 'Mewn â chi. RWAN!'

Brysiodd Miss Callwen y plant i mewn i'w swyddfa a phwyntio at ddwy hen gadair ddi-raen yn y gornel. Edrychodd Peris yn bryderus ar Damelsa. Wrth fynd i eistedd, dechreuodd Damelsa rannu'r un pryderon â'i ffrind. Sylweddolodd yn sydyn pa mor fyrbwyll y buodd hi'n dod yma gyda dim ond Peris a'i bag o ddyfeisiadau. Prin eu bo nhw'n barod i ymgiprys â Miss Callwen, y llofrudd peryglus. Ond roedd yn rhaid iddi gadw'i phwyll — allai hi ddim gadael i'r brifathrawes godi ofn arni. Gafaelodd yn dynn yn yr Arglwydd Beblych.

'Felly mi wyt ti *wedi* etifeddu'r pwerau,' meddai Miss Callwen o'r diwedd. Dechreuodd gerdded nôl a mlaen, ei sgidiau sodlau uchel yn clecian ar hyd y llawr. 'Roeddwn i wedi amau pan welis i dy luniau yn ystod y gwasanaeth.' Stopiodd wrth y ffenest ac edrych i lawr ar yr Arglwydd Beblych. 'Mi wyt ti wedi dechrau dy brentisiaeth, felly?'

Cadw'n dawel wnaeth Damelsa. Tybed oedd Miss Callwen yn ceisio'i thwyllo i rannu gwybodaeth? Yn ceisio gweld os oedd hi'n gallu Atgyfodi'r Meirw?

'Tydw i ddim yma i drafod fy mhrentisiaeth,' meddai'n chwyrn.

'Wel, beth felly?'

'O, dewch, Miss Callwen,' meddai Damelsa. ''Dach chi'n gwbod yn iawn pam 'mod i yma. Neithiwr? Y dynion 'na sy gynnoch chi — Brân a Gomer?'

'Pa ddynion sy gen i?' Saethodd trwyn Miss Callwen i'r awyr. 'Dyna anghwrtais wyt ti! Tydw i erioed wedi clywed am ddynion o'r enw Brân a Gomer, heb sôn am ymwneud â nhw, diolch yn fawr iawn.'

Rhochiodd Damelsa. 'Peidiwch â deud celwydd wrtha i, Miss Callwen. Chi wnaeth eu hanfon nhw i'r bwthyn, ar ôl Cymanfa'r Meirw, yntê?'

'Damelsa, wir yr, does gen i ddim clem am beth wyt ti'n sôn!' meddai'r brifathrawes. 'A deud y gwir, dwi'n meddwl 'mod i wedi clywed hen ddigon. Mae'n amser i chi fynd.'

'DWI'N SÔN AM YR HERWGIPIO!' gweiddodd Damelsa. Safodd ar ei thraed, a sgrechiodd ei chadair ar draws y llawr wrth iddi ei chicio am yn ôl. 'Dwi'n gwbod yn iawn mai chi sydd 'di cipio Nain! A dwi'n gwbod be 'dach chi isio hefyd.'

Yn sydyn roedd golwg ffwndrus ar y brifathrawes. 'Her... herwgipio? Dy Nain?' Damelsa, os mai jôc o ryw fath 'di hon, yna mi fyddi'n gorfod aros i mewn dros ginio am yr hanner can mlynedd nesa!'

'Naci, ddim jôc 'di hi, a 'dach chi'n gwbod hynny'n iawn!' Aeth Damelsa i'w phoced a thynnu'r nodyn allan a'i ddangos i'w brifathrawes. 'Chi sgwennodd hwn, yntê? A 'dach chi 'di mynd â Nain er mwyn fy ngorfodi fi i Atgyfodi'r Meirw! Dwi'n gwbod y gwir!'

Wrth i Miss Callwen ddarllen y nodyn, aeth y lle'n dawel. Cododd aeliau'r brifathrawes yn uwch ac uwch wrth ddarllen y geiriau. Edrychai fel petai wir wedi cael sioc. Ai dim ond nawr oedd hi'n dod i wybod am yr herwgipio'n go iawn, neu yntau dim ond cymryd arni oedd hi? Edrychodd Damelsa draw ar Peris, a oedd â golwg yr un mor ddryslyd â hithau ar ei wyneb.

Rhoddodd Miss Callwen y nodyn ar y bwrdd. 'O, Damelsa, mae hyn yn ofnadwy!' ebychodd. 'Pwy fyddai'n gwneud rhywbeth mor ofnadwy? Pryd ddigwyddodd hyn?'

Gwnaeth Damelsa ddim ateb. Un ai bod y brifathrawes yn actores gwerth chweil, neu roedd Damelsa wedi camddeall. 'Be... felly... ddim chi sydd 'di deud? Ddim chi sydd 'di deud wrth Brân a Gomer i'w herwgipio hi?'

'Wel, naci, siŵr!' meddai'r brifathrawes. 'Pam fasat ti'n meddwl hynny?'

'Pan ddes i nôl fy nodiadur, mi glywes i chi'n siarad efo rhywun ar y ffôn,' meddai Damelsa. 'Yn deud eich bod chi am "wneud yn fuan". A bod ganddoch chi "gynllun"!'

Ysgwydodd Miss Callwen ei phen. 'O, Damelsa, siarad efo fy ngŵr ôn i! A phan welis i dy nodiadur y diwrnod hwnnw roeddwn i wedi dyfalu dy fod ti'n Ysbrydolyn yr Ysbrydion. Y "cynllun" oedd defnyddio'r ffaith honno i gysylltu efo dy Nain unwaith eto. I drio cysylltu â hi.'

Oedodd Damelsa. 'Arhoswch eiliad — be 'dach chi'n feddwl, *i drio cysylltu â hi?* Pam fasach chi isio siarad efo fy Nain i?'

'Mae'n rhaid bod dy nain wedi sôn wrthat ti am...' diflannodd llais Miss Callwen a rhoddodd ei llaw dros ei cheg. 'O, nefi wen, Damelsa. Ydi hi erioed wedi sôn wrthat ti amdana i?'

'Sôn am be?' meddai Damelsa, ei llais yn crynu.

Edrychodd Miss Callwen ar y llawr. 'Wel, tydw i ddim yn meddwl mai fi ddylai fod yn deud hyn wrthat ti, ond does gen i ddim dewis bellach.' Cododd ei phen yn araf, ac wrth i lygaid y ddwy gyfarfod, dechreuodd stumog Damelsa gnoi. 'Dy Nain a finnau, rydan ni'n... rydan ni'n ddwy chwaer.'

PENNOD 24
Dwy Chwaer

Rhoddodd Miss Callwen ochenaid drom. Eisteddodd wrth ei desg ac estyn hen lun o'r drôr. Roedd y llun wedi pylu a'r corneli wedi plygu dros y blynyddoedd. 'Edrych ar hwn.'

'Na, Damelsa!' gweiddodd Peris. 'Trap yw e!'

Gafaelodd Damelsa yn y llun yn wyliadwrus cyn glanhau ei sbectol. Gwelodd ddwy ferch yn eu harddegau — Nain Myfi ifanc, yn amlwg, a Miss Callwen — y ddwy yn eistedd dan goeden afalau yn yr heulwen. Roedd y ddwy'n gwenu, ac yn mwynhau eu hunain ar brynhawn o wanwyn yn ôl pob golwg.

'Tydan ni heb siarad ers oeddan ni'n ddeunaw oed,' meddai Miss Callwen. 'Roedd Myfanwy wedi bod yn Ysbrydolyn ers peth tro, ac roedd pawb o'r teulu mor falch ohoni, mor falch fod rhywun o'r teulu yn parhau â'r traddodiad.

'*Mae Myfanwy wedi gwneud hyn* a *Myfanwy wedi gwneud llall* oedd bob dim. Doedd dim ots gan neb be oedd Mabli fach ddiflas yn gallu gwneud. Felly un noson dyma fi'n sleifio lawr i'r Gilfan Gymuno yn nhŷ ein rhieni pan ôn i'n gwbod fod Myfanwy yno. Dim ond jôc oedd o fod. Dim ond sleifio tu ôl iddi a'i dychryn hi rôn i am wneud, ond...' Dechreuodd llais Miss Callwen grynu, ac edrychodd ar y llawr. 'Dôn i ddim wedi sylwi bod crochan yn ffrwtian o'i blaen hi.'

Daeth croen gŵydd i gropian dros Damelsa wrth iddi ddyfalu beth oedd diwedd y stori.

'Wrth ddychryn, gollyngodd Myfanwy botel gyfan o waed drudwy i mewn i'r crochan. Roedd 'na ffrwydrad mawr, a... wel, dyna sut digwyddodd hyn.' Tynnodd y brifathrawes y clwt oedd dros ei llygaid ac ebychodd Peris a Damelsa. Roedd ei llygaid yn niwlog ac yn ddi-liw, ac roedd creithiau yn troelli o'i chwmpas fel mwydod coch mawr, tew.

'A llaw Nain?' gofynnodd Damelsa wrth lyncu. 'Dyna sut gafodd hi ei chraith hefyd?'

Gostyngodd Miss Callwen ei llais. 'Ia.'

Yn sydyn, cofiodd Damelsa rywbeth oedd Nain

Myfi wedi dweud ar noson gyntaf ei hyfforddiant: *Gall unrhyw ffwlbri neu ddiffyg canolbwyntio arwain at ganlyniadau enbyd. Mae'r broses yma yn gallu bod yn hynod o beryglus, mewn sawl ffordd. Mae'n hanfodol dy fod ti'n talu sylw i dy waith ar bob adeg.* Siarad am be wnaeth ei chwaer oedd hi!

'Wel wir!' meddai'r Arglwydd Beblych yn syn. 'Doeddwn i ddim yn disgwyl hynna. A minnau'n meddwl mai dim ond ni'r uchelwyr oedd yn cadw cyfrinachau teuluol o'r fath!'

'Ond pam nethoch chi stopo siarad 'da'ch chwâr?' holodd Peris. 'Doedd dim bai ar neb, nagodd e? Dim ond damwain ofnadw. Pam nethoch chi gwmpo mas?'

'Mi gawson ni ffrae fawr ar ôl hynny,' meddai Miss Callwen yn drist. 'Roedd Myfanwy yn wych fel Ysbrydolyn yr Ysbrydion, ac roedd hi'n deud nad ôn i'n cymryd ei gwaith hi o ddifri. A doeddwn i ddim, a deud y gwir. Mi ddwedodd nad oedd hi isio unrhyw beth i'w wneud efo fi rhagor.'

Gwenodd Damelsa'n drist. Roedd hynna'n swnio'n union fel Nain Myfi — Ysbrydolyn i'r carn, a styfnig fel mul.

'Rôn i'n teimlo'r un fath am amser wedi hynny,' ychwanegodd Miss Callwen. 'Roedd gen i gymaint o gywilydd o beth rôn i wedi'i neud, roedd o'n rhy boenus gweld Myfanwy. Ond yn fy nghalon dwi wastad wedi bod isio cymodi. A phan ges i'r cynnig i ddod yma i Ysgol Bronmeirwon y llynedd rôn i'n gwbod ei bod hi'n amser setlo pethau. Rôn i'n meddwl y baswn i a dy Nain yn gallu cymodi, wedi'r holl flynyddoedd. Ac y baswn i'n cael cyfle i ddod i dy nabod *di* hefyd, Damelsa.

'Ond pan ddes i yma roedd dy Nain yn gwrthod fy ngweld i. Ac roedd hi'n gwbwl glir nad oeddwn i fod i ddechrau unrhyw berthynas efo chdi chwaith. Rôn i wedi torri fy nghalon.'

'Wel, mae gynnoch chi ffordd rhyfedd iawn o ddangos hynny!' meddai Damelsa heb feddwl. 'Rydach chi wastad mor gas efo fi! Dwi'n *casau'r* ysgol, diolch i chi!'

Ar ôl eiliad o dawelwch dechreuodd ysgwyddau'r brifathrawes godi a gostwng, a dechreuodd sŵn llefain lenwi'r stafell. 'O, mae'n ddrwg gen i, Damelsa. Dyna'r unig ffordd fedrwn i ddelio ag ymateb dy nain. Rôn i'n meddwl y byddai'n haws i mi neud fel oedd hi'n mynnu, a dy gadw di draw oddi wrtha i, taswn i'n dy drin fatha disgybl drwg. Y cwbwl ôn i am wneud go iawn oedd rhoi cwtsh mawr i chdi.'

'Wel, fuest ti'n lwcus yn fan 'na, ddwedwn i,' mwmiodd yr Arglwydd Beblych o dan ei wynt.

Estynnodd Miss Callwen am hances boced a chwythu ei thrwyn yn swnllyd. 'Mi wyt ti'n ferch ddireidus, mae hynny'n amlwg, yn *gythreulig* o ddireidus ar brydiau, ond rwyt ti'n un o'r plant mwya clyfar i mi eu cyfarfod erioed. Mae Myfanwy wedi dy fagu di'n iawn — efallai nad wyt ti'n *ferch ifanc daclus* — ond mi wyt ti'n ferch ifanc ryfeddol, does dim dwywaith. Ac mi faswn i wrth fy modd yn gweld mwy o dy ddyfeisiadau di rhyw ddiwrnod. Maen nhw'n swnio'n fendigedig!'

Allai Damelsa ddim credu ei chlustiau. 'Ym... ym... diolch,' atebodd yn lletchwith.

'Ond, Damelsa, mi allwn ni siarad am hyn i gyd eto,' meddai Miss Callwen. 'Rŵan hyn, mae'n rhaid i ti ddeud wrtha i yn union beth sy'n mynd mlaen, a pham fod Myfanwy wedi cael ei chipio!'

Brathodd Damelsa ei gwefus. Gan ddechrau yn y dechrau cyntaf oll, adroddodd yr hanes i gyd. Roedd siarad am y peth yn boenus. Yn llygad ei meddwl roedd gweld Nain Myfi'n cael ei chipio gan Gomer a Brân yn olygfa arswydus ddi-ddiwedd.

Wedi iddi orffen roedd pawb yn ddistaw.

'Dwn... dwn i ddim beth i'w ddeud,' meddai Miss Callwen. Roedd golwg wedi synnu arni, yn fwy felly na'r diwrnod pan ddaeth yr arolygwyr i'r ysgol yn ddirybudd.

'Mae hyn yn drychinebus. A does gen ti ddim syniad pwy yw'r Ysbeiliwr?'

Ysgwydodd Damelsa ei phen. 'Chi oedd yr unig un ôn i'n amau. Rydan ni nôl lle dechreuon ni.'

Safodd Miss Callwen ar ei thraed. 'Wel, dwyt ti ddim yn mynd nôl i'r bwthyn, mae hynny'n saff. Mi ofynna i i Nyrs Huws baratoi stafell i ti yn yr ysgol ac mi gei di aros yma tan fod Myfanwy adre'n ddiogel. Mae croeso i Peris aros hefyd.'

Edrychodd Damelsa ar ei ffrind yn llawn gobaith. ''Nei di aros, Peris? *Plîs?*'

Suddodd ysgwyddau Peris. 'Dwlen i aros. Ond fydde Ceridwen Ebrillwen Mair byth yn cytuno. Fe wedodd Dad shwd oedd pethe i fod cyn iddo fe adel.'

Tapiodd Miss Callwen flaen ei thrwyn gyda'i bys. 'O, gad ti hynny efo fi. Dwi'n siŵr y bydd gair bach gan gydathrawes yn gwneud y tric yn iawn.'

Edrychodd Damelsa ar Miss Callwen, a methu credu'r peth. Methu credu mai hon oedd yr un ddynes fyddai'n cadw rhywun i mewn bob amser egwyl am dymor cyfan am ddweud gair o gelwydd! Y ddynes oedd yn credu mai torri rheolau oedd yr wythfed pechod marwol!

Cododd y brifathrawes. 'Rŵan, beth am i'r ddau ohonoch ymlacio yn lolfa'r chweched am ryw ychydig?

Mi ffonia i Ceridwen Ebrillwen Mair. Wedyn, mae gynnon ni waith paratoi i'w neud.'

'Ond beth am y gwersi?' meddai Damelsa.

'Gwersi?' Lledodd llygaid Miss Callwen fel dwy soser. 'Damelsa, dwyt ti ddim wedi dangos diddordeb yn dy wersi cyn heddiw — pam cychwyn rŵan? Ac er y byddai dwyawr o hanes yn gwneud byd o les i ti, y flaenoriaeth rŵan ydi dod o hyd i Myfanwy.'

*   *   *

Y noson honno, wrth i weddill disgyblion preswyl yr ysgol fynd i'r neuadd fawr am swper, eisteddodd Damelsa a Peris yn eu stafell i fwyta'r swper roedd Nyrs Huws wedi ei baratoi. Roedd y llenni wedi eu cau, y lampau bach ynghyn, ac yn y gornel roedd gwely bync wedi ei baratoi gyda blancedi cynnes a chlustogau cyffyrddus. Roedd yr Arglwydd Beblych eisoes yn cysgu ar ben y cwpwrdd dillad, ac er mawr syndod i Damelsa, roedd y lle yn reit gysurus.

'Fi sy'n cael hwn!' gweiddodd, gan daflu ei bag ar y bync ucha, fel petai hi'n taflu'r pwysau mewn gornest Olympaidd. 'Dwi wastad wedi bod isio cysgu fyny'n uchel! Fel taswn i'n cysgu mewn tŷ coeden.'

'Iawn 'da fi,' atebodd Peris, oedd i'w weld yn hapus i fod yn unrhyw le heblaw ei stafell wely ei hun. Doedd

Miss Callwen ddim wedi dweud wrthyn nhw sut *yn union* oedd Ceridwen Ebrillwen Mair wedi ymateb i'w galwad ffôn, ond mae'n debyg bod tiwtor personol Peris wedi dod i'r ysgol â bag enfawr o bethau iddo, fel petai 'na drip o gwmpas y byd ar droed.

Diflannodd y dydd yn sydyn wrth i'r ddau baratoi at aros yn Ysgol Bronmeirwon. Roedd Damelsa wedi mynd adre i'r bwthyn i ôl bag o bethau — ac i ôl Aelhaearn. Dyna lle'r oedd y belen o ffwr yn rhedeg fel y gwynt yn ei olwyn pan gyrhaeddodd hi. Wrth iddi gynnig tamaid o gaws iddo, roedd y llygoden yn fwy na pharod i anghofio am ei ymarfer corff a dechrau gwledda. Estynnodd Damelsa fag lledr mawr o'r twll dan y staer, a phacio ei Bwci Bocs, ei Mwgwd Anhysbys, a'i chrochan. I mewn â'r Cap Meddwl hefyd, ynghyd â sanau glân, sgriwdreifar, tamaid o wifren, a'r Llyw Llaw Robotaidd ar gyfer Gwaith Cartref Diflas. Penderfynodd y byddai'n mireinio'r teclyn petai ganddi hiraeth am adref.

Wrth iddi bacio ei phyjamas, allan o'r boced disgynnodd yr allwedd ryfedd siâp hanner lleuad roedd Gomer a Brân wedi ei gadael yn y Gilfan Gymuno. Rhoddodd Damelsa'r allwedd yn y bag hefyd, jest rhag ofn, er doedd ganddi ddim clem pa ddrws oedd yr allwedd fod i'w agor. Roedd yn rhy boenus aros yn y bwthyn am hir — gyda phopeth wedi ei droi'n ben i waered, heb Nain na Mot i gadw cwmni iddi. Am y tro cyntaf erioed, roedd Damelsa yn edrych mlaen at ddychwelyd i Ysgol Bronmeirwon.

'Beth yw'r cynllun nawr 'te?' gofynnodd Peris, gan ddechrau dadbacio.

'Dwi'n meddwl ella yr af i am dro bach i glirio fy mhen,' meddai Damelsa. 'Ti isio dod?'

Ond gyda hynny, agorodd y drws a daeth Miss Callwen i mewn yn cario hambwrdd mawr. 'Tamaid o swper i chi,' meddai gyda gwên. 'Mae'n siŵr eich bod chi ar lwgu.'

Disgynnodd wyneb Damelsa wrth iddi ddychmygu bowlenni o gawl llugoer. 'Ym... does dim chwant bwyd arna i, Miss Callwen,' meddai. 'Ges i frecwast mawr, mawr iawn.'

'O'r gorau,' meddai Miss Callwen. 'Dôn i ddim yn meddwl y basach chi'n gwrthod y tamaid bach arbennig hwn, ond dyna ni.' Gostyngodd yr hambwrdd iddyn nhw weld beth oedd arno — pentwr o frechdanau trwchus, teisennod siocled, bisgedi Berffro, a bynsen binc yr un — y blasusaf a welodd neb erioed. 'Mi af i â nhw'n ôl i'r gegin rŵan a...'

'Na, arhoswch!' meddai Damelsa, gan neidio wrth

weld y wledd. 'Ella medra i fwyta rhyw gegiad *bach* wedi'r cwbwl. Mi fyddai'n bechod gwastraffu bwyd.'

Gwenodd Miss Callwen, a heb golli'r un eiliad arall, dechreuodd Damelsa gladdu'r swper.

'A beth amdanat ti?' Gofynnodd Miss Callwen i Peris. Roedd ei lygaid yn edrych yn anghrediniol ar yr hambwrdd o ddanteithion — ond roedd ei blât yn wag. 'Ddim isio bwyd?'

'Tydi o ddim yn cael bwyta,' meddai Damelsa, wrth lowcio bynsen binc. Defnyddiodd ei bys i sychu'r eisin melys oedd wedi glynu wrth ei gweflau. 'Mae gynno fo stumog wan. Alergedd i bob math o bethau.'

'O diar,' meddai Miss Callwen. 'Am anffodus. Druan â chdi.'

Cododd Peris ei ysgwyddau yn drist. 'Fi 'di arfer. Mae gyda fi dabledi arbennig yn fy mag — fe gymra i nhw nes mlân.'

'Ond tydi hynny ddim yn golygu y cei di fwyta dau o bopeth, Damelsa!' meddai'r brifathrawes wrth i Damelsa helpu ei hun i ragor o bopeth. 'Ara deg, rŵan!'

Crychodd Damelsa ei thrwyn. 'Ond Miss Callwen, o ble daeth yr holl fwyd blasus 'ma? O gegin yr ysgol?'

Dyma Miss Callwen yn rhochian chwerthin. 'Ha! Ti'm yn meddwl y baswn i'n bwyta bwyd ofnadwy cogyddes yr ysgol, wyt ti? Na, mae'r bwyd yma wedi dod o fy mhantri preifat i.' Rhoddodd winc slei. 'A dwi am ei gadw fo'n breifat, iawn?'

Lledodd llygaid Damelsa, yn methu credu'r peth. Pwy feddyliai bod Miss Callwen yn gymaint o rebel?

'Rŵan, ar ôl bwyta mae angen i'r ddau ohonoch gysgu am dipyn,' meddai Miss Callwen. 'Mi fydd angen i chi hel eich nerth cyn fory, os ydan ni am achub Nain.'

PENNOD 25
Yr Ymryson

Ond allai Damelsa ddim cysgu'r noson honno.

Doedd bod yn y bync top ddim mor gyfforddus â'r disgwyl, ac wrth iddi droi a throsi roedd yn hiraethu am ei chwilt clytwaith, ei photel dŵr poeth, a Nain Myfi. Y noson honno, byddai wedi bod wrth ei bodd yn cael gwrando ar un o straeon nos da gwirion Nain Myfi.

Mor dawel â phosib, dringodd lawr o'r bync a cherdded at y ffenest. Edrychodd allan rhwng y llenni, a gweld y lloer yn syllu arni fel llygad fawr wen. Ochneidiodd. Tybed oedd Nain Myfi yn edrych ar y lloer hefyd? Oedd hi ar ddihun?

'Ti sy fan 'na, Damelsa?' gofynnodd Peris, a dechreuodd y bync isaf wichian. Rhwbiodd ei lygaid a chododd ar ei eistedd. 'Be... be ti'n neud?'

'Dwi methu cysgu,' meddai Damelsa, gan dynnu'r llenni eto a chynnau'r lamp fach oedd ar y ddesg. Eisteddodd i lawr a rhedeg ei bysedd trwy glymau ei gwallt. 'Fedra i ddim aros tan y bora. Mae'n rhaid i fi neud rhywbeth *rŵan!* Dwi angen gweithio allan pwy 'di'r Ysbeiliwr. Mae'n rhaid bod rhyw gliw dwi 'di fethu. Dwi jest angen ista lawr a meddwl yn iawn am y peth.' Gwisgodd ei gŵn-nos a chychwyn am y drws. 'Ond yn gynta, dwi angen brechdan gaws a menyn-cnau-mwnci.'

Taflodd Peris ei flanced i'r naill ochr ac ysgwyd ei ben. 'Wyt ti o ddifri? Ti 'di stwffo dwy fynsen binc yn barod! A weles i ti'n hwpo bisgien arall yn dy geg ar ôl i Miss Callwen droi ei chefen!'

'Mae bwyd yn helpu fi feddwl,' atebodd Damelsa'n swta. 'Mae gan bawb sydd â meddwl treiddgar ei hoff damaid i aros pryd nes bod yr awen yn taro. Rŵan, dwi'n mynd i'r gegin. Ti'n dod?'

Estynnodd Peris am ei slipers bwni gan ruddfan, 'Ocê 'te...'

Roedd yr ysgol fel y bedd wrth i'r ddau sleifio allan o'r stafell, ei heglu ar hyd y coridor ar flaenau eu traed, a disgyn y grisiau troellog wrth i bob cam gwichlyd fygwth eu bradychu. Wedi cyrraedd y gwaelod, tynnodd

Damelsa Peris nôl tu ôl i silff lyfrau. 'Reit, 'dan ni bron yn y gegin,' sibrydodd, ei llygaid yn gwibio o gwmpas i wneud yn saff nad oedd neb yn eu gwylio. 'Aros yn agos.'

Nodiodd Peris a dilyn Damelsa ar hyd y coridorau tywyll. Roedd pob stafell ddosbarth fel y bedd, y rhesi o ddesgiau fel cerrig mewn mynwent.

Ond wrth sleifio i'r gegin, daeth y ddau i stop yn sydyn wrth glywed sŵn traed yn agosáu.

'Wel, wel, wel. Drychwch pwy sy 'ma!' meddai llais cyfarwydd.

Ymddangosodd yr efeilliaid *Watcyn Un* a *Watcyn Dau*, y ddwy mewn pyjamas piws, a Miriam yn stelcian tu ôl iddyn nhw yn ei gŵn-nos ddiaddurn.

'Mae'n edrych fel bod Damelsa dwt yn un o'r disgyblion preswyl erbyn hyn,' meddai Gwenllian, gan ymlwybro'n nes a rhedeg ei llaw dros blethi euraidd ei gwallt hirfelyn. 'Welson ni ti'n cyrraedd yn gynharach, ond roedden ni'n meddwl mai cael dy gadw i mewn am gamfihafio oeddet ti.'

'Be ddigwyddodd?' meddai Gwenhwyfar. 'Y nain ryfedd 'na sgen ti wedi cael llond bol ohonat ti?'

Camodd Damelsa ati, a'i dannedd yn crensian yn ffyrnig. 'Be ddudist ti?'

Gwenodd Gwenhwyfar yn sbeitlyd. 'Bod y nain wallgo

'na sgen ti wedi dy daflu di allan o'r tŷ. Fedra i'm deud 'mod i'n synnu chwaith. Pwy fasa isio byw efo chdi?'

Dechreuodd y dicter ffrwtian yn ddwfn ym mynwes Damelsa, yn union fel mewn adwaith cemegol. 'Tydi fy Nain i DDIM yn wallgo!' meddai, wrth i'w phoer gronni fel cynddaredd o gwmpas ei gwefusau. 'Deud sori rŵan! Deud sori rŵan HYN!'

'Neu be?' atebodd Gwenhwyfar, gan chwerthin yn greulon.

'Neu... neu bydd rhaid i ti ddelio 'da fi!' gweiddodd Peris. Cododd ei ddyrnau fel bocsiwr, a rhythodd Damelsa arno.

'Ŵŵŵŵ, geiriau mawr gan lipryn bach!' heriodd Gwenllian. 'Pwy 'di dy ffrind newydd, Damelsa? A wir, pam fasa unrhyw un yn dewis bod yn ffrindiau efo *chdi?*'

'Yn wahanol i chi'ch dwy,' atebodd Damelsa rhwng ei dannedd, 'mae pobol *isio* bod yn ffrindiau efo fi am eu bo nhw'n *licio* fi, ddim jest am fod gan fy *rhieni* doman o bres!'

Disgynnodd wynebau'r efeilliaid yr un pryd, ond eto roedd gwefusau Miriam yn cyrlio'n wên fach breifat. Daliodd Damelsa ei llygaid, ac edrychodd Miriam y ffordd arall yn sydyn.

'Ti... ti'm yn mynd i adael iddi siarad efo ni fel 'na,

nagwyt?' baglodd Gwenllian, gan droi at Miriam. 'Gwna rywbeth!'

Disgynnodd wyneb Miriam. 'Be, go iawn? Ond mae'n ganol nos. Dwi'm yn meddwl bod angen i ni ddechrau stido...'

'BE?' tarfodd Gwenhwyfar. 'Wyt ti isio bod yn ffrindiau efo ni, 'ta be? Paid â deud wrtha i bo chdi wedi colli dy asgwrn cefn, Miriam?'

'Naddo siŵr,' meddai Miriam, gan newid ei chân mewn chwinciad. 'Be dwi'n feddwl ydi... tydi hi ddim gwerth y drafferth, dyna'r cwbwl.' Ac fel ci mawr ufudd, dechreuodd Miriam gamu mlaen. Roedd Damelsa ar fin ffoi, ond cyn iddi gael cyfle teimlodd y boen o gael ei thynnu gerfydd ei gwallt, a phen-glin yn cael ei blannu yn ei stumog.

'Stop hi!' gweiddodd Peris. 'Gad hi fod! Gad lonydd iddi nawr!'

Ond doedd dim arwydd fod Miriam am roi'r gorau iddi. Gyda'r efeilliaid yn cymeradwyo'n swnllyd frwd, hedfanodd ei dwrn at drwyn Damelsa, gan roi'r fath gweir nes anfon Damelsa drwy'r awyr cyn disgyn â'r crash rhyfeddaf yn bentwr ar ben y popty.

Llithrodd ei chorff i'r llawr oer yn y gegin. Teimlai guriad y boen yn dirgrynu drwy ei chorff, a'i hanadl yn cael ei wasgu o'i hysgyfaint. Am eiliad aeth popeth yn ddu.

Clywodd lais. 'Damelsa? Damelsa, ti'n iawn?'

Agorodd Damelsa ei llygaid a gweld Peris, drwy niwl ei hymwybod, yn sefyll uwch ei phen. Gan ruddfan yn uchel, ochneidiodd, 'Fy nhrwyn... fy nhrwyn!' Tynnodd anadl ddofn, a theimlo ffrwd o waed cynnes yn llenwi ei ffroenau.

'Arhosa di fan 'na, iawn?' meddai Peris. 'Af i ôl pecyn cymorth cynta. Paid â symud...'

Ond doedd Damelsa ddim am ildio. Doedd hi ddim am adael i ryw hulpen gyhyrog gael y gorau arni! Gyda blas y gwaed ar ei thafod, cododd ar ei thraed, ac yna, gyda'r hynny o egni oedd ganddi ar ôl, rhedodd nerth ei choesau i mewn i Miriam. Gyda'r ergyd, baglodd honno, gan chwyrlïo am yn ôl fel sgitlen wedi cael ei bowlio. Tarodd i mewn i silff yn llawn o botiau a sosbenni, gan wneud i ddegau ohonyn nhw hedfan drwy'r awyr a glanio'n aflafar ar lawr y gegin.

'Beth ar WYNEB Y DDAEAR sy'n digwydd yn fan hyn?'

Trodd y plant i weld Miss Callwen yn sefyll wrth y drws, yn gwisgo gŵn-nos hir o wlân. Goleuwyd ei hwyneb gan olau ei lamp olew, y llewyrch yn gwneud i'w bochau edrych yn fwy gwelw nag arfer.

'Bai... bai Damelsa oedd o, Miss Callwen!' protestiodd

Gwenllian ar ei hunion, ei llais yn troi'n gyfoglyd-felys unwaith eto. 'Glywson ni'r sŵn 'ma yn dod o'r gegin felly mi ddaethon ni yma i weld be oedd yn digwydd.'

'A ddaethon ni o hyd i Damelsa a'r bachgen rîli od 'ma,' meddai Gwenhwyfar. 'Ac ar ôl i ni ddeud wrthyn nhw y dylsan nhw fod yn eu gwlâu, dyma Damelsa'n dechra ymosod ar Miriam.'

'Celwydd!' gweiddodd Damelsa, gydag afon o waed yn berwi allan o'i thrwyn. '*Nhw* ddaru ddechra petha, Miss Callwen! Mi ddyrnodd Miriam fi yn fy ngwyneb a...'

'DIGON!' rhuodd y brifathrawes. 'Mi wn i'n iawn pwy sydd ar fai am yr ymddygiad gwarthus hwn. Mae'n ddigon amlwg!'

Plethodd yr efeilliaid eu breichiau â gorfoleddus foddhad, a chrechwenu ar Damelsa a Peris. 'Ia, a dwi'n meddwl bod Damelsa'n haeddu cael ei gwahardd o'r ysgol am achosi'r fath drwbwl,' meddai Gwenhwyfar gan gymryd arni ei bod wedi cael braw arswydus. 'Ydach chi'n cytuno, Miss Callwen?'

Trodd y brifathrawes at yr efeilliaid. 'Sôn amdanat ti a dy chwaer oeddwn i, a deud y gwir, Gwenhwyfar Watcyn. Y ddwy ohonoch — yn fy swyddfa, ar unwaith!'

'N-n-ni?' baglodd Gwenhwyfar? Roedd ei hwyneb yn werth ei weld — doedd hi methu â chredu ei chlustiau, ac roedd ei chwaer yn edrych fel petai ar fin llewygu. 'Mae'n rhaid bod rhyw fath o gamddealltwriaeth!'

'Dim byd o'r fath,' meddai Miss Callwen. 'Fy swyddfa. RŴAN!'

Rhochiodd yr efeilliaid, eu hwynebau'n ddig fel dau darw blin, ac i ffwrdd â nhw i'r swyddfa gyda Miriam wrth eu sodlau.

'Dim chdi, Miss Singh!' gorchmynnodd Miss Callwen. 'Rwyt ti a Damelsa Penorlais yn dod efo fi i weld y nyrs. Fedra i ddim cael disgyblion yn cerdded o gwmpas yr ysgol gyda llygaid du a thrwynau'n gwaedu. Sefydliad parchus ydi'r ysgol hon, nid cylch bocsio!'

'Ond, Miss Callwen, dwi'n iawn,' protestiodd Damelsa. 'Dwi ddim angen gweld y nyrs, wir yr.'

Cerddodd Miss Callwen draw at ei gor-nith, ac wrth iddi smalio ei bod yn archwilio'r crafiad ar ei boch, sibrydodd, 'Dim gair arall, Damelsa. Fyddi di fawr o help i dy Nain os wyt ti wedi cael cnoc ar dy ben, fyddi di?'

PENNOD 26

Noson yn
Stafell y Nyrs

'Nefi wen, aros yn llonydd, ferch!' dwrdiodd Nyrs Huws wrth drio rhoi diferyn o antiseptig ar y crafiad ar foch Damelsa.

Yn y gwely gyferbyn, roedd Miriam yn syllu'n ddigalon ar y nenfwd, rhwymyn yn dynn am ei garddwrn a gwg yn glep ar ei gwep.

'Paid ag edrych yn gymaint o surbwch, Miss Singh,' meddai Nyrs Huws. 'Does gen ti neb i feio ond ti dy hun.' Roedd y llenni hirgul wedi cael eu tynnu, ond drwy'r holltau main rhwng pob llen llifai golau'r lloer yn stribed main gwyn ar draws y gwely. 'Nawr, dwi ddim isio clywed yr un smic gan y naill na'r llall ohonach chi am weddill y noson. Dim siarad, dim cecru, ac yn bendant dim mwy o gwffio. Iawn?'

Edrychodd y ddwy ar ei gilydd cyn griddfan fel parti cyd-adrodd, 'Iawn, Nyrs Huws!'

'Iawn,' atebodd y nyrs yn blwmp ac yn blaen, cyn diffodd y golau a chau'r drws.

Caeodd Damelsa ei llygaid ac ochneidio. Roedd y stafell yn drewi o eli antiseptig a hylif golchi llawr, ac roedd yn hiraethu'n fwy nag erioed am gael bod adre yn ei stafell gysurus yn yr atig ym Mwthyn Blegerwyd. Roedd hi'n hiraethu am ei gwyddoniadur, ei dyfeisiadau, a sawr melys-bydredig y papur yn ei nodiaduron. Yn llygad ei meddwl gwelai Nain Myfi'n cynhesu ei thraed o flaen y tân, yn sipian gwin sinsir ac yn dysgu Mot sut i gyfarth rhegfeydd.

Ond yn fuan iawn roedd Miriam yn troi a throsi yn ei gwely, a'i llais dwfn yn tarfu ar feddyliau Damelsa. 'Ti'n mynd i dalu am hyn, Damelsa Penorlais! Does neb yn cael mynd i'r afael â fi heb i *fi* daflu'r dwrn olaf. Yn enwedig rhyw hen jadan ryfedd fel ti.'

Anwybyddodd Damelsa hi a throi'r ffordd arall, gan bwffian yn anghrediniol. Pam o pam ei bod wedi cael ei hun yng nghanol sgarmes? Pam wnaeth hi adael i'w thymer ei threchu? Roedd Nain Myfi wir angen cael ei chymorth — ond nawr, roedd hi'n gaeth yn y stafell 'ma tan y bore, gyda lembo yn y gwely arall.

'Wyt ti'n clywed, Damelsa?' chwyrnodd Miriam eto. 'Does neb yn cael mynd i'r afael â fi heb i fi daflu'r dwrn olaf, medda fi!'

Llenwodd Damelsa ei bochau ag awyr wrth deimlo'n rhwystredig. 'Yli, Miriam, beth am i ti stopio efo'r sioe hogan galad 'ma tan fory, ia? Dwi'n gwbod yn iawn dwyt ti'm wir yn hoffi'r actio fatha lob. Dwi 'di sylwi arnat ti'n chwerthin pan dwi'n ateb yr efeilliaid yn ôl.'

'Dwi-dwi'm yn gwbod be ti'n feddwl,' baglodd Miriam. 'Does 'na ddim "sioe". Does 'na neb yn cael y gorau o Miriam Singh.'

'Iawn!' meddai Damelsa, gan droi unwaith eto. 'Ond ti'm yn fy nhwyllo i.' Tynnodd gynfas galed yr ysbyty dros ei hysgwyddau, a chau ei llygaid. Os nad oedd Miriam am gymodi, yna ei dewis hi oedd hynny. Ond o leiaf roedd hi wedi trio.

'Damelsa, aros,' meddai Miriam ar ôl ysbaid fer. 'Be ddwedest ti... am fynd yn erbyn yr efeilliaid...'

Cododd clustiau Damelsa. 'Ia.'

'Wel, ella... ella...' ochneidiodd Miriam. 'O, dim ots.'

'Na, dos yn dy flaen,' meddai Damelsa i'w hannog.

Am eiliad, roedd tawelwch, fel petai Miriam yn paratoi i ddweud rhywbeth pwysig. 'Dwi wastad wedi cael traffarth gneud ffrindiau,' meddai o'r diwedd. 'Pan ôn i'n fach roedden ni'n symud o gwmpas lot o achos Mam a'i swydd, a ches i'm llawer o gyfle i ddod i nabod neb yn iawn.' Roedd llais Miriam wedi tawelu ac yna dechreuodd grynu. 'Felly pan ddes i yma fel disgybl preswyl y llynedd a chyfarfod yr efeilliaid, rôn i'n meddwl 'mod i wedi gwneud ffrindiau go iawn. Roeddan nhw i weld fel tasan nhw'n licio 'nghael i o gwmpas.'

'Ond tydan nhw ddim yn ffrindiau *go iawn*,' meddai Damelsa, gan neidio ar ei heistedd. Taniodd y lamp fach oedd wrth y gwely. Mwyaf sydyn, wedi swatio o dan y cynfasau gwyn, roedd Miriam yn edrych fel merch fach eiddil, a'i phlethi du yn fframio'i llygaid mawr tywyll.

'Dim ond dy ddefnyddio di mae'r efeilliaid! Fentra i nad ydyn nhw'n gwbod be 'di dy hoff liw di, neu be ti'n licio i frecwast, neu be 'di dy enw canol di.'

'Does 'na *neb* yn gwbod be 'di fy enw canol i', meddai Miriam, gan edrych i ffwrdd. 'Mae gen i lot gormod o gywilydd dweud.'

'Wel, ocê,' meddai Damelsa. 'Ond fentra i bo nhw byth yn gofyn sut wyt ti, neu os wyt ti'n cael diwrnod da?'

Ysgwydodd Miriam ei phen a dechreuodd ei gwefus grynu. 'Gan 'y 'mod i'n dal, ac oherwydd y cystadlaethau taflu pwysau, mae pawb yn meddwl mai'r cwbwl dwi'n licio neud ydi dangos pa mor gryf ydw i. A dwi 'di bod isio torri 'mol i neud ffrindiau, a dwi'n meddwl 'mod i jest wedi gwneud fel maen nhw'n ddisgwyl. Rôn i'n meddwl y byddai gwarchod yr efeilliaid yn well na bod ar fy mhen fy hun.' Disgynnodd ei gên. 'Dwi 'di bod yn gymaint o gachgi.'

Symudodd Damelsa yn anghyffyrddus o dan ddillad ei gwely. Mi wyddai'n iawn sut beth oedd cael dy gamddeall. Druan o Miriam. 'Felly, os nad wyt ti'n licio dangos pa mor gryf wyt ti, be wyt ti'n licio?' gofynnodd.

Edrychodd Miriam ar y llawr. 'O... sdim ots. Fasa gen ti ddim diddordeb...'

'Wel, gawn ni weld, cawn,' atebodd Damelsa.

'Ocê,' meddai Miriam. 'Dwi'n gwbod ella fod o'n annisgwyl, ond dwi'n licio sgwennu barddoniaeth. Cynganeddu, limrigau, ond yn fwy na dim, dwi'n licio sgwennu sonedau.'

Er nad oedd hi wedi bwriadu gwneud, dyma Damelsa'n chwerthin mewn sioc.

'*Ti'n gweld?* Rwyt ti hyd yn oed yn meddwl fod o'n rhyfedd!' meddai Miriam, gan groesi ei breichiau. 'Rôn i'n gwbod ddylswn i ddim fod wedi dweud unrhyw beth.'

'Dwi ddim yn meddwl fod o'n rhyfedd, dwi'n gaddo,' mynnodd Damelsa. 'Jest annisgwyl, dyna'i gyd. Ddylsa bod gen ti ddim cywilydd o be ti'n licio. Ac mae stwff rhamantus, swslyd yn iawn... os ti'n licio'r math yna o beth.'

Gwenodd Miriam. 'Faswn i'n licio bod yn fwy agored am y peth, fel wyt ti efo dy ddyfeisiadau. Weithiau dwi'n codi'n gynnar, cyn bod neb arall ar eu traed, ac yn sleifio i'r llyfrgell i sgwennu. Faswn i ddim yn meiddio gwneud pan mae 'na bobol eraill o gwmpas.' Tynnodd ei phengliniau yn nes at ei chorff. 'Dwi erioed wedi dweud hyn wrth neb o'r blaen.'

'Wel, mae dy gyfrinach di'n saff efo fi os wyt ti am iddi aros yn gyfrinach,' meddai Damelsa. 'Hei, wyt ti'n meddwl fasat ti'n gallu meddwl am linell o farddoniaeth rŵan? Munud yma?'

Lledodd llygaid Miriam fel petai Damelsa newydd roi anrheg bendigedig iddi, a phlethodd ei bysedd wrth ddechrau meddwl. 'Hmmm, gawn ni weld... Ocê! *A glywsoch erioed am Damelsa?... Mae'n creu'r dyfeisiadau rhyfedda... A'i gwallt gwallgo coch... A'i chwerthin mawr croch... Y ferch fwyaf od yn y lle 'ma!*

'Gei di dalu am honna!' meddai Damelsa, gan godi ei dyrnau'n chwareus. 'Er, i fod yn deg, doedd hynna ddim yn bell o'r gwir!' Cododd ei gobennydd ac eistedd nôl. 'Be mae dy fam yn neud fel gwaith, 'ta? Pam fod rhaid i chi deithio gymaint?'

'O, mae o moooor ddiflas,' meddai Miriam. 'Mae hi'n hanesydd pensaernïol — mae hi'n archwilio hen adeiladau a ballu. Dyna sut wnaeth hi gyfarfod â Dad, wrth gloddio mewn teml yn yr India. Dwi o hyd yn cael fy llusgo o gwmpas hen dai ac adeiladau hynafol. Mae hi isio astudio Castell Cyndeyrn nesa. Mae o'n *enghraifft wych o bensaernïaeth Oes y Tywysogion,* medd hi.'

'Ond, rôn i'n meddwl fod o'n disgyn yn ddarnau,' holodd Damelsa.

Nodiodd Miriam. 'Ydi, ond o dan y castell mae 'na bob math o gelloedd tanddaearol, a dwnjwns a stafelloedd cudd sydd wedi eu cadw mewn cyflwr reit dda. Aeth Mam â fi yno unwaith. Fedri di ddychmygu'r carcharorion oedd wedi eu cadw yno yn yr oes o'r blaen?'

Dywedodd Damelsa ddim byd.

Roedd cnewyllyn syniad yn ffrwtian yn ei phen.

Celloedd tanddaearol?

Carcharorion?

Stafelloedd cudd?

Hwyrach nad dwy leuad oedd y marciau ar allwedd Gomer a Brân wedi'r cwbwl? Beth os mai dwy lythyren C oedden nhw? Dwy lythyren C am 'Castell Cyndeyrn'! Tybed ai dyna ble'r oedd Nain Myfi yn cael ei chadw?

Pwysodd Damelsa ymlaen. 'Beth arall wyt ti'n wbod

am Gastell Cyndeyrn? Ydi'r cyhoedd yn cael mynd yno i edrych o gwmpas?'

Cododd Miriam ei chynfas o gwmpas ei hysgwyddau. 'O na, mae'n llawer rhy beryg i hynny. Mi allai'r to ddisgyn unrhyw adeg mae'n debyg. Mae'r cyngor wedi cloi'r castell ers blynyddoedd.'

'Felly does 'na neb yn mynd mewn nac allan?'

Ysgwydodd Miriam ei phen. 'Na, ar wahân i ambell i grŵp o bobol yn gwisgo hetiau caled o dro i dro, fel mam a'i chydweithwyr. Pam fod gen ti gymaint o ddiddordeb, beth bynnag?'

Cymerodd Damelsa lymaid o'r dŵr oedd mewn gwydr bach wrth ei gwely. Doedd hi dal ddim yn siŵr os ddylai hi ymddiried yn llwyr ym Miriam eto, ond os oedd ei damcaniaeth am Gastell Cyndeyrn yn gywir yna roedd hi angen mynd yno i edrych o gwmpas cyn gynted â phosib. Ac os oedd Miriam wedi bod yno'n barod, mi fyddai'n berson da i'w chael yn y criw.

Taflodd gip at y drws cyn pwyso mlaen a sibrwd, 'Miriam, ti ffansi trip bach i Gastell Cyndeyrn efo Peris a fi fory? Antur fach!'

'Ym... ocê,' atebodd Miriam. 'Pam?'

'Wel, mae'n stori hir iawn,' meddai Damelsa, wrth wneud ei hun yn gyffyrddus yn ei gwely. 'A dwi ddim isio i Nyrs Huws ein clywed ni. Felly 'na i esbonio pob dim yn y bora, ar ôl mynd o fan hyn. Dwi'n gaddo.'

Nodiodd Miriam.

'Ond dwi'n ymddiried ynddot ti, Miriam, felly plîs paid â sbragio. Fedri di ddim deud wrth neb. Dwi'n dibynnu arnat ti, fel ffrind.'

Wrth glywed y gair 'ffrind' gwenodd Miriam o glust i glust. 'Fedri di ymddiried yndda i, Damelsa. Dwi'n gaddo!' A fflachiodd syniad yn ei llygaid. 'Ac mi fedra i brofi hynny hefyd — mi wna i ddweu'tha chdi be 'di fy enw canol cyfrinachol. Wel, enwau i fod yn fanwl gywir — mae gen i bedwar ohonyn nhw!'

'Ocê...' meddai Damelsa, gan godi ei haeliau.

'Fy enw llawn i ydi Miriam Arianrhod Gwenfair Eos Olwen Singh.'

Chwarddodd Damelsa i mewn i'w gobennydd. 'Ia, fedra i weld pam dy fod ti isio cadw hynna'n dawel! A finna'n meddwl bod Damelsa'n ddigon drwg!'

Dyma'r ddwy yn chwerthin yn dawel, cyn cau eu llygaid a chysgu... o'r diwedd.

Pennod 27

Castell Cyndeyrn

Fore trannoeth, ar ôl rhybudd llym arall gan Nyrs Huws, a llwyaid enfawr (ac afiach iawn) o oel afu còd, brysiodd Damelsa a Miriam o stafell y nyrs a nôl i stafell Damelsa a Peris.

Roedd Peris ar ddihun, yn gorwedd yn glyd yn ei wely, a'i ben mewn comic.

'Ooo! *Anturiaethau Capten Teithwalch!* Dewis da!' meddai Miriam, gan bwyntio'n frwdfrydig at y clawr wrth ddod i mewn. 'Mae'r un yna'n wych. Mae'r rhan pan mae o'n cyfarfod â'i dad go iawn yn y diwedd mor wefreiddiol.'

'*Diolch, Miriam!* Ti 'di strwa shwd mae e'n cwpla, nawr!' meddai Peris yn grac, gan eistedd yn syth a llygadrythu'n gas ar Miriam. 'Beth mae hon yn neud 'ma, Damelsa? Odi 'ddi'n trial bygwth ti 'to? Ti moyn i fi ôl Miss Callwen?'

'Paid â phoeni, Peris,' meddai Damelsa, gan gau'r drws ar ei hôl. ''Nawn ni esbonio'r cwbwl wedyn, ond mae Miriam a fi'n ffrindiau rŵan. Mae hi'n galon feddal a deud y gwir!'

'Wel, gewn ni weld am 'na. Os yw hi, mae 'da 'ddi ffordd od o ddangos 'ny!' atebodd Peris yn chwyrn. 'Dôdd hi ddim yn edrych yn galon feddal pan blannodd hi'r cwlwm pump ar dy drwyn di neithiwr!'

Diflannodd gwên Miriam wrth iddi deimlo'n anghyffyrddus o flaen Peris. 'Mae'n wir ddrwg gen i am hynna i gyd, Peris. Dwi 'di dweud sori wrth Damelsa yn barod, a faswn i'n licio bod yn ffrindiau efo *chdi* hefyd.' Estynnodd ei llaw at Peris. 'Mêts?'

Plethodd Peris ei freichiau. 'Gewn ni weld.'

Tynnodd Damelsa Aelhaearn o'i gawell ac eistedd wrth ei desg. Roedd hi'n hen bryd i'r creadur bach hwn gael tamaid o sylw. Wrth i Damelsa gosi ei fol, a rhedeg ei bysedd trwy ei flewiach, dechreuodd ei wisgers amdroi yn hapus. 'Beth bynnag, dwi'n meddwl ella y bydd Miriam yn gallu'n helpu ni, Peris. Felly 'dan ni angen deud wrthi pam 'dan ni yma go iawn.'

Cwrliodd gwefusau Peris. 'Ein helpu ni gyda *ti'n-gwbod-beth,* ti'n feddwl? Ti'n siŵr bo 'na'n syniad da?'

'Ym... oes 'na un ohonoch chi am ddweud wrtha i be

sy'n mynd mlaen?' torrodd Miriam ar eu traws. 'Does gen i dal ddim syniad sut dwi fod i'ch helpu chi. Helpu efo un o dy ddyfeisiadau di, Damelsa?'

''Sa hynny'n beth braf,' atebodd Damelsa. Pwyntiodd at y gadair oedd wrth y ddesg. 'Yli, ista lawr yn fan hyn a 'na i esbonio bob dim. Bydd hyn yn eitha lot i gymryd i mewn, ond tria gadw meddwl agored, iawn?'

Dros yr awr nesa bu Damelsa wrthi'n adrodd hanes yr holl ddigwyddiadau diweddar i Miriam — a'i damcaniaeth am Gastell Cyndeyrn. Gwyddai'n iawn ei bod hi hwyrach yn camu'n glòs at ochr y dibyn, ond ar hyn o bryd roedd angen pob help posib arni.

Er mawr syndod, dyma Miriam yn gwrando ar y cwbwl heb gynnwrf na ffws na ffwdan, a phan gyflwynodd Damelsa yr Arglwydd Beblych iddi, llwyddodd i ddweud 'helô' bach cwrtais wrtho hyd yn oed. 'Waw,' meddai Miriam ar ôl i Damelsa orffen. 'Wel, dôn i ddim yn disgwyl hynna. Sori am dy Nain. Ond mae o'n reit gyffrous dy fod ti wedi etifeddu'r pwerau arbennig 'na. Dwi wastad wedi bod isio gweld ysbryd!'

'Felly ti'n coelio ynddyn nhw?' holodd Damelsa.

'O yndw! Mae Dad yn dod o India, ac mae nifer fawr yn credu mewn ysbrydion yno. Maen nhw'n grediniol nad ydi enaid person wastad yn croesi i'r ochr draw ar ôl iddyn nhw farw.' Meddyliodd am eiliad. 'A dweud y gwir, mae hwnna'n syniad hyfryd ar gyfer cerdd! Cerdd mewn cwpledi'n odli ella... neu gerdd rydd...'

'E? Am beth ma' hon yn wilibawan?' gofynnodd Peris, gan grychu ei drwyn.

'Mae Miriam yn fardd, Peris,' atebodd Damelsa. 'Ddudis i ei bod hi'n galon feddal, on'd do?' Pwniodd Miriam yn ei hochr, a chwarddodd y ddwy.

Rhoddodd Peris ei gomic ar y bwrdd bach wrth y gwely. 'Felly ti moyn mynd i gael pip ar Gastell Cyndeyrn?' gofynnodd.

Nodiodd Damelsa, gan gymryd deilen o letys o gawell Aelhaearn er mwyn i'r creadur bach gael cnoi arno.

'Be ti'n feddwl, Miriam? Wyt ti'n meddwl fod o'n bosib bod Nain yn cael ei chadw yno?'

'Wel, fel rôn i'n deud, does 'na neb yn mynd mewn nac allan. Ac mae 'na lwyth o gelloedd tanddaearol. Ac...' Ar y gair dyma syniad newydd yn ei tharo.

'Ac...?'

'Fedra i ddim gaddo, ond dwi'n cofio Mam yn deud bod sôn ers talwm bod gan arglwyddes y castell stafell ddirgel lle'r oedd hi'n cadw ei thlysau a'i thrysorau gwerthfawr. Yn ôl pob tebyg mae'r ffordd i mewn drwy ddrws cudd yn ei stafell wely.'

'Gwych!' meddai Damelsa. 'Mi gei di ddangos i ni lle mae ei stafell wely. Mi fydd fan 'na yn le da i ddechrau chwilio. Awn ni heno!'

'Be am Miss Callwen?' holodd Miriam. 'Ddylsan ni ddweud wrthi hi?'

Ysgwydodd Damelsa ei phen. 'Ella ei bod hi'n llai llym nag oeddan ni'n feddwl, ond mae hi dal yn oedolyn! Does dim gobaith caneri y byddai'n fodlon i ni grwydro o gwmpas hen adfail yn hwyr yn y nos.'

'Ond beth os gawn ni'n dala'n tresbasu?' gofynnodd Peris. 'Allen ni gael ein hala i'r jael! Gallen ni gael ein cloi lan gyda rhyw droseddwr... lleidr... llofrudd!'

Trodd Damelsa ato. Gan geisio peidio â chynhyrfu, cymrodd anadl ddofn. 'Peris, mae fy Nain wedi cael ei herwgipio. Mi fasa'n well gen i dreulio gweddill fy mywyd mewn carchar tywyll du na difaru peidio gwneud digon i drio'i hachub hi. Rŵan, wyt ti efo fi, 'ta be?'

Tyrchodd Peris lewys ei byjamas. 'Odw... sori... wrth gwrs bo fi.'

Tynnodd Damelsa ei ffrindiau yn nes a sibrwd. 'Iawn, dyma'r cynllun. Mae'n Noson Calan Gaeaf. Bydd pawb mewn gwisg ffansi heno, felly dyma'r amser perffaith i ni sleifio trwy'r pentre ac i'r castell heb i neb ein nabod ni.'

Rhoddodd Aelhaearn ar y ddesg a gafael yn ei Mwgwd

Anhysbys, a'i ddal at ei hwyneb. 'Ac mae gen i'r wisg ffansi orau erioed!'

'Gwych!' atebodd Miriam.

'Sbwci!' dwedodd Peris.

'A beth amdana i?' holodd yr Arglwydd Beblych. 'Fasa modd i mi gael gwisg ffansi hefyd? Mwstash ella, a sbectol?'

'O, yn bendant, achos does 'na ddim byd mwy amheus na phenglog mewn sbectol efo mwstash!' meddai Damelsa. 'Dwi'n credu mai aros fan hyn fasa galla i chi, Arglwydd Beblych. Mi fedrwch chi ddelio efo Miss Callwen os bydd hi'n dechrau gofyn cwestiynau.'

*   *   *

Y noson honno, gyda'r tywyllwch dudew yn gwrlid dros y fro, sleifiodd Damelsa, Miriam a Peris yn llechwraidd allan o Ysgol Bronmeirwon, a mentro'n ddistaw nôl i Fwthyn Blegerwyd i ôl rhai o fygydau siâp penglog Nain Myfi — un i Miriam yn goch fel gwaed â cherrig gloyw drosto; ac un i Peris, yn fwgwd efydd gyda dannedd hirion cam yn ei ffyrnigo. Gyda Damelsa'n gwisgo ei mwgwd pren ei hun, roedd y tri yn edrych fel unrhyw griw arall o blant yn cychwyn allan i ddathlu Calan Gaeaf yng ngolau'r lloer.

Arweiniodd Damelsa'r ffordd ar hyd y stryd fawr, yn

gwibio i mewn ac allan o'r coed wrth fynd, ei bag llawn dyfeisiadau'n clecian. Yn goleuo ffenestri pob tŷ ar hyd y ffordd roedd pwmpen yn gwenu'n llydan â'i llygaid yn fflamgoch. Ac ar gornel pob stryd roedd clwstwr bach o blant wedi gwisgo fel bwystfilod, gwrachod a fampirod, eu sgyrsiau bywiog yn adleisio drwy'r pentre. Syllodd Peris ar y bwcedi bach yn eu dwylo, pob un yn wledd o felysion, losin, fferins a phethau da eraill.

'Jawch, mae hwnna'n edrych fel tase fe'n lot o hwyl!' meddai, ei lais yn drist. 'Sai erioed wedi bod mas ar Noson Calan Gaeaf. Smo Dad yn gadel i fi.'

'Gwneud y castiau, dyna'r rhan orau!' meddai Damelsa gyda gwên ddireidus. 'Llynedd, 'nes i ddyfeisio cnecfom i'w ffrwydro yn stafell Watcyn Un a Watcyn Dwy! 'Nes i gymysgu amonia a swlffwr, a 'chydig bach o gaws glas drewllyd Nain — roedd eu coridor nhw'n drewi fel penôl buwch tan ar ôl y Nadolig, yn ôl pob sôn!' Daliodd ei thrwyn ac esgus clywed sawr rhech slei, a chwarddodd Peris a Miriam.

'*Chdi* 'nath hynna?' gofynnodd Miriam. 'Roedd yr efeilliaid yn meddwl fod o rywbeth i neud efo pibau tai bach yr ysgol! Ddaru eu tad nhw sgwennu at Miss Callwen i gwyno hyd yn oed! Hilêr!'

Nodiodd Damelsa yn falch. 'Dewch, well i ni siapio.

Pwy a ŵyr, os ffeindiwn ni Nain, ella bydd gynnon ni amser i neud tric neu ddau nes mlaen!'

O fewn dim o dro roedd y tri wrth y gatiau mawr tu allan i Gastell Cyndeyrn. Safodd y tri yn un haid yn y cysgod, yn sbecian trwy'r reilins ar yr adfail tu draw. Yn union fel y darluniodd Damelsa'r lle yn ei phen, roedd y murddun mawreddog yn dywyll yng nghysgod y nos, y muriau'n dalsyth a'r tyrrau'n gam, a phob un o'r rheiny'n goron garegog ar yr uchelgaer. O gwmpas yr agoriadau oer fu unwaith yn ffenestri golau, gwelai eiddew yn nadreddu, a gwe pry cop yn llenni dyrys o gornel i gornel.

'Ych a fi, mae'r lle 'ma mor crîpi,' cwynodd Peris. Pwyntiodd at y coed derw anferth oedd yn troi a throelli tua'r nen y naill ochr a'r llall i'r fagwyr hynafol, ac yn dal y muriau musgrell rhwng bysedd crebachlyd eu brigau. 'Mae e'n dishgwl fel rhywbeth mas o ffilm iasoer.'

'Mi fyddwn i'n iawn os arhoswn ni efo'n gilydd,' meddai Damelsa, a hithau yr un mor awyddus i ddwyn perswâd arni hi ei hun ag oedd hi ar ei ffrindiau. Tynnodd ei Chap Meddwl yn is dros ei phen, a chrensian ei dannedd. 'Dewch, i mewn â ni.'

Dros y gatiau â nhw, gyda Miriam yn eu harwain tuag at dywyllwch bwa cefngrwm y porth anferthol. Gallai Damelsa deimlo'i chalon yn curo a rhyw ias yn tasgu drwy ei dwylo — nid am fod ofn y gargoels cegrwth cerrig oedd yn syllu'n frawychus o'r entrychion, na chwaith yr ystlumod oedd yn hedfan rhwng dannedd teilchion yr adfail. Ofni oedd hi am beth fyddai'n ei ffeindio i mewn ym murddyn y castell. Tybed a fyddai Nain Myfi a Mot wedi cael eu cloi yn rhywle? Tybed a fydden nhw wedi cael eu hanafu?

Estynnodd Damelsa am yr allwedd rydlyd yn ei phoced. Gyda'i llaw yn crynu, rhoddodd y goriad yn nhwll y clo, a'i droi.

Gollyngodd ei hanadl mewn rhyddhad.

Sgrechiodd y drws ar agor fel cath flin. Roedd ei damcaniaeth yn gywir! Allwedd i'r castell oedd hon!

Heb yngan gair camodd i mewn, ei ffrindiau'n dynn ar ei sodlau. O'u blaenau roedd neuadd fawr oedd wedi mynd â'i phen iddi, stafell lle'r oedd amser wedi sefyll yn stond a rhewi. Roedd llenni blêr yn hongian o flaen y ffenestri, ac o boptu roedd hen, hen ddodrefn bregus, pob un bron iawn â disgyn yn ddarnau ar ôl bod yn bryd blasus i sawl pryfyn dros yr oesau. O gwmpas y canwyllbrennau crog o'r nenfwd gwelai ambell i gleren yn swnian mewn cylchoedd diddiwedd, a thros bob dim gwelai haenen drwchus o lwch fel carped o fwsog tew.

Llusgodd Damelsa ei bys ar hyd un o'r silffoedd ffenest

nes bod ei chroen yn ddu. 'Mi wn nad fi 'di'r ora am llnau fy stafell wely adre, ond mae'r lle 'ma fatha twlc!'

Gan anelu golau eu fflachlampau tuag at y llawr, aeth y tri dewr ymlaen mewn rhes, wrth i Miriam eu harwain i fyny'r grisiau troellog anferth oedd yn esgyn i'r tywyllwch. Roedd pren canllaw'r grisiau yn teimlo'n wlyb, a phydredd y gorffennol yn halogi'r awyr, yn amdo trwm fel clogyn am eu cylch. Griddfanodd y grisiau dan eu pwysau, ac ar sawl achlysur trodd Damelsa'n sydyn i edrych yn ôl gan feddwl bod rhywun yn eu dilyn. *Paid â bod ofn,* meddai wrth ei hun, wrth roi un droed o flaen y llall. *Jest meddylia am Nain Myfi. Ti'n gwneud hyn er mwyn Nain Myfi.*

'Reit, dyma ni, dwi'n meddwl,' meddai Miriam, wedi iddyn nhw gyrraedd drws enfawr ar lawr uchaf oll y castell. Roedd y drws wedi ei gerfio'n gain, yn batrymau i gyd, gydag olion o aur arno — ond roedd unrhyw beth oedd yn waith metel ar y drws yn frau dan rwd. 'Dyma stafell wely arglwyddes y castell.'

Heb oedi dim, gafaelodd Damelsa yn nolen y drws. Ond er iddi ymdrechu ei gorau glas i'w agor, doedd y drws ddim am symud yr un fodfedd. *'Drapia!* Protonau Piwis,' rhegodd. 'Mae'r drws 'di gloi!'

'Damelsa, paid â chynhyrfu,' meddai Miriam, gan

gamu ymlaen. 'Mae hynna'n arwydd *da* — mae'n awgrymu y gall fod rhywbeth wedi ei guddio tu fewn! Rŵan camwch yn ôl, y ddau ohonoch.'

Dyma Damelsa a Peris yn ufuddhau a rhedodd Miriam fel tarw wysg ei hysgwydd i mewn i'r drws. Ar ôl rhoi cynnig arni ddwywaith neu dair, agorodd y drws gyda chlep swnllyd.

'Waw! Gwych!' meddai Peris, gan edrych ar Miriam â pharch o'r newydd. 'Wir nawr... ôdd hwnna'n *wych*.'

Gwridodd Miriam. 'Diolch, Peris.'

Wrth gamu i mewn daeth yn amlwg fod y stafell yn dipyn o balas, a'r muriau wedi eu haddurno â thapestrïau drudfawr coeth a drychau ysblennydd crand. Ar y llawr roedd carped moethus a phatrwm cain yn wead drwyddo, ac yng nghanol y stafell, hen wely pedwar-postyn â phaneli o ddefnydd trwm yn llenni o'i amgylch. Roedd y stafell hon mewn llawer gwell cyflwr na gweddill y castell, a gobaith Damelsa oedd bod hynny'n golygu bod rhywun yn dal i'w defnyddio.

'Reit,' meddai, gan frasgamu i mewn a chael trefn ar ei ffrindiau fel petai'n un o swyddogion y fyddin. 'Mae'n rhaid i ni chwilio ym mhob twll a chornel. Mae'n *rhaid* i ni ddod o hyd i'r ffordd i mewn i'r stafell ddirgel. Peris, dos di i weld os oes rhywbeth ar y silffoedd. Miriam, chwilia di yn y cypyrddau, ac mi wna i chwilio tu ôl i'r lluniau a'r drychau. A da chi, beth bynnag wnewch chi, peidiwch â thynnu'ch mwgwd.'

Nodiodd y ffrindiau a dechrau ar y gwaith o droi'r stafell ben i waered — papurau dros y llawr, dodrefn yn bendramwnwgl, a'r drychau i gyd i ffwrdd o'r muriau. Gyda phob *clec* a *bang,* gobaith mawr Damelsa oedd bod un o'i ffrindiau wedi dod o hyd i rywbeth allweddol. Wrth iddi dynnu paentiadau oddi ar y waliau, ceisiodd ddychmygu ymateb Nain Myfi petaen nhw'n dod o hyd iddi. Dychmygodd fynd â hi nôl adre i Fwthyn Blegerwyd, llenwi'r tebot, ac aros wrth ei hymyl yn oes oesoedd.

Ond awr yn ddiweddarach, doedd y criw ddim wedi ffeindio unrhyw beth.

'Damelsa, fi'n credu dylen ni symud mlân,' meddai Peris, gan eistedd ar y gwely mawr yn fyr ei wynt. 'Sdim byd 'ma. Falle taw dim ond straeon oedd y straeon am y stafell ddirgel. Gallen ni jeco'r dwnjwns, falle?'

Trodd Damelsa ato. 'Tyrd i ni ddal i chwilio am 'chydig bach mwy. Ella bod Nain Myfi yn llythrennol ond droedfedd neu ddwy i ffwrdd. Fedrwn ni ddim rhoi'r ffidil yn y to rŵan!'

'Ond fi 'di blino'n shwps,' cwynodd Peris, gan orwedd ar ei gefn. 'Fi am gael hoe fach.'

'Iawn!' meddai Damelsa, yn flin gyda Peris am ei ddiffyg dyfalbarhad. 'A deud y gwir, pam nad ei di adra? Mi alla Miriam a finna neud hyn hebddat ti. Rwyt ti'n fwy o fabi dadi nag ôn i'n feddwl!'

Disgynnodd ysgwyddau Peris. 'Hei, smo hwnna'n deg. Smo i'n fabi dadi!'

'Wyt, mi wyt ti!' atebodd Damelsa.

'Nagw i!'

'WYT!'

'NAGW I!' Neidiodd Peris ar ei draed a tharo'i droed ar y llawr yn flin. 'FI DDIM! FI DDIM! FI DDIM! Ti jest ishe bod y bos drwy'r amser, a ti ffaelu godde pan mae rhywun yn anghytuno 'da ti!'

'O, dowch, chi'ch dau,' meddai Miriam, wrth symud rhwng y naill a'r llall. 'Does dim angen ffraeo. Beth am i chi'ch dau ymddiheuro i'ch gilydd a...'

Rhewodd ar ganol ei brawddeg.

O ben arall y stafell, daeth sŵn gwichian uchel i aflonyddu'r clustiau. Trodd y tri ar eu hunion i weld...

Er mawr syndod, roedd un o'r silffoedd llyfrau yn agor led y pen fel drws enfawr, gan ddod i stop wrth daro'r wal gyferbyn â *chlonc* galed.

Ac yno, o flaen eu llygaid, roedd drws cudd.

PENNOD 28
Y Stafell Ddirgel

Dyna lle'r oedd y triawd yn sefyll yn geg-agored yng nghanol y stafell.

'Sh-shwd ddigwyddodd 'na?' gofynnodd Peris. 'Shwd agorodd y silff lyfre ar ben ei hunan fel 'na?'

Gwibiodd llygaid Miriam o gwmpas y stafell. 'Edrych!' meddai, gan bwyntio at droed Peris. '*Ti* agorodd o! Dyna fo'r botwm, yn fan 'na.'

Edrychodd Peris a Damelsa i lle'r oedd Miriam yn pwyntio, a gweld botwm bach coch wedi ei guddio ym mhatrwm troellog y carped o dan ei droed.

'Mae'n rhaid dy fod ti wedi sefyll arno yn dy stomp ac agor y silff lyfrau,' meddai Damelsa. 'Ella dyliwn i dy wylltio ti'n amlach.'

Tuchodd Peris.

Meddalodd llais Damelsa. 'Mae'n ddrwg gen i am fod mor flin efo ti.'

'A fi,' atebodd Peris.

'Ylwch, hapus dyrfa, am be 'dan ni'n aros?' meddai Miriam â gwên ar ei hwyneb. 'Dowch i ni fynd mewn!'

Bob yn dipyn bach ar fodiau ei thraed, dynesodd Damelsa at y stafell ddirgel. Roedd y tu mewn fel y fagddu, ond o'r tywyllwch deuai chwa o arogl cryf oedd yn gwneud i'w phen droi. Roedd rhywbeth cyfarwydd am yr arogl hwn. Arogl cemegol, efallai? Neu arogl un o Gynhwysion yr Adfywio?

Ymbalfalodd am switsh golau, cyn dod o hyd iddo. *Clic.*

Llenwodd y stafell â goleuni, ac am eiliad, safodd Damelsa, Miriam a Peris fel delwau, fel petaen nhw'n syllu mewn i ogof drysor Harri Morgan.

Oherwydd roedd pob modfedd o bob wal o'r stafell wedi eu gorchuddio â lluniau o Damelsa a Nain Myfi.

Roedd y lle fel cysegr sanctaidd i'r ddwy!

Gyda Miriam a Peris ar ei chynffon, mentrodd Damelsa yn ei blaen ac edrych o'i chwmpas. Roedd rhai o'r lluniau wedi eu tynnu dros flwyddyn yn ôl, ond roedd rhai mor ddiweddar â'r penwythnos dwetha! Tynnodd un oddi ar y wal i gael golwg mwy manwl arno — llun ohoni hi ar ei beic yn mynd i'r ysgol, a nodyn oddi tano yn dweud:

Dydd Mawrth 18 Mehefin — Dim golwg o'r pwerau goruwchnaturiol eto.

Roedd llun arall ohoni yn ymlacio yn yr ardd gyda Nain Myfi — llun oedd yn edrych fel petai wedi cael ei dynnu o ganghennau uchel un o'r coed ceirios ar y lôn gefn. Wrth ochr y llun roedd nodyn arall yn dweud:

Dydd Sadwrn 31 Awst — Dal dim arwydd o unrhyw weithgaredd goruwchnaturiol.

Dyma beth oedd darganfyddiad; un brawychus ac anodd ei dderbyn. Crychodd Damelsa ei llygaid yn fach. Roedd fel petai ei bywyd i gyd wedi ei osod allan o'i blaen, yn glytwaith o bopeth oedd hi wedi eu gwneud yn ddiweddar. Dechreuodd ei stumog droi, a chododd croen gŵydd ar hyd ei breichiau. Roedd yr Ysbeiliwr wedi bod yn ei gwylio ers misoedd! Sut fethodd hi â sylwi arno?

'Ocê, mae hyn yn rhyfedd *iawn,*' meddai Miriam, gan edrych dros ysgwydd Damelsa. 'Pwy sy 'di bod yn tynnu'r lluniau 'ma i gyd? A sut wnest ti ddim sylwi?'

'Dwi... dwi...' mentrodd Damelsa, ond roedd hi'n

dechrau mynd i banic, ac estynnodd am y wal i gael pwyso arni. Suddodd i'r llawr, ei chalon yn curo a'i chorff yn crynu.

Neidiodd Peris i'w helpu. 'Ocê, mae hyn wedi mynd ddigon pell, Damelsa. Ni'n mynd â ti yn ôl i Fronmeirwon, nawr. Dyw pwy bynnag 'nath hyn ddim hanner call, a dyle fe gael ei dwlu i'r jael! Hyd yn oed os yw'r heddlu ddim yn credu dy fod ti yn Ysbrydolyn, mae mwy na digon o dystiolaeth fan hyn i aresto rhywun am browlan a herwgipio!'

Roedd Damelsa'n rhy wan i ddadlau. Roedd holl ddigwyddiadau'r dyddiau dwetha wedi dangos eu hôl, a'r datguddiad diweddara hwn oedd yr hoelen ola yn yr arch. Sut yn y byd oedd hi'n meddwl y gallai drechu'r Ysbeiliwr ac achub Nain Myfi? Dim ond plentyn oedd hi, wedi'r cwbwl.

Gyda'i braich am ei hysgwydd, cododd Miriam Damelsa nôl ar ei thraed. 'Tyrd,' meddai. 'Bydd pob dim yn iawn.'

Ond wrth iddyn nhw gamu nôl i'r stafell wely, dyma rywbeth yn dal llygaid Damelsa. Yn bentwr ar ben cwpwrdd ffeilio wrth y drws cudd roedd casgliad o hen bapurau. Ar y top roedd taflen, ac ar ei chlawr, llun o fynwent.

Torrodd Damelsa'n rhydd o freichiau ei ffrind, a chododd y daflen i'w darllen:

MYNWENT GALAR TRAGWYDDOL

MYNWENT HARDD YNG NGHANOL

CEFN GWLAD CYMRU.

LLE SY'N AROS YN Y COF;

LLE I GOFIO ANWYLIAID.

Edrychodd Damelsa yn sydyn drwy weddill y daflen. Roedd lluniau o goed ywen, cerrig bedd, angylion yn gerfluniau, a...

Disgynnodd dalen o bapur o'r daflen. Cododd Damelsa'r papur. Arno roedd y geiriau:

HEDDWYN PANTLLWCH

YMGYMERWR A THREFNWR ANGLADDAU

DYDDIAD A LLEOLIAD YR ANGLADD:

12 TACHWEDD, MYNWENT GALAR TRAGWYDDOL

ARCH A GWASANAETHAU.............................£400.00

SAFLE (PLOT 10345, MYNWENT GT)..............£200.00

AGOR A CHAU'R BEDD...................................£25.00

LLOGI HERS..£150.00

BLODAU...£85.00

TALWYD YN LLAWN

Safai Damelsa yno'n syn, heb symud modfedd.

'Beth yw e?' holodd Peris, gan sefyll wrth ei hymyl. 'Ti 'di ffeindio rhywbeth defnyddiol?'

'Dwi... dwi'n meddwl 'mod i,' baglodd Damelsa. Pwyntiodd, ac edrychodd ei ffrindiau ar y nodyn. 'Derbynneb ar gyfer angladd. Beth os mai hon 'di'r dderbynneb ar gyfer angladd y person mae'r Ysbeiliwr isio nôl trwy Atgyfodi'r Meirw?'

Edrychodd Miriam ar y darn papur. 'Mi allai hynna wneud synnwyr. Mae'r fynwent yna reit agos at Bont yr Heliwr, lle maen nhw isio dy gyfarfod di. Aeth Mam â fi yno unwaith i drio dod o hyd i ddarn bach o hanes.'

'A falle taw dyna ble maen nhw'n cadw Nain Myfi hefyd!' ychwanegodd Peris. 'Falle taw'r stafell hon yw eu pencadlys nhw!'

Edrychodd Damelsa ar ei ffrindiau â gobaith yn ei chalon unwaith eto. Dyna'r lle i fynd er mwyn achub Nain Myfi!

Ond byr oedd y gorfoledd.

'Wel, wel, wel! Be sy'n mynd mlaen yn fa'ma, 'ta?'

Daeth cysgod i oeri'r stafell ddirgel. Trodd y plant ar eu sodlau i weld siapiau Gomer a Brân yn llenwi'r drws, y naill a'r llall yn gwenu'n filain.

'Ym... cast 'ta ceiniog?' mentrodd Damelsa, ei llais yn

crynu wrth iddi ddal y mwgwd o flaen ei hwyneb. 'Oes gynnoch chi fferins i ni?'

'Ha! Doniol iawn, Damelsa!' meddai Brân, gan frasgamu i mewn i'r stafell ddirgel. Roedd ei wyneb yn chwyslyd a slic, fel darn amrwd o gig pinc. 'Ond 'dan ni'n gwbod yn union pwy wyt ti a be ti'n neud yn fa'ma!' Llamodd at Damelsa a rhwygo'r mwgwd oddi ar ei hwyneb.

'Fel oeddan ni'n ama!' meddai Gomer, gan bigo'i drwyn a'i sychu ar ei drowsus. 'Mi fydd y bos *yn* falch o weld y cena 'ma mor fuan â hyn! Ond pwy 'di dy ffrindia bach di, tybed?'

Daeth y dyn yn nes, ac wrth i Miriam a Peris ddal eu masgiau wrth eu hwynebau, sgrialodd Damelsa am yn ôl i geisio'u gwarchod. 'NA! Cadwch draw!' gweiddodd yn uchel. 'Neu... neu...'

'Neu be?' meddai Brân. 'Tydi ambech gleciwr ddim yn mynd i'n dychryn ni tro 'ma, cyw! A does 'na neb yma i'ch clywed chi'n sgrechian, blantos!' Atseiniodd ei chwerthin cras wrth iddo daflu ei ben tew am yn ôl.

Roedd Brân yn llygad ei le. Gwyddai Damelsa'n iawn ei bod hi wedi bod yn lwcus ofnadwy yn ystod Cymanfa'r Meirw, ond doedd dim dianc iddi'r tro hwn. Diferodd pob gobaith allan ohoni wrth iddi weld y ddau glob yn camu ati yn ystwytho eu dyrnau bras...

'*Chi* fydd yn sgrechian!' gweiddodd Miriam yn sydyn. Daeth rhyw nerth rhyfeddol i'w breichiau wrth iddi afael yn y cwpwrdd ffeilio a'i luchio tuag at y brodyr. Trodd yr eiliadau'n funudau wrth i'r cwpwrdd ddisgyn fel coeden yn dymchwel, a glanio'n blwmp ar draed y brodyr bygythiol.

'*Iaaaaaaaaaw!*' udodd Gomer, gan gloffi yn yr unfan.

'Bodiau bach fi!' bloeddiodd Brân gan wylofain.

Edrychodd y plant ar ei gilydd.

'Rhedwch!' gweiddodd Miriam. 'Rŵan!'

Igamodd y plant heibio'r brodyr, gyda Damelsa'n ogamu wrth ymyl Gomer i roi cic galed iddo yn ei goes.

'Mae *honna* am herwgipio Nain!' chwyrnodd, cyn symud ymlaen at Brân a rhoi clep o ergyd iddo ar ei gefn. 'Ac mae *honna* am fwyta'r tamaid ola o'r porc pei!'

PENNOD 29

Dianc

Miriam oedd yn arwain eu dihangfa drwy goridorau blêr a chynteddau llwm y castell. Roedd y nos yn dywyll erbyn hyn, a naws rynllyd yr awyr yn treiddio drwy'r craciau yn y ffenestri. Gwyddai Damelsa mai cyrraedd y prif risiau fyddai'r ffordd gyflyma o'u cael nhw at borth y castell, ond roedd pob tro gymrai Miriam fel petai'n eu tywys yn ddyfnach ac yn ddyfnach i grombil y gaer.

'Ti'n siŵr 'dan ni'n mynd y ffordd iawn?' galwodd Damelsa wrth iddyn nhw ddod i stop ar ben pellaf rhyw gyntedd hir. Yn eu hwynebu roedd hanner cylch o ddrysau, pob un yn union yr un fath. 'Tydi fa'ma ddim yn edrych yn gyfarwydd!'

'Ym... ym...' mwmiodd Miriam, gan ddechrau mynd i

banic wrth edrych o'i chwmpas. 'Dwi'm yn siŵr. Mae hi mor dywyll. Dwi'n meddwl ella ein bod ni wedi methu un troad...'

Ac yn waeth fyth, roedd sŵn traed trwm Brân a Gomer i'w clywed yn agosáu.

'Maen nhw'n mynd i'n dala ni!' llefodd Peris.

Camodd Damelsa ymlaen, gan edrych yn wyllt o un drws i'r llall. 'Bydd yn rhaid i ni ddewis un o'r drysau, a gobeithio fod o'n arwain i rywle!'

Gwingodd Peris. 'Nagos gyda ti ryw ddyfais yn dy fag fydde'n gallu gweud wrthon ni pa ddrws i agor? Yr Organ Darogan, neu rywbeth?'

'O, oes, achos mae gen i wastad gyfarpar cegin enfawr yn fy mhoced,' atebodd Damelsa â gwawd yn ei llais. 'Wna i nôl o rŵan. Rho eiliad i mi!'

Roedd y sŵn traed yn agosau, fel petai dau rinoseros yn rhedeg amdanyn nhw mewn sgidiau sodlau dur. Roedd Brân a Gomer yn beryglus o agos!

'Hwn! Y drws yma!' ebychodd Damelsa, gan bwyntio ar hap at un o'r drysau. Gyda phlwc nerthol tynnodd y ddolen a gwasgodd y plant eu ffordd drwy'r bwlch.

Yr ochr draw i'r drws agorai stafell gron â nenfwd uchel, a phob un o'r muriau â hen dapestris di-liw yn frodwaith drostynt. Mewn un gornel yn hel llwch roedd piano cyngerdd, yn fudan fel petai neb wedi taro'r un nodyn o'r ifori du a gwyn ers blynyddoedd maith.

'O na… sdim ffordd mas!' meddai Peris, gan edrych o'i gwmpas yn wyllt. 'Dyma'n diwedd ni!'

'Brysiwch, drïwn ni ddrws arall!' gweiddodd Miriam, gan droi nôl.

Ond roedd hi eisoes yn rhy hwyr.

Daeth dau gysgod trwsgwl i lenwi'r stafell wrth i'r brodyr lusgo'u hunain i mewn.

'Ŵŵŵ, petha bach cyflym ydach chi, 'nde?' tuchodd Gomer. 'Dwi ddim 'di gorfod rhedeg mor gyflym â hynna ers i'r glas ddod ar ôl fi mis dwetha am ddwyn lolipop yr hogyn 'na!'

'Paid poeni, mêt. 'Dan ni 'di dal nhw rŵan,' meddai Brân, gan folltio'r drws ar ei ôl. Cododd ei wefusau yn wên frawychus, ei ên yn gwthio i fyny o flaen ei geg.

'Do tad!' cytunodd Brân, gan fachu bwyell rydlyd o arfwisg oedd yn sefyllian gerllaw. Brasgamodd tuag at Damelsa. 'Gobeithio bo chdi ddim yn rhy hoff o dy glustia, achos dyma'r geiria ola ti'n mynd i glywad!'

Cododd yr arf fry uwch ei ben, ac wrth i'r fwyell ddisgyn drwy'r awyr gollyngodd Peris sgrech arswydus.

O drwch blewyn, neidiodd Damelsa o ffordd y llafn miniog.

Tarodd y fwyell y marmor ar lawr â chlec fetel gras, gan ddryllio'r garreg fel iâ yn hollti ar lyn rhewllyd.

'Y jadan slei!' chwyrnodd Gomer, gan grafu ei ben-ôl cyn chwipio'r fwyell o'r llawr. 'Paid poeni, mae wastad yn cymryd munud neu ddau i fi g'nesu. Tri chynnig i Gymro, ia...'

'Hei, draw fa'ma, y lembos gwirion!' galwodd Miriam. 'Barod am fwy o boen?' cododd ei llaw ar Brân a Gomer cyn tynnu copi o *Blodeugerdd o'r Bedwaredd Ganrif ar Bymtheg* o'r silff gerllaw, a'i ddal yn agos at ei chlust.

Roedd hyn yn ddigon i ddrysu'r brodyr, wrth iddi ddechrau troi a throi ar un droed, yn troelli yn ei hunfan fel petai mewn mabolgampau, yn cyflymu gyda phob tro.

'Ymmm... be sy'n mynd mlaen?' mwmiodd Gomer wrth iddo wylio'r corwynt dynol yn troelli o'i flaen. Be mae'n neud?'

Ond cyn i'w frawd gael cyfle i ateb, roedd Miriam wedi gollwng y llyfr oedd bellach ar wib drwy'r awyr fel pelen o bwysau trwm. Tarodd y gyfrol Gomer ar ochr ei geg, a disgynnodd yn ôl yn erbyn y drws fel sach o datws, yn griddfan mewn poen.

'Wel y...!' rhuodd Brân, gan lamu ymlaen yn sgyrnygu. 'Gei di dalu am hynna!'

Roedd Miriam eisoes wedi gafael mewn llyfr arall, a

chyn i'r llabwst gael cyfle i ymateb roedd y gyfrol honno wedi ei daro'n glep rhwng ei lygaid. Disgynnodd wysg ei gefn i'r llawr wrth ymyl at ei frawd.

'Ŵŵŵŵ, sêr!' meddai'n dirion, gan syllu i wagle'r nenfwd. 'Am sêr bach del!'

'Waw!' meddai Peris yn garbwl, gan edrych yn syfrdan ar y llabystiaid lloerig. 'Miriam, roedd hwnna'n an-hy-goel!'

'*Rhyfeddol* o anhygoel!' ychwanegodd Damelsa'n frwdfrydig. '*Arbennig o ryfeddol* o anhygoel!'

'Diolch,' atebodd Miriam. 'Ond dwn i'm am ba hyd fyddan nhw lawr. Well i ni ei bachu o 'ma'n go handi!'

'Ond shwd?' gofynnodd Peris, gan edrych ar y brodyr. 'Mae'r ddau gwlffyn mawr 'ma'n bloco'r drws!'

Edrychodd Damelsa o'i chwmpas, a sylwodd ar ffenest fawr y tu ôl i lenni trwm. Gwenodd — roedd y ffenest yn agor ar falconi! 'Dilynwch fi!'

Heb oedi, gyda Miriam a Peris y tu ôl iddi, brysiodd draw a gwthio'r hen ffenest rydlyd. Daeth y gwynt a'r glaw fel hergwd i daro'i hwyneb, a dechreuodd ei dannedd glecian fel yr allweddau ar deipiadur. Er mai ar lawr cynta'r castell oedden nhw, roedd y ddaear islaw yn teimlo'n bell i ffwrdd. Yn ffodus, roedd piben ddŵr yn glynu at fur y castell yr holl ffordd lawr i'r cwrt oddi tano.

'Damelsa, ti'n siŵr am hyn?' gofynnodd Peris, gan edrych dros ochr y balconi.

'Nacdw, ddim felly, ond does gynnon ni ddim dewis,' atebodd. 'Dewch.'

Estynnodd Damelsa am y biben gyda'i dwy law i gael syniad o ba mor ddiogel oedd hi. Er iddi wichian yn bryderus, cadwodd y biben yn sownd wrth y wal.

Estynnodd Damelsa ei choesau am fol y biben, gan wasgu ei chluniau yn dynn amdani. Yna, un ar ôl y llall, dilynodd ei dwylo. Cyn pen dim roedd hi wedi cyrraedd y llawr, ac er poen yr ymdrech — ei bysedd wedi rhewi a'i choesau ar dân — gwyddai fod y ddaear yn ddiogel o dan ei thraed.

Llwyddiant!

'Da iawn!' gweiddodd, wrth i Peris ddod i lawr ar ei hôl hi. 'Ti'n neud yn wych! Dal ati!' Cododd ymchwydd o falchder drwyddi oherwydd ymdrech ei ffrind. Yr adeg hon wythnos yn ôl, prin oedd Peris yn gadael y tŷ. Heno, roedd yn dringo i lawr piben ddŵr ar ochr wal hen gastell!

Ar ôl Peris dilynodd Miriam, a chyn hir roedd y triawd gyda'i gilydd yn saff nôl ar y ddaear. Yno ynghyd dan frigau coeden gerllaw, eu dillad yn wlyb diferu a'u gwallt yn glymau i gyd, safai'r tri yn union fel petai rhywun newydd eu codi o dymestl y môr. Teimlai Damelsa ei chorff yn crynu gan oerfel a chynnwrf.

'Yyyych,' pwffiodd Peris. 'Pam nag oedd y tywysogion yn rhoi liffts yn eu cestyll, gwedwch?! Bydde hwnna wedi neud pethe damed bach yn haws!'

'Wel, o leia tydi'r ddau benbwl 'na ddim wedi'n dilyn ni,' meddai Miriam, gan roi cip nôl i fyny at y balconi.

'Rhaid bod traw'r farddoniaeth wedi rhoi pen mawr i'r ddau ben dafad,' meddai Damelsa.

'Wel, ti'n gwbod be maen nhw'n ddeud — gorau arf, arf dysg,' medd Miriam gan wenu'n slei. 'Ond be nesa, 'ta? Be 'di'r cynllun, Damelsa?'

Twtiodd Damelsa ei Chap Meddwl. Roedd tân penderfynol yn llosgi o'r newydd yn ei bol. 'Dwi am fynd i Fynwent Galar Tragwyddol yn syth bin. Nain Myfi, dwi'n dŵad i'ch nôl chi!'

PENNOD 30
Melysion Goleuedig

Erbyn i'r plant gyrraedd y stryd fawr roedd y glaw, o'r diwedd, wedi peidio — ond roedd y cymylau duon yn dal yn gaddug yn y nen uwchben.

'Reit, dyma be 'dan ni am neud,' sibrydodd Damelsa gan dynnu ei ffrindiau yn agos ati. 'Miriam, Peris — ewch chi nôl i'r ysgol a gadael i Miss Callwen wbod ein bo ni'n saff.' Allan o'i bag tynnodd fap, a'i astudio'n fanwl. 'Mi af i ymlaen i'r fynwent. Os af i drwy Goedwig Ceubren, dwi'n meddwl y galla i gyrraedd yno'n reit handi. Os nad ydw i nôl o fewn awr neu ddwy, yna anfonwch help.'

'Damelsa, na!' meddai Miriam. 'Fedri di ddim cerdded drwy'r goedwig ar dy ben dy hun yr adeg yma o'r nos. Mae'n lot rhy beryg, hyd yn oed i ferch â bag yn llawn o ddyfeisiadau!'

Nodiodd Peris gan gytuno. 'Mae Miriam yn iawn. Smo ti 'di clywed yr hanes am Goedwig Ceubren? Mae e'n llawn eirth a bleiddiaid a bwystfilod!' Cymrodd anadl ddofn, a chamu mlaen. 'Fi'n dod 'da ti.'

'A fi!' meddai Miriam.

'Diolch,' atebodd Damelsa. 'Ond dwi wedi rhoi'r ddau ohonoch mewn peryg droeon yn barod. Ewch chi nôl am yr ysgol, ac mi ddo i ymuno â chi cyn gynted â phosib.'

'Na!' mynnodd Peris. 'Fi byth yn neud pethe danjerus; fi wastad yn dilyn y rheole. Ac odi, mae'r syniad o gerdded drwy'r goedwig dywyll 'na ganol y nos yn codi cryd arna i. Alla i ddim meddwl am unrhyw beth *gwaeth!* Ond mae hwn yn rywbeth sy'n rhaid i ni neud. Mae'n rhaid ni ddod â Nain Myfi sha thre, ac mae'n rhaid i ni neud e 'da'n gilydd.'

Crynodd gên Peris, ac roedd ei lygaid yn llawn ofn, ond roedd golwg benderfynol iawn arno hefyd. Am y tro cyntaf yn ei bywyd o bosib, gwyddai Damelsa nad dyma'r amser i fod yn benstiff ac ymddwyn fel arwres ddewr. Edrychodd ar y llawr a chnoi ei gwefus. 'Diolch. Faswn i wrth fy modd 'tai'r ddau ohonoch yn dod efo fi.'

''Na fe, wedi sorto, 'te,' atebodd Peris. 'Falle rhyw ddydd bydd awdur *Capten Teithwalch* yn sgrifennu comic am ein hanturiaethau ni! Ti fydd Damelsa Ddewr! Ac wrth gwrs bydd Miriam Mabolgampus yno hefyd.

Heb anghofio am Peris Penigamp!'

'Peris y Poen yn y Pen-ôl, ti'n feddwl!' meddai Damelsa gyda gwên. 'Dewch, well i ni fynd!'

Ymlaen â'r tri ar hyd y stryd fawr, heibio'r rhesi o siopau bach oedd wedi hen gau, a'r plant oedd yn gobeithio am felysion wedi hen fynd adref. Roedd lampau'r stryd yn taflu cysgodion arswydus ar hyd cerrig cobl y ffordd, ac er bod Damelsa wedi cerdded y lôn hon ganwaith o'r blaen, rhywsut roedd rhywbeth gwahanol am y stryd y tro hwn. Roedd fel petai pob cam yn mynd â hi yn nes ac yn nes at berfedd y dirgelwch, ac wrth iddyn nhw fynd heibio siop Mistar Winston, allai hi ddim peidio ag oedi i edrych ar arddangosfa'r ffenest oedd yn gysurus o gyfarwydd iddi. Syllodd yn hiraethus ar y pwmpenni wedi eu goleuo a'r jariau o ddanteithion melys. Rai wythnosau nôl gorfod dewis rhwng teisennod cnau coco a llygod siwgr oedd ei phroblem fwyaf — wythnosau oedd oes yn ôl bellach.

'Damelsa? Ti sy 'na?' Daeth sibrwd o ddrws y siop, a dyna ble'r oedd Mistar Winston yn ei grys nos a'i slipers. Roedd golau lamp yn goleuo'i wyneb, y llewyrch yn disgleirio ar ei ddant aur.

'M-Mistar Winston,' baglodd Damelsa. 'Ia, fi sy 'ma. A fy ffrindiau Peris a Miriam. Sori, doedden ni ddim yn bwriadu'ch deffro chi.'

'Paid â phoeni, rôn i ar ganol gwneud paned o laeth poeth. Beth mae'r tri ohonoch chi'n neud allan yr adeg yma o'r nos? Dim direidi Calan Gaeaf, gobeithio? Dim bomiau cnec eleni!' Gwenodd yn wybodus ar Damelsa.

Edrychodd Peris ar ei ffrindiau a llyncu ei boer. 'N-n-na! Dim drygioni. Yn bendant. Oedden ni'n... ym... ym...'

'Ar ein ffordd adref o'r ysgol,' meddai Damelsa'n hamddenol. 'Gawson ni wers hwyr arbennig i ddysgu am arferion bwydo creaduriaid y nos. Mae'n rhan o'r cwricwlwm newydd.'

Edrychodd Peris arni yn anghrediniol, ond nodiodd Mistar Winston heb amau dim. 'Dyna ni 'ta. Ond mae'n siŵr gen i fod yr holl waith 'na wedi codi tipyn o archwaeth arnoch chi, do? Fasech chi'n hoffi cael tamaid bach melys i aros pryd?'

Taniodd llygaid Damelsa fel golau car, a nodiodd heb feddwl dwywaith.

'Wel, dyna lwcus 'mod i wastad yn cario pecyn bach o dda-da at unrhyw achlysur, yntê?' Rhoddodd ei law yn ei boced ac allan daeth bag papur. 'Rysáit newydd sbon gen i yw'r rhain. Maen nhw'n goleuo yn y tywyllwch!'

Rhoddodd y bag i Damelsa. Ac yn wir, roedd y melysion crwn oedd ynddo yn llachar, yn goleuo fel peli bach o ffosfforws. Am ddifyr! Ar ddiwrnod arferol byddai Damelsa wedi cael modd i fyw yn holi Mistar Winston am fanylion y broses gemegol a ddefnyddiwyd i'w gwneud nhw, ond am y tro rhoddodd y pecyn bach yn ei bag, a gwneud nodyn yn ei phen i'w holi y tro nesa.

Wrth i'r plant adael y siop, safodd Mistar Winston wrth y drws a chodi ei law. 'Brysiwch adre nawr, ac yn syth i'r gwely. A chofia fi at dy Nain, wnei di, Damelsa? Dwi ddim wedi ei gweld hi ers tro.'

Wrth glywed sôn am ei nain llamodd calon Damelsa, a heb droi yn ôl, sibrydodd, 'Iawn, Mistar Winston, dwi'n gobeithio y galla i.'

* * *

Gyda'r nos yn tywyllu'n fwy ac yn fwy dudew, roedd cwrlid o niwl yn gorwedd dros bopeth erbyn iddyn nhw gyrraedd Coedwig Ceubren. Gyda dim ond ewin o leuad a llond dwrn o sêr yn goleuo'r ffordd, safodd y tri law yn llaw, yn syllu i ddrysni diddiwedd y mieri coediog o'u blaenau. Uwch eu pennau roedd canghennau'r coed yn blethiadau llwydion, ac ystlumod yn crogi ben i waered o'r brigau fel ffrwythau tywyll, trwm.

'Ocê,' sibrydodd Damelsa, gan godi coler ei chot cyn mentro mlaen. 'Peidiwch â mynd i grwydro. 'Dan ni isio aros efo'n gilydd, a neb i fynd ar goll.'

Nodiodd Peris, ond cyn iddo gymryd yr un cam,

rhewodd. 'Ond… beth os *odyn* ni'n mynd ar goll neu'n gwahanu oddi wrth ein gilydd? Shwd ŷn ni am ffeindio'r ffordd nôl? Fi'n credu ddylsen ni adael rhywbeth ar y llwybr er mwyn ein helpu ni ffeindio'n ffordd nôl.'

'Syniad da, Peris!' meddai Damelsa. 'Ond be gawn ni ddefnyddio?' Edrychodd o'i chwmpas am unrhyw beth fyddai'n neud y tro i nodi'r trywydd, ond doedd dim byd amlwg i'w weld. Pam o pam na fyddai wedi meddwl am hyn yn gynharach pan oedd hi nôl ym Mwthyn Blegerwyd, a dod â'r Belen Llinyn Di-Ben-Draw gyda hi?

'Ŵŵŵŵ, mae gen i syniad!' ebychodd Miriam. 'Ydach chi 'di darllen stori Hansel a Gretel?'

'Do,' atebodd Damelsa, 'pan ôn i'n fach. Be sy gynnon nhw i neud efo unrhyw beth? Dim ond stori tylwyth teg 'di hi.'

'Yn y stori mae'r plant yn gadael llwybr o friwsion bara,' esboniodd Miriam. 'Ac mae'r llwybr yn eu harwain nhw adra.'

'Ond sdim briwsion bara 'da ni!' meddai Peris.

'Dwi'n gwbod hynny,' meddai Miriam, gan roi ei llaw ym mag Damelsa. 'Ond mae gynnon ni rhain.' Estynnodd y bag papur o felysion goleuedig Mistar Winston. 'Ta-da! Da-da!'

Safodd Damelsa'n gefnsyth a gwên fawr ar ei hwyneb.

'Miriam Singh, un glyfar wyt ti! Er ei fod o'n boenus iawn peidio byta llond bag o felysion blasus, does gynnon ni ddim dewis.'

Wrth gerdded ymhellach ac ymhellach i grombil y goedwig, gollyngodd Damelsa un o'r melysion ar y llawr bob hyn a hyn. Dan draed roedd brigau sychion yn torri fel esgyrn brau, a'r tyfiant uwchben yn estyn i lawr i grafu eu croen a'u dillad. Roedd pob symudiad a phob sŵn yn ymchwyddo yn y drysni diddiwedd o'u cwmpas. Gyda dim byd arall i fynnu ei sylw, roedd realiti'r sefyllfa yn dechrau pwyso ar feddwl Damelsa. Roedd ei phen yn drobwll o ystyriaethau tywyll, a rheiny, fel cwmwl dros yr haul, yn gyrru unrhyw obaith oedd ganddi i'r neilltu. Hiraethai am sicrwydd ei stafell yn yr atig, ei llyfrau, a Mot yn cysgu ar lin Nain Myfi fel clustog fach flewog o ffwr rhuddgoch byr.

Ond yn sydyn, chwalwyd ei meddyliau.

Yn ddirybudd, gafaelodd Miriam yn ei braich a'i thynnu hi a Peris y tu ôl i goeden gyfagos. Rhoddodd fys oer ar wefus Damelsa. O'r pellter clywodd y triawd sŵn traed yn dynesu dros y dail ar lawr, a chwythwm o leisiau'n codi dros yr awel.

Cyn pen dim, daeth tri phâr o sgidiau i stop yn beryglus o agos at ble'r oedd y plant yn cuddio, a chysgodion hir perchnogion y traed yn gorwedd o'u blaenau. Teimlodd Damelsa ei stumog yn troi.

'Dwi 'di deud sori, bos,' erfyniodd dyn mewn llais cryg. 'Roedd yr hogan rhy gyflym i ni. Ond fydd yr hen hulpan o ddynas 'na ddim wedi mynd i nuncha, mae hynny'n saff. Mae'n reit anodd rhedag efo rhaff rownd dy goesa.'

'Yndy!' ychwanegodd llais arall. 'Yn enwedig pan mae dy ffon di wedi cael ei thorri'n ddwy!'

Wrth i'r dynion symud i ffwrdd, mentrodd Damelsa i sbecian o'r tu ôl i'r goeden. O'i blaen gallai weld siâp tri pherson, pob un mewn mantell drom, yn diflannu tua'r pellter.

'B-B-Brân a Gomer oedden nhw?' baglodd Peris.

'Dwi'n meddwl,' atebodd Damelsa. 'Ac mae'n rhaid mai'r Ysbeiliwr ydi'r un maen nhw'n alw'n "bos"!'

Pwyntiodd Miriam at y dynion wrth iddyn nhw wyro tua'r chwith ar y llwybr allan o'r goedwig. 'Ylwch, maen nhw'n mynd tua'r fynwent. Roeddet ti'n iawn, Damelsa.'

Nodiodd Damelsa. 'Brysiwch, mae'n rhaid i ni eu dilyn nhw.'

Gan gadw'n ddigon pell yn ôl, dilynodd y plant y triawd drwy'r coed, yn llamu y tu ôl i frigau a chloddiau mor llechwraidd â thri llwynog bach. Cyn pen dim roedd pen pella'r goedwig wrth law, gyda reilins haearn tywyll Mynwent Galar Tragwyddol yn dod i'r golwg. Ger gatiau'r fynwent, safai delwau carreg o lewod a nadroedd, a gwelai Damelsa'r tri dyn yn sleifio i mewn.

'Reit, y peth gorau fasa i mi fynd fy hun o fa'ma,' meddai wrth Peris a Miriam. 'Arhoswch chi'ch dau i warchod y giât. Gydag unrhyw lwc mi fedra i gael Nain Myfi allan o'r fynwent 'ma, ond os ydi'r dynion yn trio dianc efo hi, bydd yn rhaid i chi eu stopio nhw rhag mynd gam ymhellach.'

'Ond allwn ni ddim gadel i ti fynd mewn ar ben dy hunan...' dechreuodd Peris.

'Mi fydda i'n iawn,' atebodd Damelsa. 'Dwi angen i chi aros yn fan hyn.'

'Wel, os ti'n siŵr,' meddai Peris. 'Fyddwn ni fan hyn yn dishgwl amdanot ti.'

Gwenodd Damelsa. 'Diolch. Chi 'di'r ffrindiau gorau fasa unrhyw un yn gallu gofyn amdanyn nhw. A Peris, mae angen callio ar y person alwodd chdi'n fabi dadi gynna.'

Plethodd Peris ei freichiau gan esgus bod yn flin, ond doedd dim modd iddo guddio'i wên. 'Wel, cyn belled â'u bo nhw'n addo peidio 'ngalw i 'na byth 'to, fi'n *credu* alla i fadde iddyn nhw!'

Edrychodd Damelsa draw at y fynwent, a gyda'i chalon yn curo fel drwm, mentrodd trwy'r gatiau. O'i chwmpas ym mhobman roedd cerrig bedd yn codi o'r ddaear fel dannedd cam, a bysedd hirion o eiddew ar lawr yn eu plethu at ei gilydd. Roedd y lle'n boenus o dawel, ac wrth iddi gerdded ymhellach i berfeddion y fynwent, daeth nudden o niwl i droelli o amgylch ei thraed fel llif y dŵr mewn afon. Er ei siom, buan y collodd bob golwg o'r tri dyn. Meddyliodd am y dderbynneb gan y trefnwr angladd a welodd yn y castell, a phenderfynodd geisio dod o hyd i'r bedd ei hun. Plot rhif 10345, dyna oedd y rhif? Tybed ble'r oedd e? Plygodd ar ei chwrcwd wrth y bedd agosa, a rhedeg ei bysedd ar hyd y garreg gan chwilio am y llythrennau a'r rhifau oedd wedi eu cerfio arni. Ofer oedd yr ymdrech, â chymaint o bridd a thyfiant bellach yn amdo dros y bedd. Wrth iddi gropian at y garreg nesa, clywodd lais cyfarwydd yn galw arni.

'Damelsa, ti sy 'na?'

Crebachodd Damelsa ei chorff am eiliad sydyn, cyn troi i wynebu'r llais.

Hyd yn oed yng ngolau egwan y lleuad bell, gwyddai'n iawn pwy oedd yn sefyll o'i blaen.

Tad Peris oedd yno, Mistar Llwyd.

PENNOD 31
Yr Ysbeiliwr

'Mistar Llwyd?' meddai Damelsa'n dawel gan godi ar ei thraed. 'Be 'dach chi'n neud yma? Ydach chi ar goll?'

'Ar goll?' Ysgwydodd Mistar Llwyd ei ben. 'O, nagw i, fi'n gwbod yn gwmws ble ŷf i.'

Daeth aeliau Damelsa at ei gilydd wrth iddi sefyll yn dawel rhwng y beddi. Roedd y niwl bellach yn gaddug tew, fel cawl o gwmpas ei choesau. 'Dwi'm yn dallt,' meddai. 'Be 'dach chi'n feddwl? Rôn i'n meddwl bo chi i ffwrdd efo'r gwaith.'

'O, dere, Damelsa fach!' atebodd, gan chwarae â blew ei fwstash rhwng ei fysedd. 'Ma' hen ddigon yn dy ben di. Oes ishe i fi esbonio popeth wrthot ti? Fi 'ma i weld neb llai na ti, wrth gwrs.'

Dyma ben Damelsa'n dechrau troi... doedd bosib... nid hwn oedd... Hwn oedd... ?!

'*Chi?*' atebodd, a'i llais yn gryg. '*Chi* ddaru herwgipio Nain?'

Nodiodd Mistar Llwyd ei ben, gan syllu'n dawel ar ffrind ei fab.

Ebychodd Damelsa wrth iddi gofio rhywbeth yn sydyn. *Dyna* ble'r oedd hi wedi gweld Brân a Gomer o'r blaen! Dyma'r ddau oedd yn gweithio yng ngardd Mistar Llwyd!

Camodd yn ôl gan ysgwyd ei phen. 'Na! Fedra i'm coelio mai chi 'di'r Ysbeiliwr! Fedrwch chi ddim bod!'

'Wel ie,' meddai Mistar Llwyd. 'Fi ddim cweit y — beth alwest ti fi 'to? — y *llofrudd peryglus* oedd 'da ti mewn golwg.'

Daeth lwmp i lenwi gwddf Damelsa wrth iddi glywed Mistar Llwyd yn adrodd yr union eiriau wnaeth hi eu rhannu gyda Peris, pan ddatgelodd hi'r cyfan wrtho yn ei stafell wely y noson o'r blaen. Wrth iddi ddechrau anadlu'n gynt ac ynghynt, cofiodd am y sŵn tu allan i stafell Peris — sŵn y gath yn eu tyb nhw — ond nid y gath oedd yn gyfrifol wedi'r cwbwl. Roedd Mistar Llwyd wedi bod yn gwrando'r holl amser! Roedd ei phen ar fin ffrwydro. Llamodd Damelsa ato. 'Ble mae hi?' gweiddodd. 'Be 'dach chi 'di neud efo Nain?'

'Un peth ar y tro,' atebodd Mistar Llwyd yn bwyllog. 'Ond yn gynta, mae gwaith 'da ni neud.' Dechreuodd gerdded o amgylch Damelsa, a sŵn ei draed yn torri ar berffaith hedd y fynwent wrth iddo grensian ar y graean ar lawr. 'Ti'n gwbod pam ti 'ma, on'd wyt ti?'

Syllodd Damelsa arno a'i hwyneb fel y dur. ''Dach chi isio i mi Atgyfodi'r Meirw.'

'Yn gwmws!' atebodd Mistar Llwyd. 'Ti'n gweld, Damelsa, mae rhywun fi 'di bod ishe cymuno â nhw ers amser maith, a fi 'di bod yn edrych am Ysbrydolyn ifanc i'n helpu ers blynydde. Ond hyd yn hyn sneb wedi bod yn ddigon call i neud beth fi'n gofyn iddyn nhw.' Gollyngodd ochenaid uchel. ''Sy'n beth od... achos ôn i'n meddwl bydde neud beth ôn i'n ofyn yn well dewis o lawer na chael y bois 'na sy 'da fi i "ddiffodd y gannwyll", fel petai. Ond ôn i wedi camgymryd, mae'n amlwg.'

Gwasgodd Damelsa ei dyrnau'n dynn. 'Yr Ysbrydolion ifanc 'na gafodd eu cipio — ddwedoch chi wrth Gomer a Brân i'w lladd nhw?'

Yn frawychus o ddifater, nodiodd Mistar Llwyd ei ben. 'Ac os nag wyt ti'n neud fel fi'n gweud, bydd hi'n nos da ar dy famgu, a'r corgi hurt 'na sy 'da 'ddi. Ar y llaw arall, os wnei di fel fi'n gofyn, fi'n addo peidio'u twtsha nhw — er, wrth gwrs, byddi di'n aberthu dy fywyd dy hunan wrth i ti Atgyfodi'r Meirw. Mae e mor rhwydd â 'na!'

Cododd chwydd o gyfog o stumog Damelsa wrth i gant a mil o ddadleuon gwahanol lenwi ei phen. Beth ar wyneb y ddaear ddylai hi wneud? Doedd dim modd iddi wneud penderfyniad mor enbyd heb bwyso a mesur y cyfan. Amser i feddwl, dyna oedd angen arni.

'Wel?' crechwenodd Mistar Llwyd. 'Be ti'n mynd i neud? Ti'n mynd i fod yn ferch fach dda, neu oes ishe i fi ôl Brân a'i gyllell fawr? Weda i hyn 'tho ti... smo fe yn ei hwyliau gore ers i ti neud be 'nest ti iddo fe yn y castell gynne fach...'

'DAD! GAD HI FYND!'

Atseiniodd y llais trwy'r tywyllwch a throdd Damelsa i weld Peris yn sefyll ger ywen gerllaw. Roedd ei gorff yn crynu a'i wyneb mor welw â barrug, ond roedd o'n gafael mewn darn hir o bren, ac yn ei bwyntio tuag at ei dad. Doedd Damelsa erioed wedi ei weld yn edrych mor flin.

'Peris?' meddai ei dad, gan gamu'n sydyn i ffwrdd oddi wrth Damelsa. 'Be ti'n neud fan hyn? Ti fod sha thre gyda Ceridwen Ebrillwen Mair!'

Syllodd Peris arno, â'i lygaid yn ddu. 'Beth *ŷf fi'n* neud 'ma? Fi'n credu taw'r cwestiwn yw beth *ŷt ti'n* neud 'ma!'

Cliriodd Mistar Llwyd ei wddf. Roedd chwys yn llifo dros ei wyneb, a gwythïen fawr las fel llysywen yn dechrau ystumio ar ochr ei dalcen. 'Ôn i ar 'yn ffordd sha thre o'r trip gwaith, a des i o hyd i Damelsa fan hyn. Fi'n credu ei bod hi ar goll. Ôn i ar fin rhoi help iddi ffeindio'i ffordd gartre...'

Tuchodd Peris. 'Paid â gweud celwydd wrtha i, Dad! Glywes i bopeth wedest ti. Nawr, gad i Nain Myfi a Mot i fynd!'

Rhedodd Damelsa at ei ffrind. 'Peris, 'nes i ddeud wrthat ti aros wrth y gatiau efo Miriam. Be ti'n neud yn fa'ma?'

'Allen i ddim dy adael ar ben dy hunan,' atebodd Peris. 'A ta p'un hi, mae Miriam yn iawn ar ei phen ei hunan; mae 'ddi'n fwy tyff na ti a fi 'da'n gilydd.'

Symudodd Mistar Llwyd at ei fab, gan wthio Damelsa o'r ffordd.

'Nawr gwranda di, Peris. Sdim ishe i ti neud rhywbeth twp nawr, os e? Mae Damelsa wedi addo rhoi help i fi 'da rhywbeth, 'na'r cwbwl. Dere draw fan hyn ata i, nawr!'

Sigodd wyneb Peris, ac edrychodd ar y llawr, ond gallai Damelsa weld ei lygaid yn disgleirio. Gwyliodd yn bryderus, gan ddisgwyl iddo wrando ar ddymuniad ei dad. Ond sniffiodd Peris, a dal ei ben yn uchel. 'Na! Smo

Damelsa wedi addo rhoi help i ti 'da dim byd! Pam wyt ti moyn iddi Atgyfodi'r Meirw, ta p'un hi?'

'Achos... achos...' Tynnodd Mistar Llwyd ei fysedd trwy ei wallt yn rhwystredig. 'Fi'n neud hyn i *ti*, Peris!'

'Fi?' Atebodd Peris. 'Be sy 'da hyn i neud â fi?'

Gostyngodd Mistar Llwyd ei olygon tua'r llawr ac ochneidio. Am eiliad roedd golwg wedi ei drechu arno, heb ddim i'w ddweud. Llyncodd Damelsa'n ofidus. Beth oedd Mistar Llwyd ar fin ei ddatgelu?

'Wyt ti erioed wedi meddwl pam bo fi'n dy drin di fel oen bach swci, Peris?' gofynnodd Mistar Llwyd o'r diwedd. 'Pam nagw i'n gadel i ti fynd mas i chwarae, pam nad wyt ti'n mynd i'r ysgol? Pam nad wyt ti'n cael bwyta bwyd fel pawb arall, na chael twtsh â neb?'

Edrychodd Peris ar Damelsa ac yna nôl ar ei Dad. 'Achos bo fi'n dost, wrth gwrs. Achos bo 'da fi *gyfansoddiad gwan*, neu beth bynnag ti wastad yn gweud. 'Na pam.'

Dechreuodd gên Mistar Llwyd grynu. 'Na, Peris, nage 'na pam o gwbwl. Mae'n ddrwg 'da fi, bach. Y rheswm pam yw taw ysbryd wyt ti. 'Na pam. Ysbryd.'

PENNOD 32
Atgofion Peris

Herciodd Peris o'r naill droed i'r llall. 'Am-am-am be ti'n siarad?' gofynnodd yn garbwl. 'Shwd alla i fod yn ysbryd? Bydde 'na'n golygu bo fi wedi... marw!'

Nodiodd Mistar Llwyd.

Edrychodd Peris yn ddryslyd ar ei gorff, fel petai'n edrych ar ei hun am y tro cyntaf. 'Na, smo fe'n wir!' meddai.

Safodd Damelsa'n syfrdan. *Doedd bosib* na fyddai wedi sylweddoli mai ysbryd oedd Peris? *Doedd bosib* na fasai hi wedi sylweddoli nad oedd e'n gig a gwaed yn go iawn? Roedd yn rhaid bod Mistar Llwyd yn dweud celwydd! Trodd at ei ffrind a sibrwd, 'Tydi o ddim yn wir, Peris. Dwi 'di gweld ysbrydion a dwyt ti ddim yn ysbryd. Rhyw dric ofnadwy ydi hyn!'

Trodd Peris at ei dad gan ddisgwyl iddo gyfaddef hynny. 'Dad?'

Rhoddodd Mistar Llwyd ochenaid drom. 'Peris, tynna dy fenyg bant.'

Â syndod yn ei lygaid, meddai Peris, 'Ond bydda i'n rhewi! Mae'n ganol y nos!'

'Jest tynna nhw bant, 'nei di?'

Dan grynu, rhoddodd Peris y darn mawr o bren oedd yn ei ddwylo ar y llawr, a dechrau tynnu ei fenyg gwlân. Gadawodd i'r rheiny ddisgyn ar lawr, nes bod ei fysedd noeth yn hongian yn llipa welw wrth ei ochr.

Trodd Mistar Llwyd at Damelsa. 'Tria dwtsh ag e. Tria roi ei groen nesa at dy groen di. Fyddi di ddim yn gallu.'

Yn sydyn teimlai Damelsa'n nerfus. Doedd bosib nad oedd hi wedi cyffwrdd â llaw Peris o'r blaen — er yr holl rybuddion pendant wrth Mistar Llwyd nad oedden nhw byth fod i gyffwrdd â'i gilydd.

Closiodd Damelsa at Peris. Roedd ei lygaid yn llawn braw. 'Dal dy ddwylo fyny,' sibrydodd, gan geisio cysuro ei bryderon yntau. 'Fydd o'n iawn, 'sti.'

'Sai... sai moyn,' baglodd Peris. 'Fi'n ofan.'

'Paid â phoeni, ges i fath wythnos dwytha!' meddai Damelsa'n ysgafn. Daliodd ei llaw i fyny a siglo'i bysedd. 'Dim baw trwyn, dwi'n addo!'

Gwenodd Peris yn wan a throi cledrau ei ddwylo tuag at rai Damelsa. Dim ond dwy fodfedd oedd rhyngddyn nhw bellach, a theimlai Damelsa'r blew yn codi ar ei gwar. Roedd yn teimlo fel petai rhywun yn ei gorfodi i roi ei llaw mewn i danllwyth eirias, neu anwylo ci sgyrnygus o flin.

Dwyt ti ddim wedi marw, gweddïodd. *Fedri di ddim bod yn farw...*

Ond wrth i Damelsa ymestyn draw, gwyliodd ei dwylo'n diflannu trwy rhai Peris, fel petaen nhw'n symud drwy awyr oer, trwy gwmwl o niwl llwyd...

'Na!' ebychodd Peris. Baglodd gam yn ôl gan ysgwyd ei fysedd o'i flaen fel petaen nhw'n perthyn i law rhywun arall. 'NA! Smo fe'n wir... smo fe'n gallu bod yn wir...' Roedd ei lais yn llawn dychryn, yn llawn anobaith. 'Os taw ysbryd ŷf i, pam nagw i'n hedfan ymbiti?'

'Achos ôt ti ddim yn gwbod bo ti'n gallu neud!' atebodd Mistar Llwyd. 'Ond man a man i ti drial nawr...'

Chwarddodd Peris yn nerfus, a throi ar ei sawdl. 'Nefi wen, Dad, mae colled arnot ti!' Edrychodd ar Damelsa am gefnogaeth. 'Dyw e ddim hanner call, nag yw e?'

Ond teimlodd Damelsa'r dagrau'n llosgi ei llygaid. 'Peris, mae'n wir ddrwg gen i...'

'Hyd yn oed os fi'n meddwl am hedfan,' meddai Peris

gan fwmian, 'sdim ffordd yn y byd y gallen i... smo fe'n bosib...' Edrychodd Peris i lawr ar ei draed — yn gegrwth. Edrychodd Damelsa i lawr hefyd — roedd e wedi codi ychydig fodfeddi oddi ar y llawr.

Am ysbaid aeth popeth yn dawel, heblaw am siffrwd yr awel trwy ddail y coed ywen yn gri wan wylofus. Roedd meddwl Damelsa ar ras. Pam nad oedd hi wedi sylweddoli cyn nawr? Cofiodd am y ffotograffau welodd hi yn y tŷ, a sut oedd Peris ddim i'w weld yn yr un ohonyn nhw.

Ar ôl hir a hwyr, edrychodd Peris ar ei dad, a sibrwd, 'Shwd fues i farw?'

Camodd Mistar Llwyd at ei fab. 'Fuest ti farw pan oedden ni'n dal i fyw yn yr hen dŷ ar ben y Mynydd Du. Ti'n cofio byw fan 'na, Peris?'

Nodiodd Peris yn dawel.

'Beth yw'r peth ola ti'n ei gofio am fod 'na?'

Syllodd Peris ar ei draed, gan dyrchu drwy ei atgofion. Edrychai fel petai'n nofio drwy ddyfroedd dyfnion ei gof, yn chwilio am yr un darn pwysig o aur.

'Y noson ethoch chi â fi i'r ffair,' atebodd yn dawel. 'Fe geson ni gandi-fflos ac wedyn fe ethon ni ar y ceffyle bach. Ôt ti'n grac am fod clown wedi rhoi slepjan ar dy drowser di. Fi'n cofio Mam yn cwtsho fi yn y gwely y nosweth 'ny, ac yn diffodd y gole...'

Yna, tawelwch.

'Cer yn dy flaen,' meddai Mistar Llwyd.

Gwelai Damelsa'r ymdrech wrth i Peris fentro'n ddyfnach i bair diwaelod y cof. Gwingodd y llanc, fel petai'n cofio atgof annymunol. 'Dechreuodd fy mrest i deimlo'n dynn,' meddai Peris. 'Yr asthma oedd e. Ôn i'n cael pwl o asthma. Ôn i ffaelu anadlu a...' Oedodd Peris am eiliad. 'Y peth nesa fi'n gofio yw dihuno yn y tŷ newydd. Wedoch chi bo fi wedi bod yn yr ysbyty, ac yn anymwybodol am sbel hir, ond bod doctor sbesial wedi'n achub i.' Edrychodd ar ei dad. 'Wedoch chi gelwydd wrtha i?'

'Naddo... na... 'nes i ddim gweud celwydd!' atebodd Mistar Llwyd. Rhedodd at ei fab ond ciliodd Peris am yn ôl. 'Fe *wnaeth* doctor sbesial dy achub di! Ddath e â ti nôl i fi fel ysbryd, er mwyn ti gael cyfle arall ar fyw. Er mwyn i ni gael bod 'da'n gilydd 'to!'

'Doctor sbesial?' meddai Damelsa. 'Un o Ysbrydolion yr Ysbrydion 'dach chi'n feddwl? Mi fuodd Peris farw ac mi gawsoch chi Ysbrydolyn i ddod ag o nôl, on'd do?'

Dechreuodd bochau Peris grynu, ei freichiau tenau yn dynn wrth ei ochr. 'Odi 'na'n wir, Dad?'

Nodiodd Mistar Llwyd. 'Dôn i ddim yn gwbod beth arall i neud. Roedd yr asthma wedi dy ddwyn di wrtha i...'

Aeth ei lais yn sownd yn ei wddf. 'Doedd neb 'da fi ar ôl.'

'Ôdd Mam 'da chi!'

Suddodd ysgwyddau Mistar Llwyd, a dechreuodd y dagrau lifo lawr ei fochau ac i mewn i'w fwstash. 'Fe adawodd hi hefyd. Doedd hi ddim yn gallu dod i delerau â dy golli di. Ôdd hi ishe gadael... dechre o'r newydd.'

Edrychodd yn hiraethus ar ei fab, a gwelai Damelsa dristwch enbyd yn llenwi ei lygaid. Am eiliad allai hi ddim ond teimlo trueni drosto — roedd ei wraig wedi mynd, a'i unig blentyn yn farw. Ddylai neb orfod profi sefyllfa mor brudd...

Ond tyrd o 'na, Damelsa! Pam yn y byd oedd hi'n meddwl fel 'na?! Hwn oedd y dyn ysgeler oedd wedi cipio Nain Myfi a Mot. Hwn oedd y dyn oedd wedi llofruddio'r holl Ysbrydolion ifanc. Roedd yn *rhaid* iddi fod yn gryf a dal ei thir.

Trodd at Mistar Llwyd. 'Pam wnaeth y cymundeb ddim dod i ben?' mynnodd. 'Tydi ysbrydion ond yn cael bod ar dir y byw am deirawr ar y mwya. Help pa Ysbrydolyn gawsoch chi? Rhyw ddihiryn, mae'n siŵr gen i!'

Sniffiodd Mistar Llwyd ei ddagrau drwy ei ffroenau. Mewn eiliad sydyn, gwgodd ei wyneb gan droi at Damelsa â llygaid milain. Heb ateb, estynnodd i'w fag, ac allan ohono tynnodd hen ffoto. Llun o ddyn â mwstash hirllaes yn sefyll wrth ymyl dyn ifanc mewn sbectol yn gwisgo cap prifysgol.

Suddodd calon Damelsa. Mistar Llwyd oedd o... a'i thad!

'Rôn i'n dysgu dy dad yn y brifysgol, ti'n gweld,' meddai Mistar Llwyd, gan roi ei fraich i bwyso'n hamddenol ar garreg fedd. 'Ddethon ni'n agos tra'r oedd e yn y coleg, ac fe fuon ni'n ffrindie ar ôl iddo fe raddio.

'Ond ar ôl i fi golli Peris, fe ddisgynnes i bydew galar. Ôn i'n meddwl na fydden i'n hapus fyth 'to. Yn naturiol, ôdd dy dad moyn helpu, ac felly dyma dy fam a dy dad yn datgelu eu cyfrinach fwya. Ethon nhw â fi i'w Cilfan Gymuno.'

Trodd stumog Damelsa wrth iddi ddyfalu beth oedd Mistar Llwyd am ei ddweud nesa.

'Fe wedodd dy fam a dy dad bopeth wrtha i am Ysbrydolion yr Ysbrydion, a beth ôn nhw'n neud i helpu pobol yn eu galar,' ychwanegodd Mistar Llwyd. 'Ôn i ddim yn gallu credu 'nghlustie i ddechre, ond ar ôl iddyn nhw gymuno, a finne wedi cael gweld Peris 'to, rôn i...' Anadlodd allan yn drwm ac ymdawelu. 'Wel, am y cwpwl orie cynta, roedd e fel 'sen i erioed wedi ei golli fe.'

'A dyna pam ein bo ni Ysbrydolion yr Ysbrydion yn gneud be 'dan ni'n neud,' atebodd Damelsa. ''Dan ni'n gneud i bobol deimlo'n well. Ac i gael deud ffarwel yn iawn.'

'Ond doedd e ddim yn ddigon!' arthiodd Mistar Llwyd. Erbyn hyn roedd ei aeliau wedi dod yn nes at ei gilydd, a'i ddicter i'w glywed llond ei lais. 'Wrth i'r awr ola ddechre rôn i'n gwbod na fydden i'n fodlon gadael i Peris i fynd eto.'

'Felly mi wnaethoch chi berswadio Mam a Dad i adael iddo aros?' gofynnodd Damelsa. 'Ddaru nhw dorri rheolau'r Hynafol Gorff?'

'O naddo,' meddai Mistar Llwyd, ei geg yn crechwenu. 'I'r gwrthwyneb, a gweud y gwir. Rôn nhw eisoes wedi gweud nag oedd e'n beth moesol gadael i'r meirw ddod nôl i dir y byw am byth. Ôdd yr holl beth yn groes i egwyddorion pob un o urdd Ysbrydolion yr Ysbrydion, medden nhw. Ar ôl i'r deirawr ddod i ben, rôn nhw moyn hala Peris yn ôl i'r Tŷ Draw.' Pwysodd Mistar Llwyd ymlaen, wrth i olau'r lleuad chwarae ar y dafnau chwys oedd yn diferu o'i dalcen. 'A dyna pam, Damelsa, ôdd rhaid i dy fam a dy dad farw!'

Yr eiliad honno, rhewodd amser.

Aeth Damelsa'n gwbwl llipa a phenysgafn mewn gwewyr. Gwelai wefusau Mistar Llwyd yn dal i symud, ond doedd ei eiriau yn ddim ond sŵn statig, fel petai'n gwrando ar radio oedd yn sownd rhwng tonfeddi dwy orsaf wahanol. 'Ond mi fuon nhw farw mewn damwain car,' sibrydodd. 'Mewn damwain car.'

'Fuon nhw farw mewn car — do. Ond mewn damwain? Nage. Rôn nhw'n trial dianc oddi wrtha i — ond ôn i'n gynt na nhw. 'Nes i eu gorfodi nhw i yrru bant o'r hewl. Mae'n drueni fod pethe wedi dod i ben fel 'nethon nhw,' meddai Mistar Llwyd. ''Nes i gynnig llwyth o arian i dy fam a dy dad i neud fel fynnon nhw. Allech chi fod wedi bod yn deulu cyfoethog, pwerus. Pa fath o ffylied fydde'n gwrthod hwnna'n dâl am ryw gwpwl bach o swynion a thamaid o hud a lledrith?'

Teimlodd Damelsa ei dannedd yn crensian, a'i chorff cyfan yn troi'n ddwrn tyn. 'Doedd Mam a Dad *ddim* yn ffyliaid! A ddim swynion a hud a lledrith ydi o, ond bywyd, a marwolaeth! Y byw, a'r meirw!'

Chwarddodd Mistar Llwyd. 'O, jiw! Ti wir yr un mor stwbwrn â dy rieni. Ti yr un mor rhagrithiol a hunan-gyfiawn ag oedden nhw.' Llamodd ymlaen nes ei fod brin fodfedd neu ddwy o wyneb Damelsa. Cododd ei law annifyr o laith er mwyn anwesu ei boch. 'A hefyd, Damelsa fach, os nag wyt ti'n fodlon neud fel fi moyn, dy famgu fydd y nesa i ymadael â'r fuchedd hon, yn gwmws fel dy fam a dy dad.'

'PAID, DAD!' gweiddodd Peris. 'Stop hi! Alli di ddim gofyn i Damelsa neud 'na. Smo fe'n iawn.'

Roedd llygaid Mistar Llwyd yn wyllt. 'Ond, Peris bach, smo ti moyn dod nôl yn fyw? Gallen ni symud bant. Dechre o'r newydd. Bydde fe fel yr hen ddyddie — dim rhagor o orfod aros sha thre, dim rhagor o dabledi, dim rhagor o gyfrinache...' Trodd at Damelsa. 'Meddwl am y peth, Damelsa. Os byddi di'n neud beth fi'n gofyn i ti, fyddi di ddim *jest* yn achub dy famgu, byddi di hefyd yn rhoi'r cyfle i dy ffrind gore gael bywyd newydd — iddo fe gael byw *go iawn* y tro 'ma. Ti moyn i Peris gael y cyfle 'na, on'd wyt ti? Meddylia pa mor hapus fyddet ti'n neud Peris. Bydde 'na'n dy neud di'n hapus, on'd fydde fe, Peris?'

Syllodd Damelsa ar Peris. Gallai weld ei fod e'n pwyso a mesur geiriau ei dad, a doedd dim bai arno am wneud. Wedi'r cwbwl, petai'n aros yn ysbryd, fyddai byth cyfle iddo dyfu'n oedolyn, i gael teulu, i weld y byd. Ond ar yr un pryd, petai hi'n mynd ati i Atgyfodi'r Meirw, fyddai dim dyfodol o gwbwl iddi *hi*, chwaith. Byddai ei gobeithion am gael bod yn aelod o Urdd y Dyfeisyddion, ac am gael ei gwobrwyo am ei darganfyddiadau gwyddonol, i gyd yn cael eu chwythu i'r pedwar gwynt. Roedd ei phen hithau yn un cwlwm dryslyd o feddyliau croes hefyd.

'Gallen ni gael ci bach fel ôt ti wastad ishe cael, Peris,'

ychwanegodd Mistar Llwyd yn daer, yn erfyn ar ei fab. 'Gallet ti a fi fynd ar ein gwylie! Ôt ti wastad wrth dy fodd yn mynd i lan y môr. Be ti'n 'weud?'

Roedd Peris yn chwarae gydag ymyl ei got tra bod Damelsa yn cadw'i llygaid arno'n nerfus. Roedd hi'n hanner disgwyl iddo gyd-fynd â dymuniad Mistar Llwyd.

'Dad, fi'n gwbod pa mor drist ŷt ti'n teimlo,' meddai Peris, gan sefyll yn dal ymysg y cerrig beddi. 'A fi'n gwbod bo ti'n neud hyn gan bo ti'n caru fi. Ond fi 'di marw. A smo fi'n mynd i adael i rywun arall aberthu eu bywyd nhw jest er mwyn i fi gael bywyd newydd — yn enwedig fy ffrind gore.' Trodd ei lygaid at Damelsa, ac yntau'n edrych yn llawer mwy hyderus nag erioed o'r blaen.

Dechreuodd Mistar Llwyd barablu yn afreolus. 'Ond fi 'di aros am yr eiliad 'ma ers shwd gyment o amser. Fi moyn 'y nghrwtyn bach i nôl... smo fi'n mynd i dy golli di 'to, Peris! Smo fi'n mynd i adael iddi strwa hwn...'

Camodd Peris yn nes at ei Dad. 'Sai moyn i Damelsa i'n atgyfodi i o'r meirw. Fi ishe aros fel ydw i nawr. Fi'n erfyn arnot ti i adael Damelsa a Nain Myfi i fynd. Plîs.'

Yn ei loes, daliodd Mistar Llwyd yn dynn ar dop ei drwyn, ac ochneidio. Am eiliad roedd Damelsa'n meddwl ei fod am wneud beth oedd ei fab yn gofyn iddo. Tybed oedd e wedi callio? Tybed oedd e wedi sylweddoli pa mor erchyll oedd ei weithredoedd wedi bod?

Ond na.

Wrth i luched o fellten oleuo'r awyr, chwibanodd Mistar Llwyd yn uchel. Daeth siffrwd twrw o'r coed wrth i Gomer a Brân drybowndio tuag atynt, eu cysgodion yn ymestyn wrth iddyn nhw agosau. Roedd y ddau dal ynghudd dan glogyn yr un, a phenwisg eu mantelli yn crafu'r nen fel hetiau dewin.

'Wel, helô eto, 'mechan i,' meddai Gomer wrth Damelsa, ei lais fel bwyell yn hollti düwch y nos. 'Neis gweld chdi eto!' Taflodd ei hun yn bendramwnwgl tuag ati, a'i llorio fel petai'n ddoli glwt, a'i dal yn sownd gerfydd ei hysgwyddau. Roedd ei wallt hir, fu gynt yn gynffon ar gefn ei ben, bellach yn rhydd, yn disgyn fel llenni seimllyd dros wyneb Damelsa. 'Be 'na i efo hi, bos?' gofynnodd, a'i anadl drewllyd yn boeth ar ei hwyneb. 'Ga i dorri ei bysedd hi ffwrdd rŵan? Ga i? Ga i?'

Dechreuodd Damelsa ymladd yn ôl, a chicio'n gynddeiriog a chnoi'n ffyrnig. 'Na! Gad fi fynd!' sgrechiodd. 'Gollwng fi munud yma!'

'Paid â becso, Damelsa, fi'n mynd i ôl help!' clywodd Peris yn gweiddi. 'Beth bynnag ti'n neud, paid ag Atgyfodi'r Meirw! Fydda i nôl nawr, fi'n addo!'

Trodd Damelsa ei phen i weld Peris yn cymryd anadl

ddofn cyn hyrddio'i hun i'r nen. Cododd yn uwch ac yn uwch i awyr y nos, cyn gwibio'n igam-ogam yn ôl am gyfeiriad y goedwig.

Ystwythodd Brân ei ddyrnau nes eu bod yn clecian, gan droi i ddilyn Peris — ond cododd Mistar Llwyd ei law. 'Gad iddo fe fynd! Sdim byd all e neud i'n stopo i nawr. Sneb yn gallu ei helpu fe.' Safodd uwchben Damelsa a'i freichiau wedi plethu. 'A ta p'un 'i, pan fydd Damelsa fach yn Atgyfodi'r Meirw, fe sylweddolith e pa mor braf yw bod yn fyw unwaith 'to. Fe ddaw e i newid ei feddwl yn ddigon clou.'

Nodiodd Gomer a chododd Damelsa fel sach dros ei ysgwydd enfawr. Wrth iddo drampio yn ei flaen, suddodd y fynwent y tu ôl iddi yn un cawl o niwl dudew. Wrth i bob gobaith ddiflannu o'i henaid, rhoddodd Damelsa'r gorau i frwydro. Disgynnodd ei bag oddi ar ei hysgwydd, a'r cwbwl y gallai wneud bellach oedd cau ei llygaid a disgwyl ei thynged.

PENNOD 33
Y Feddrod

Daeth Gomer i stop. Teimlai Damelsa y cwlffyn yn symud ei bwysau i wthio drws trwm, ac wrth iddo gamu dros y trothwy tewodd rhyferthwy'r storm. Yn ei le, clywai sŵn trwm traed Gomer yn diasbedain dros lawr carreg. Doedd ganddi ddim syniad yn y byd ble'r oedd hi. Roedd y fan hon fel y fagddu, wrth i arogl llaith y llecyn hwn ddod i grafu cefn ei gwddf. Oedden nhw mewn rhyw fath o ogof, neu seler, neu ddwnjwn?

'O'r gore, rho 'ddi lawr nawr,' meddai llais Mistar Llwyd wrth i Brân ac yntau ddod i mewn a chau'r drws yn glep ar eu holau. Dilynodd Gomer orchymyn ei fos yn llythrennol; llaciodd ei afael, a syrthiodd Damelsa fel doli glwt ar y llawr oer, caled. Collodd ei hanadl wrth i bob atom o'r gwynt yn ei hysgyfaint gael ei chwythu allan ohoni mor sydyn â rhoi pin mewn balŵn.

'Reit 'te, beth am i ni ddechre, ife?' Daeth sŵn matsien yn cael ei thanio wrth i Mistar Llwyd gynnau lamp. Llenwodd y gofod du bitsh â mwrllwch o olau gwan.

Cododd Damelsa ar ei heistedd yn araf, ac arhosodd i'w llygaid gynefino. Roedd ei brest yn llosgi, a gan edrych o'i chwmpas yn chwil, plygodd ei breichiau'n dynn wrth ei chorff. Roedd nenfwd y man hwn fel bwa isel, a cherrig pruddlwyd y muriau yn diferu â dŵr. Yn pwyso yn erbyn y waliau roedd sawl arch mawr o garreg, â phatrymau dieithr wedi eu cerfio ar bob un. Nid ogof na dwnjwn oedd y lle hwn, sylweddolodd Damelsa. Roedd hi mewn beddrod!

'Ble mae Nain?' gofynnodd yn flin, gan godi ar ei thraed. 'Dwi isio siarad efo hi!'

Camodd Gomer draw i'w dal hi, ond rhoddodd Mistar Llwyd stop arno. 'Falle'n wir y bydde gadel i ti gael gweud helô wrthi yn mynd gam o'r ffordd i ti ddeall be sy ishe neud,' meddai gan bendroni. 'Er, fydd hi ddim yn rhwydd iddi dy ateb di, cofia; ma' 'ddi *ynghlwm â'i phethe* ar hyn o bryd!' Dyma fe'n chwerthin nerth ei ben ar ei jôc fach wan ei hunan, cyn dweud, 'Brân, cer i ôl yr hen wrach 'na.'

Tawelodd Damelsa wrth wylio Brân yn croesi'n

dindrwm i gyfeiriad cell gyfagos, cyn dychwelyd gyda Nain Myfi o dan ei fraich. Roedd ei choesau a'i breichiau wedi eu clymu â rhaff, a chadach wedi ei dynnu'n dynn ar draws ei cheg. O dan fraich arall Brân roedd Mot, ei bawennau ynghlwm a'i ben wedi cael ei ffrwyno. Taflodd Brân y ddau ar y llawr, y ddau yn gorwedd yno'n crynu. Pan welodd Nain Myfi Damelsa, ochneidiodd yn ddistaw.

'Nain!' Rhedodd Damelsa at yr hen ddynes, gan ddisgyn ar ei phengliniau a dal ei breichiau'n dynn am ei gwddf. Roedd corff Nain yn teimlo mor fregus, fel sgerbwd dryw bach, a'i chnawd mor oer â marmor.

Trodd Damelsa at Mistar Llwyd. 'Gadewch iddi siarad!' mynnodd. 'Fel arall fydda i'n *bendant* ddim yn gneud be 'dach chi'n ofyn.'

Ochneidiodd Mistar Llwyd. 'O, iawn, iawn. Fe gewch chi ddwy funed i gael siarad, 'na'r cwbwl.' Cleciodd ei fysedd a daeth Brân i ddatod y cadach a'i chwipio allan o geg Nain Myfi. Griddfanodd hithau mewn poen.

'O, Nain!' llefodd Damelsa. 'Ydach chi'n iawn?'

'O, 'mechan i!' atebodd Nain Myfi. 'Ddest ti i ffeindio fi!'

'Do siŵr!' meddai Damelsa, gan gusanu pob tamaid o wyneb ei Nain. Teimlai ei chalon yn goleuo fel petai'n cael ei thanio gan wifren drydan. 'Wyddoch chi ddim pa mor falch ydw i o'ch gweld chi.'

Dechreuodd Mot sniffian crio. Edrychai'n wan a'i flew yn glymau a baw i gyd. 'Ac ma'i mor neis dy weld ditha hefyd, 'ngwash i!' meddai Damelsa wrtho. Taflodd ei breichiau dros y ci bach a thynnu'r ffrwyn oedd am ei ben i ffwrdd. Llyfodd Mot ei thrwyn, ac er bod ei anadl yn drewi, gwenodd Damelsa'n llawn llawenydd.

Edrychodd Mistar Llwyd ar ei oriawr. 'Ma' 'da chi funed ar ôl. Muned ar ôl.'

Llifodd dagrau ar hyd gruddiau gwelw Nain Myfi, ac wrth i Damelsa syllu'n anobeithiol i'w llygaid gallai deimlo dagrau hallt yn cronni yn ei llygaid hithau hefyd. 'Mae'n wir ddrwg gen i, Nain,' sibrydodd. 'Fi sy ar fai am hyn i gyd. 'Nes i ddeud wrth Peris am Ysbrydolion yr Ysbrydion pan ôn i'n meddwl mai Miss Callwen oedd yr Ysbeiliwr. Mi glywodd Mistar Llwyd, a dyna sut oedd o'n gwbod bod fy mhwerau i wedi cyrraedd... a...' Rhoddodd ei hwyneb yn ei dwylo a dechrau llefain y glaw. 'Dwi'm yn gwbod be i neud, Nain. Mae hyn i gyd yn gymaint o lanast.'

Sibrydodd Nain yn dawel. 'Mae'n rhaid i ti ddianc, Damelsa. Achub dy hun.'

Sychodd Damelsa ei llygaid ar ei llawes. 'Ond os wna i Atgyfodi'r Meirw gewch chi fynd adra efo Mot. Ac mi fydd Peris yn cael cyfle i fyw bywyd go iawn unwaith eto.'

Rhoddodd y wreigan ochenaid drom. 'Damelsa, mae

Peris yn ffrind i ti. Wyt ti'n meddwl y byddai o'n hapus gan wbod dy fod ti wedi marw iddo fo gael byw? A chofia di fod dy hen Nain wedi byw bywyd hir a llawn yn barod, felly paid â phoeni amdana i. Ar ôl marw, mae'r daith yn parhau, cofia! Plîs, 'mechan i, achub dy hun!'

'Ond...'

'Reit 'te, mae'ch amser wedi cwpla!' torrodd Mistar Llwyd ar eu traws. 'Ewch â'r hen fenyw bant o'r ferch 'ma! NAWR!'

Camodd Gomer a Brân ymlaen yn drwstan, ac wrth iddyn nhw lusgo Nain Myfi ar ei thraed, a gyda Mot yn cwynfanu, dyma lygaid Damelsa yn troi'n dduach na'r du duaf wrth syllu'n fwriadol ar y ddau.

'Caru ti mwy na phanad,' meddai Nain.

'Caru chi mwy na ffiws mewn plwg,' atebodd Damelsa nôl, ond roedd y dicter ym mêr ei hesgyrn yn wenfflam. Na! Byth ar wyneb y ddaear y byddai'n achub ei hun a gadael i Nain farw! Roedd yn *rhaid* iddi feddwl am ffordd i gael y gorau o Mistar Llwyd a'i ddau was bach. Ond byddai'n rhaid iddi gael ychydig mwy o amser i feddwl am gynllun.

Cododd ar ei thraed a syllu i lygaid Mistar Llwyd gyda gwên ddirmygus. 'Iawn,' meddai'n gelwyddog. 'Mi wna i neud fel 'dach chi'n gofyn.'

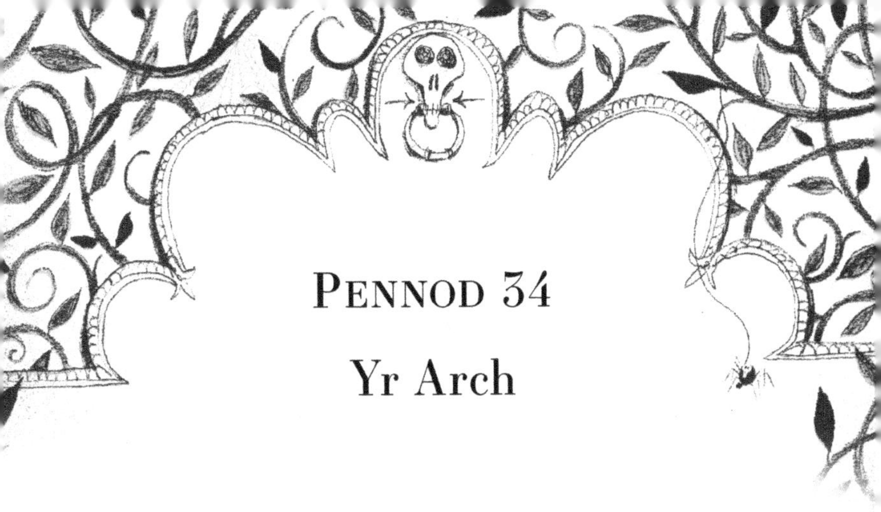

PENNOD 34
Yr Arch

Gafaelodd Mistar Llwyd yn Damelsa gerfydd ei gwar a'i gwthio i ben arall y feddrod, gan wasgu ei fysedd yn galed i mewn i'w chroen. Roedd arogl ei bersawr wedi dechrau cymysgu gyda drewdod ei chwys, gan gorddi'r cyfog ym môn ei llwnc.

'Nawr, mae dy famgu wedi gweud wrtha i pa offer fydd ishe arnot ti ar gyfer yr Atgyfodiad,' meddai. 'Wrth gwrs, doedd hi ddim ishe gweud i ddechre, ond gyda *thamed bach o berswâd* fe wedodd hi wrthon ni erbyn y diwedd. Fi'n credu bod popeth fydd ishe arnot ti fan hyn.'

Aeth Mistar Llwyd â hi at fainc lle'r oedd nifer o jariau a photeli wedi cael eu casglu at ei gilydd, a'r rheiny'n amlwg wedi cael eu dwyn o'r Gilfan Gymuno. Roedd pestl a mortar yno hefyd, Mwgwd Anhysbys, a

chrochan yn crogi hyd at y llawr o'r nenfwd uwchben.
Taniodd Mistar Llwyd fatsien, a chyn bo hir roedd tân
yn tasgu o dan fol y pair pres.

'Nawr, siapa'i!' meddai'n ddiamynedd. 'A fi'n dy
rybuddio di — unrhyw ddwli, a ti'n gwbod beth
ddigwyddith.' Trodd at Gomer, oedd ag un llaw
groengaled yn glep dros geg Nain Myfi, a'r llall yn dal
llafn finiog o fewn trwch blewyn i'w gwddf.

Wrth i'r crochan ddechrau ffrwtian, edrychodd
Damelsa ar y casgliad o Gynhwysion yr Adfywio. Er iddi
gael ei themtio i ddewis y cynhwysion fyddai byth yn
gweithio gyda'i gilydd, roedd yn ofni y byddai hynny'n
gwneud mwy o ddrwg nag o les. Yn hytrach, darllenodd
y cyfarwyddiadau ar bob jar a photel mor araf ag oedd
posib, gan geisio dyfeisio cynllun er mwyn dianc. Petai'n
llwyddo i gael ei thraed yn rhydd, hwyrach y byddai
Peris yn gallu dod atyn nhw i fyw fel ysbryd ym Mwthyn
Blegerwyd. Maes o law, byddai'r Hynafol Gorff yn siŵr
o gynnig swydd iddo. Ond sut oedd hi am ffoi o'r lle 'ma
gyda Nain Myfi a Mot? Ac erbyn hyn, roedd ei bag hi
wedi mynd ar goll hefyd.

'Siapa'i, groten!' gwylltiodd Mistar Llwyd, gan ddod
i sefyll uwch ei phen a llygadu ei oriawr. 'Sdim drwy'r
nos 'da ni!'

Teimlodd Damelsa gyhyrau ei chorff yn tynhau. Gafaelodd yn sydyn mewn potel o win eirin a gafodd ei fragu y flwyddyn bu Peris farw. Yna estynnodd am ffiol o inc, gan feddwl cymaint roedd e'n hoffi ei gomics. Yna gafaelodd mewn tei — hen dei ysgol Peris mae'n rhaid — a daliodd Damelsa yn dynn ynddi, gan ddychmygu'r bywyd y bu ei ffrind yn ei fyw ymhell cyn iddi hi gael ei geni.

Ond wrth iddi fynd i daflu Cynhwysion yr Adfywio i mewn i'r crochan, mi gofiodd am rywbeth. Os oedd hi am gynnal defod Atgyfodi'r Meirw yn gywir, yna byddai angen darn o asgwrn Peris arni hefyd — yr ola o'r holl gynhwysion er mwyn gallu dod ag ysbryd nôl, unwaith ac am byth, o fyd y meirw i fyd y byw!

Gwelodd lygedyn o obaith, ac fel fflach trodd at Mistar Llwyd. 'Ym... esgusodwch fi, Mistar Llwyd,' meddai, gan esgus bod yn ddiniwed. 'Dwi'n meddwl ella bod ganddon ni broblem fach. 'Dach chi'n gweld, os ydw i am Atgyfodi'r Meirw yn iawn, dwi angen tamad o asgwrn y person sydd wedi marw.' Gan bwyntio at y fainc, meddai, 'A fedra i'm gweld asgwrn yn fa'ma. Ella bydd yn rhaid i ni ohirio.'

Croesodd Damelsa ei bysedd yn dynn, gan obeithio y byddai wyneb Mistar Llwyd yn llawn siom. Ond yn lle hynny rhoddodd chwerthiniad oeraidd. 'Oho! Whare teg i ti, Damelsa! Ond pam ti'n meddwl bo fi wedi dod â ti i fan hyn yn y lle cynta, hmmm?'

Aeth draw at yr arch agosaf, a sylwodd Damelsa fod honno dan orchudd o ddefnydd du, trwm. Tynnodd Mistar Llwyd y defnydd i ffwrdd, gan ddatgelu arch oedd yn amlwg yn fwy glân ac yn fwy newydd na'r gweddill. 'Cer i gael pip,' meddai Mistar Llwyd. 'Fi'n credu ddei di o hyd i be sydd ishe arnot ti.'

Camodd Damelsa ymlaen, gan adael i'w bysedd fodio'r plac efydd disglair ar glawr yr arch. Arno roedd y geiriau:

YMA YR HUNA

PERIS CEREDIG LLWYD

ANNWYL FAB

HIRAETH CALON SYDD AMDANAT

CWSG MEWN HEDD

Trodd stumog Damelsa, a'i chyfog yn bygwth dianc eto.

'Hon yw beddrod y teulu, ti'n gweld,' meddai Mistar Llwyd. 'Fan hyn mae corff 'yn nhad yn gorwedd, a'i dad a'i fam e, a'u rhieni nhw hefyd. A hwn oedd y lle iawn i Peris gael dod i orwedd hefyd,' gwenodd Mistar Llwyd. 'Ond ddim am lot hirach! Brân, os gweli di'n dda?'

314

Gan wenu'n filain, rhochiodd Brân wrth fustachu draw at yr arch ac ymbalfalu â maen y clawr. Crafodd carreg ar wyneb carreg wrth i'r maen symud yn araf, nes i ddwylo Damelsa saethu i'w hwyneb mewn braw erchyll.

Trodd ei chefn at yr arch.

Doedd dim amser ar ôl.

Doedd dim amser i feddwl am gynllun i ffoi.

Dim amser i ddrysu cynlluniau Mistar Llwyd.

Doedd dim dewis ond ufuddhau i orchymyn Mistar Llwyd — marw er mwyn i Nain Myfi gael byw.

''Co ni,' meddai Mistar Llwyd, gan wthio Damelsa tuag at yr arch. 'Un darn bach o asgwrn, 'na gyd sydd ishe arnot ti...'

CRASH!

Saethodd drws y feddrod ar agor led y pen, a throdd Damelsa mewn fflach ar ei sawdl. Doedd hi'n methu â chredu ei llygaid. Mae'n rhaid mai breuddwydio roedd hi. *Gwibfeini gwallgo!* ebychodd.

Yno, yn sefyll ar y trothwy, yn gafael mewn ffagl danllyd, roedd Mistar Winston. A'r tu ôl iddo yntau roedd Peris a Miriam.

PENNOD 35

Byddin y Meirw

'Merfyn, stopia'r holl ffwlbri 'ma yr eiliad hon!' gweiddodd Mistar Winston. Brasgamodd draw at Mistar Llwyd, gyda Peris y naill ochr iddo, a Miriam y llall. 'Dwi'n gwbod yn iawn dy fod ti wedi cael amser caled tu hwnt, Merfyn, ond fydd hyn ddim yn helpu neb. Tyrd efo ni, ac mi fedrwn ni drafod popeth. Fyddi di fawr o dad i Peris yn y carchar, na fyddi? Rŵan, deud wrth y dynion hyn i roi'r gorau iddi, a gad y ferch a'i nain i fynd yn rhydd.'

Yn ei syndod, safodd Damelsa'n stond, ei llygaid yn gwibio o'r criw wrth y drws, at ei nain yn gaeth yn nwylo Gomer, a Brân yn sefyll uwchben yr arch agored. Ble yn y byd ddaeth Peris a Miriam o hyd i Mistar Winston? Oedd e'n gwybod y gwir am Peris? Ac oedd e'n gwybod am Ysbrydolion yr Ysbrydion?

'O, dere nawr, Edward 'chan,' meddai Mistar Llwyd, a'r chwys yn diferu'n gawod o'i dalcen. 'Fi'n credu bo ti wedi camddeall be sy'n mynd mlân 'ma! Peth gore fydde i ti fynd nôl sha thre, a ddo i draw i dy weld di yn y siop daffish yn y bore. Falle allwn ni gytuno ar ryw fath o gyfraniad bach i fynd i dalu am y to newydd 'na sy ishe arnot ti!'

Trodd wep Mistar Winston yn ddu. 'Tydw i ddim yn ffŵl, Merfyn. Fedri di ddim mo 'mhrynu i. A phaid â meddwl am eiliad na chei di dalu'r pris am hyn.'

Crychodd gwên Mistar Llwyd. 'A shwd yn gwmws ŷt ti'n mynd i'n stopo i?'

'FEL HYN!' gweiddodd Mistar Winston, a gan godi dau fys at ei wefusau, chwythodd chwibaniad oedd gyn groched â sgrech fyddarol gwrach y rhibyn. 'I'R GAD, YSBRYDION!' bloeddiodd, gan roi ei ddwrn yn yr awyr. 'DEWCH I'R GAD!'

Am eiliad fer, roedd tawelwch llethol dros bob man.

Safodd Damelsa'n stond, gan edrych o'i chwmpas yn llawn dryswch. Oedd ei chlustiau hi'n iawn? Oedd Mistar Winston newydd lefaru'r geiriau glywodd hi? Oedd e hefyd yn un o Ysbrydolion yr Ysbrydion?

Ond feiddiai Damelsa ddim yngan gair. Yn union fel

ar ddechrau storm, chwythodd awel rewllyd yn chwa drwy'r feddrod. Llenwyd y lle â thrwst taranllyd, yn diasbedain fel adenydd mil o eryrod yn curo heb drefn na chynllun, fel corwynt yn chwipio drwy'r anialwch. Mewn chwinciad, meddiannwyd y feddrod gan liaws o ysbrydion, pob un ag arf milain yn ei ddwylo.

Gwyddai Damelsa'n syth pwy oedd y rhain — dyma'r ysbrydion welodd hi yng nghymanfa'r Hynafol Gorff! Dyna'r Pharo o'r Aifft; dyna un o'r merched cyntaf i sefydlu'r Wladfa, yn edrych fel gaucho; dyna bennaeth y llwyth o Indiaid Cochion; a dyna fferm gymysg o fustych a hyrddod yn brefu ac udo ac yn barod i gornio. Gwelai fôr-leidr yn ehedeg gyda reslwr noethfrest, a chiwed o blant o Oes Fictoria yn bygwth rhoi chwip din gan ddefnyddio darnau pren y Welsh Not. Ar flaen y fyddin ddrychiolaethus oedd Seisyllt ap Lludd — y digrifwr oedd yn eistedd wrth dderbynfa'r Hynafol Gorff — yn ben llywydd y fintai ysbrydol ar gefn ei farch rhyfel, yn carlamu drwy'r awyr fel ton yn torri'n ewyn gwyn ar draethell arw.

Gollyngodd Gomer y gyllell o wddf Nain, a baglodd Brân nôl yn erbyn y wal, i gael dianc o'r lliaws o ellyllon y nos. 'Naaaa! 'Sbrydion! Gadewch fi fod!' gweiddodd mewn braw.

Er y cyfan, roedd golwg benderfynol ar wyneb Mistar Llwyd, a'r wythïen yn ei dalcen yn pefrio fel mwydyn ar dân i ffoi. Cerddodd draw at Nain Myfi, a chodi'r gyllell adawodd Gomer ar lawr. Clôdd ei fraich ei hun am wddf y wreigan, a gosod blaen y llafn yn beryglus o agos at ei hwyneb. Er ei bod hi'n crynu fel deilen, roedd ei chorff i gyd yn gwbwl llonydd.

'Merfyn, rho hwnna lawr,' meddai Mistar Winston yn ddi-flewyn-ar-dafod. 'Mi allwn ni dy helpu di. Jest gad i Myfanwy fynd.'

Chwarddodd Mistar Llwyd, nes bod poer yn casglu o'r naill gornel i'w geg i'r llall. 'Sai'n credu, rywsut! Chi'n meddwl bo fi moyn colli beth ŷf i wedi aros shwd gymaint o amser amdano fe? Fe fydd 'y nghrwtyn bach i yn cael dod nôl yn fyw! Bydd Damelsa yn Atgyfodi'r Meirw!'

'Dad, plîs,' ymbiliodd Peris. 'Fi 'di gweud wrthot ti'n barod. Fi'n ddigon hapus fel odw i. Galla i fynd i fyw gyda'r Hynafol Gorff, gyda'r ysbrydion eraill. Fe fydda i'n saff fan 'na, a gallwn ni ddal i weld ein gilydd. Gelli di ddod i 'ngweld i pryd bynnag ti moyn...'

Trodd llygaid pawb at Mistar Llwyd. Llyncodd Damelsa ei phoer wrth i'r tad, am eiliad, edrych fel petai'n ystyried awgrym ei fab. Roedd ei lygaid yn wlith o ddagrau disglair, ei ddwylo'n crynu wrth gau ei ddwrn yn dynnach am y gyllell. Gwyddai Damelsa mai'r geiriau nesa o enau'r dyn hwn fyddai'n pennu ei ffawd hithau a ffawd Nain Myfi.

'Wel?' meddai Peris. 'Be ti'n gweud? Gad i Nain Myfi fynd, a gewn ni siarad.'

'Na,' atebodd Mistar Llwyd. 'Ni'n dou'n gwbod taw mynd i'r jael fydda i os roddai'n hunan lan — ac wedyn fydd byth cyfle 'da fi i ddod â ti nôl yn fyw. Smo fi'n mynd i dy fradychu di, Peris. Rhyw ddydd, a rhywsut, fi'n mynd i lwyddo, fi'n addo.' Heb dynnu'r gyllell o groen tenau gwddf Nain Myfi, camodd yn ôl at ddrws y feddrod. 'Fi'n gadael nawr, ond os oes unrhyw un yn trial dod ar 'yn ôl i, bydd hi'n nos da ar y fenyw fach 'ma, chi'n deall?'

A gyda hynny, diflannodd Mistar Llwyd i dywyllwch y fynwent, gan ddwyn Nain Myfi yn ei sgil.

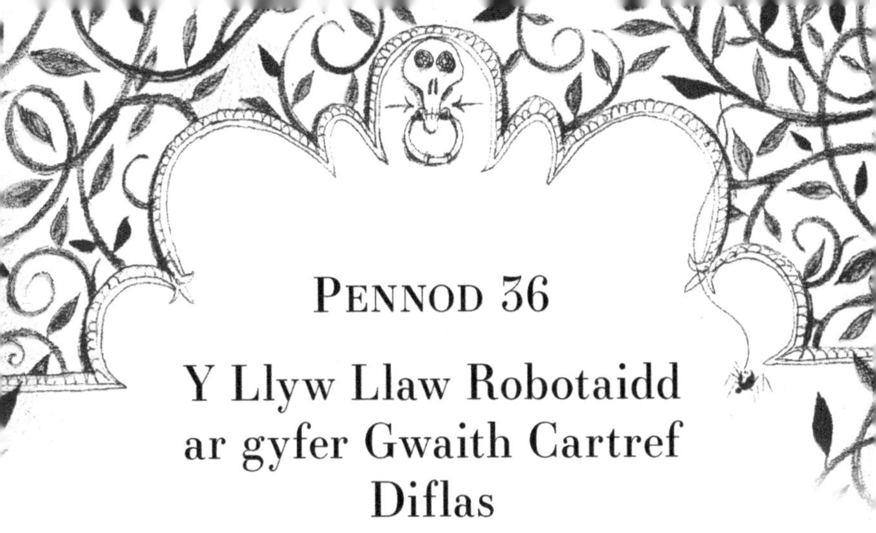

PENNOD 36

Y Llyw Llaw Robotaidd ar gyfer Gwaith Cartref Diflas

A hithau wedi colli pob gobaith, tynnodd Damelsa ei dwylo drwy ei gwallt. Be allai hi wneud nawr? Heblaw ei bod hi'n gallu cael gafael ar ddryll neu fwa saeth yn ystod yr ychydig eiliadau nesa, doedd ganddi ddim gobaith yn y byd o atal Mistar Llwyd a chadw Nain Myfi yn saff.

'Ysbrydion, ar ei ôl o!' gorchmynnodd Mistar Winston ger y drws agored. 'RŴAN!'

'NA!' protestiodd Damelsa. 'Glywsoch chi be ddudodd o — os oes rhywun yn ei ddilyn o, yna bydd Nain yn ei chael hi!'

'Mae Damelsa'n iawn,' meddai Peris. 'Smo Dad yn ei iawn bwyll. Pwy a ŵyr beth neith e os wnewn ni drial mynd yn groes iddo fe?'

BWMP!

Disgynnodd bag Damelsa fel sach o datws wrth ei thraed.

''Nest ti ollwng o yn y fynwent,' gweiddodd Miriam o ben arall y feddrod. 'Oes gen ti unrhyw beth yn y bag fyddai'n handi? Un o'r petha 'ma ti 'di dyfeisio, ella?'

Daeth gwên fawr dros wyneb Damelsa, ac wrth i'r cynnwrf ruthro drwy ei chorff, rhwygodd y bag ar agor. Tyrchodd drwy'r pocedi gan chwilio'n orffwyll am unrhyw beth allai fod o gymorth. Daeth o hyd i far o siocled roedd hi wedi hanner ei lowcio, llond dwrn o farblis, hen fanana oedd wedi llwydo, y Teclyn Twt i Fflingio Fflwff y Botwm Bol, Telyn Deires Ddi-Dant, a...

A dyna pryd y gwelodd hi.

Yn swatio reit yng ngwaelod y bag oedd y Llyw Llaw Robotaidd ar gyfer Gwaith Cartref Diflas! Roedd crafangau metel y bysedd yn estyn allan, yn barod i gael bachu rhywbeth — neu *rywun*. Tybed allai hi ddefnyddio'r llaw i stopio Mistar Llwyd? Doedd y llaw ddim wedi bod drwy'r felin i gael ei phrofi eto, ond doedd dim dwywaith mai'r llaw oedd yr unig obaith oedd ganddi!

'Ti 'di ffeindio rhywbeth?' gweiddodd Miriam o ddrws y feddrod. 'Mae o'n ei heglu hi am yr eglwys!'

Nodiodd Damelsa'n bendant, gan neidio ar ei thraed. 'Sgen i'm byd i'w golli!' meddai, a gan dynnu ei Chap Meddwl i lawr dros ei chlustiau, rhedodd nerth ei thraed allan drwy'r fynwent ar drywydd Mistar Llwyd.

Y tu allan, roedd gwynt y nos yn brathu. Roedd hi dal yn niwlog, ond o'i blaen gallai weld siâp brau Nain Myfi'n cael ei llusgo tua'r hen eglwys yn y pellter. Chwarddodd Mistar Llwyd, a'i lais yn atsain drwy dywyllwch y nos, wrth i Nain Myfi sgrechian yn afreolus. Fel parti deusain erchyll, roedd sŵn y ddeuawd yn arswydus o aflafar.

'Peidiwch â phoeni, Nain,' sibrydodd Damelsa wrth ei hun, gan gamu'n igam-ogam rhwng y cerrig bedd ac ymlaen am yr eglwys. 'Dwi ar fy ffordd!'

Rhedodd trwy borth carreg yr eglwys a sleifio i mewn heb smic. Roedd hi'n dywyll yno, gyda'r unig olau yn dod drwy'r ffenestri gwydr, yn taflu pelydrau gwan o liw dros y rhesi o seddi ar lawr. Aeth Damelsa i lechu y tu ôl i'r pulpud, a gwylio. Roedd Mistar Llwyd wrth yr allor a'i gefn tuag ati, ond roedd hi'n amlwg ei fod yn dal i anelu'r gyllell at wddf Nain Myfi. Wrth iddi ymbalfalu i geisio dianc, atseiniai sŵn ei hwylofain gwan o bob cwr o'r cysegr.

'O, caea dy ben, yr hen wrach!' meddai Mistar Llwyd yn ddilornus. 'Smo ti'n mynd i gael dy ryddhau nes bo fi'n siŵr bo fi'n gallu dianc,' ychwanegodd yn gas, gan symud at y drws cul i'r festri. Adleisiodd ei eiriau gwawdlyd rhwng colofnau carreg yr hen eglwys, ac anadlodd Damelsa'n ddwfn er mwyn ffrwyno'i hun rhag ymateb yn rhy fyrbwyll. Un cyfle yn unig fyddai ganddi, un cyfle i achub Nain Myfi. Tynnodd y Llyw Llaw Robotaidd sgleiniog dros ei llaw ei hun fel maneg, ac addasu rheolwr y ddyfais ar ei garddwrn. Gan anelu am ei phrae fel barcud praff ei lygad, estynnodd y llaw i gyfeiriad Mistar Llwyd. Yna, â bawd rhydd ei llaw arall, gwasgodd y botwm coch ar y rheolwr â phob gewyn o nerth oedd ganddi, ac yna...

WWWWWWWWSH!

Saethodd y llaw yn rhydd o'i garddwrn fetel gan hedfan drwy'r awyr fel awyren yn cael ei rheoli o bell. Gan ddefnyddio'r rheolwr ar ei garddwrn, llywiodd Damelsa'r llaw drwy sawl bwa gothig enfawr yn yr eglwys, yn troelli, a deifio, a gwibio i'r chwith, a gwibio i'r dde, a hedfan ben i waered.

Ond roedd grwndi gwan peiriant y llaw yn cadw mwy o sŵn na'r disgwyl, ac wrth iddi anelu'n ffwl-pelt tuag at Mistar Llwyd, trodd hwnnw i gyfeiriad y sïo egwan.

'Beth yn y byd...?' Llamodd am yn ôl, gan ollwng ei afael ar Nain Myfi — ac fe ddisgynnodd hi i'r llawr.

Wrth i'r Llyw Llaw Robotaidd gylchdroi o'i gwmpas, dechreuodd Mistar Llwyd chwifio'i gyllell yn yr awyr fel dyn ynfyd yn trio rhoi clatsien i wenynen fawr bigog. 'Be sy'n mynd mlân 'ma? Ga' fi fod! Cer o 'ma!'

'Mae hi'n amen arnach chi rŵan, Mistar Llwyd!' meddai Damelsa, gan gamu allan o'i chuddfan. Gyda'r ddyfais bellach o fewn trwch blewyn i ben y cnaf cynddeiriog, gwasgodd y botwm glas ar ei garddwrn.

BSSSSSSSSSS!

Dechreuodd bysedd y Llyw Llaw Robotaidd ymestyn yn fygythiol, cyn bachu eu hunain am wddf Mistar Llwyd. Ar ôl i'r bysedd gau yn dynn, gwasgodd Damelsa switsh arall ar y rheolwr, ac mi gododd y Llyw Llaw Robotaidd Mistar Llwyd gerfydd ei wddf i'r awyr. Roedd y ddyfais yn gweithio! Roedd y Llyw Llaw Robotaidd cyn gryfed â llaw go iawn — neu'n gryfach hyd yn oed!

'NAAAAA! Rho fi lawr!' llefodd Mistar Llwyd wrth i'w draed adael y ddaear a'i gorff godi'n uwch ac yn uwch i'r awyr. Gyda'i goesau'n cicio a'i freichiau'n corddi dros y lle, roedd yn edrych fel rhyw octopws mawr â mwstash blewog dan ei drwyn. Rhoddodd gynnig ar dynnu'r bysedd metel yn rhydd o'i wddf, ond gyda phob gwing a phang, gwnaeth Damelsa i'r llaw wasgu'n fwyfwy tyn am wddf tad Peris.

''Dach chi'm yn mynd i nunlla!' gweiddodd Damelsa. Roedd ei thalcen yn chwys diferu, a'i chalon ar ras. 'Heblaw am fynd yn syth i'r carchar!'

Edrychodd Damelsa ar Mistar Llwyd, yn cael ei ddal i fyny fry gerfydd y ddyfais. Roedd ei wyneb yn wyrdd, a'i goesau'n cicio fel petai'n reidio beic anweledig. 'N-n-nawr gwranda 'ma, Damelsa fach,' meddai, a'i eiriau'n ffrwtian poer. 'Doda fi lawr, ac fe adawa i dy famgu i fynd, ac anghofiwn ni bopeth am y dwli 'ma.'

'Be, i chi gael herwgipio rhyw brentis arall?' gweiddodd Damelsa. 'Dim ffiars o beryg!'

Cododd Nain Myfi ei phen, a hithau'n amlwg yn wan ac yn chwil. 'Damelsa, chdi sy 'na?' meddai. 'O, 'mechan i...'

'Ia, Nain! Fi sy 'ma! Arhoswch chi ble'r ydach chi, iawn? Mae help ar y ffordd!'

A gyda hyder peilot profiadol, dyma Damelsa'n llywio'r Llyw Llaw Robotaidd nôl drwy'r eglwys ac allan i'r fynwent.

Drwy dywyllwch y nos, hedfanodd y llaw ymlaen gyda Mistar Llwyd yn crogi gerfydd y crafangau fel gwobr mewn peiriant ffair. 'Helpwch fi! Brân! Gomer!' meddai gan dagu, wrth edrych o gwmpas am ei ddau was cyflog. 'Stopwch y ferch 'ma y funed 'ma! Dewch â fi lawr!'

Ond prin oedd Brân a Gomer yn gallu clywed cri

druenus eu bos, gan fod ysbryd Seisyllt ap Lludd wrthi'n waldio pen y naill a'r llall â'i wialen hud, tra bod haid o frain o'r ochr draw yn pigo bodiau eu traed.

Wrth i Damelsa lywio'r llwyth llwyd nôl mewn i'r feddrod, galwodd ar Miriam, 'Dos i nôl Nain Myfi o'r eglwys! Ond brysia! Dwi'n meddwl ei bod hi wedi brifo.'

Nodiodd Miriam ac i ffwrdd â hi mewn chwinciad.

'Damelsa, plîs rho fi lawr!' ymbiliodd Mistar Llwyd o'r awyr. 'Fi'n erfyn arnot ti! Fi 'di bod shwd dwpsyn, ond alla i ddim mynd i'r jael. Alla i ddim gadel Peris ar ei ben ei hunan!'

'Mae'n rhy hwyr i ti fegian, Dad!' gweiddodd Peris. 'Damelsa, gwna beth sy'n rhaid i ti neud.'

Nodiodd Damelsa, a gydag anadl ddofn, gwasgodd fotwm arall ar y rheolwr. Yn ara deg dechreuodd y Llyw Llaw Robotaidd ddod i lawr, gan ddod â Mistar Llwyd gyda hi. Wrth i'w draed gyffwrdd â'r ddaear roedd Mistar Winston yno mewn fflach i glymu ei goesau a'i freichiau yn dynn â rhaff.

'NA! Gad i fi fynd, y slej!' bytheiriodd Mistar Llwyd. 'Byddwch chi gyd yn talu'n ddrud am hyn, fi'n gweu'thoch chi! Bydd neb fyth yn rhoi clust i'ch stori chi!'

'Yli, mae'r heddlu ar eu ffordd yn barod, Merfyn,' atebodd Mistar Winston. 'A dwi'n meddwl bod mwy na digon o dystiolaeth yma i dy gael di'n euog o herwgipio, tresbasu, a dwyn o feddi, heb sôn am beth yn union ddigwyddodd yma heno.'

Tynnodd Damelsa'r Llyw Llaw Robotaidd oddi ar Mistar Llwyd, cyn disgyn yn ôl yn erbyn wal y feddrod. Roedd ei hwyneb yn llosgi a'i chlustiau'n canu, ond roedd hi wedi cario'r dydd! Roedd hi wedi rhoi stop ar weithredoedd Mistar Llwyd!

Wrth iddi eistedd i gael ei gwynt, daeth Mot draw ati'n linc-di-lonc. Siglodd y ci bach ei gwt byr yn ôl ac ymlaen fel petai'n dathlu gyda hi — ond y gwirionedd oedd ei fod e'n awchu am gael tamaid i'w fwyta. Mwythodd Damelsa ei glustiau. 'Paid â phoeni, 'ngwash i. Fyddwn ni adra cyn pen dim, ac mi gei di damaid anferthol o'r stecan fwya blasus erioed! Gei di weld!' Wrth glywed y gair 'stecan', dangosodd y ci bach ei ddannedd a gadael i'w dafod ddisgyn allan o'i ben fel petai'n gwenu.

'Damelsa! O, Damelsa! Ti'n hogan mor glyfar. Clyfar ar y naw, wsti!' Gyda Miriam yn ei hebrwng, dyma Nain Myfi herciog yn dychwelyd i'r feddrod. 'Mi lwyddist ti! Mi lwyddist ti!'

Rhedodd Damelsa tuag atyn nhw, a thaflu ei breichiau am ei nain. Wrth iddi glywed arogl cyfarwydd persawr lafant yr hen ddynes, teimlodd Damelsa ei chorff yn ymlacio. Y persawr lafant, arogl diogel ei chartref.

''Dach chi'n iawn, Nain?' gofynnodd, gan sylwi bod crafiad ar ei boch. ''Nath o'ch brifo chi?'

'Dim ond crafiad bach ydi o,' atebodd Nain Myfi gan wincio. 'Dim i gymharu â be wnaeth y llewpart corniog 'na i mi pan ôn i'n cerdded ym mynyddoedd Tibet!'

Gwenodd Damelsa drwy ei dagrau. 'O, Nain. Mae'n ddrwg calon gen i. Mi fues i mor wirion! Heblaw amdana i a 'ngheg fawr, fasa dim o hyn wedi digwydd.'

'Am be ti'n hefru, 'mechan i?' gofynnodd Nain Myfi yn syn. '*Ti* a dy feddwl chwim sy wedi achub y dydd. Roeddat ti mor ddewr yn yr eglwys.'

'Ma' dy famgu'n iawn, Damelsa,' cytunodd Peris. 'Fe ddaeth y cwbwl i ben achos ti a dy ddyfais.'

'Arwr, dyna be wyt ti!' ychwanegodd Miriam, gan roi llaw ar ysgwydd Damelsa. 'Dwi bendant yn mynd i sgwennu cerdd am hyn! "Soned y Llyw Llaw Robotaidd".'

Gwenodd Damelsa a sychu ei hwyneb. 'Diolch, faswn i ddim wedi gallu gwneud dim o hyn heb help gan y ddau ohonoch chi. Sut oeddach chi'n gwbod ei bod hi'n saff i ddeud wrth Mistar Winston?'

'Fe ffeindiodd e ni yn y goedwig ar ôl i fi dy adael di i fynd am help,' meddai Peris. 'Smo ni'n rai da am weud celwydd yn ôl pob tebyg.'

Daeth Mistar Winston draw atyn nhw. 'Ia, doedd y stori 'na am astudio anifeiliaid y nos ddim cweit yn taro deuddeg,' meddai gan wenu'n smala. 'Ac ar ôl i chi adael y siop roedd gen i deimlad bod rhywbeth o'i le, felly ddaru mi'ch dilyn chi o bell. Ac yn y diwedd mi wnes i ddilyn y llwybr o'r melysion goleuedig at Miriam a Peris.'

'A 'dach chi'n un o Ysbrydolion yr Ysbrydion hefyd?' gofynnodd Damelsa.

Nodiodd Mistar Winston ei ben.

'Nid unrhyw hen Ysbrydolyn chwaith,' meddai Nain Myfi, gan edrych ar y dyn penddu. 'Mae Mistar Winston yn un o'r Derwyddon!'

Teimlodd Damelsa ei llygaid yn pefrio fel dwy soser fawr wrth i'r darnau ddisgyn i'w lle yng nghilfachau ei chof: y penglogau oedd yn edrych fel rhai go iawn yn ffenest y siop; y siocledi cyfarwydd welodd hi yng ngŵyl Cymanfa'r Meirw; yr alwad ffôn gynnar oddi wrth Mistar Winston yn cynnig postio llythyr i Nain Myfi; y fowlen o felysion ar ddesg derbynfa'r Hynafol Gorff...

Roedd y cwbwl yn gwneud synnwyr bellach!

'Rydach chi yn un o'r Hynafol Gorff, felly?'

Nodiodd Mistar Winston. 'Mae'n wir ddrwg gen i am be ddigwyddodd pan ddest ti aton ni ddoe yn chwilio am help, Damelsa. Doedd gen i ddim syniad.' Plygodd i lawr i fod yn nes ati, a gostyngodd ei lais. 'Mae Seisyllt ap Lludd yn rhagorol yn ei ddyletswydd wrth y dderbynfa, ond mae'n dipyn o blismon pan ddaw hi at waith papur. Mi gollodd ei ben pan oedd o'n gweithio fel digrifwr yn llys Harri'r Wythfed, weli di. Doedd o ddim yn un da iawn am jyglo, ac am ryw reswm doedd o methu rhechian ar alw pan fyddai'r brenin yn mynnu ei fod o'n gwneud. Roedd hi'n amen arno yn fuan wedyn, a byth ers hynny, mae o wedi cymryd ei swydd reit o ddifri!'

Chwarddodd Damelsa, ond ar yr un pryd allai hi ddim peidio teimlo bechod dros y digrifwr druan, ac yntau wedi cael ei ddienyddio am fethu taro rhech!

'Dewch i ni fynd adra,' meddai, gan droi at Nain Myfi. 'Dwn i'm amdanoch chi, ond mi rydw i wir angen panad... a brechdan gaws â menyn-cnau-mwnci, wrth gwrs!'

PENNOD 37

Adre

Erbyn bore dydd Sul roedd pethau'n dechrau dod nôl i drefn ym Mwthyn Blegerwyd. O flaen tanllwyth o dân yn y stafell fyw roedd Damelsa a Peris yn ymlacio gyda Mot. Dyma'r tân cyntaf i gael ei gynnau yn y bwthyn ers tro, y tanwydd yn tasgu ac yn gollwng cymylau bach o fwg o'r grât gan lenwi'r stafell ac arogl melys, cysurus. Roedd Nain Myfi wedi cytuno i Peris gael aros gyda nhw am y tro, tan y byddai'n teimlo'n barod i symud i Dabernacl yr Hynafol Gorff.

'A, does unman yn debyg i adra!' meddai Damelsa. Roedd hi yn ei gŵn-nos a'i Chap Meddwl, yn ymbalfalu gyda'i thŵls ym mherfeddion hen gloc, wrth sgrifennu ambell i syniad newydd yn ei nodiadur. Ers cyrraedd adre, roedd y copi cyfredol o gylchgrawn *Y Dyfeisydd*

Ifanc eisoes wedi cael ei ddarllen o glawr i glawr, ac mi roedd wedi prynu ambell i declyn newydd ar gyfer eu hychwanegu at ei chasgliad o declynnau defnyddiol.

'Ni fod i ymlacio, Damelsa,' dwedodd Peris, yn gorweddian yn ddiddan rhyw droedfedd neu ddwy uwchben y llawr, yn darllen ei gomic. 'Beth am i ti gymryd hoe?'

'Peris, dwi wedi methu bron i bythefnos o ddyfeisio,' atebodd Damelsa'n swta. 'Mae hynna bron iawn yn 20,160 munud o amser creadigol gaf i byth nôl eto. Os ydw i am ennill y Wobr Nobel am Ffiseg rhyw ddydd, yna mae'n rhaid i mi ymarfer fy ymennydd!'

Rowliodd Peris ei lygaid a rhoi ei gomic i lawr. 'Wel, beth am i ni gael gêm fach o wyddbwyll yn lle, 'te? Bydd hwnna'n *ymarfer da ar gyfer dy ymennydd!*'

Cododd Damelsa ei phen, ei llygaid yn ddisglair. 'Iawn, Peris. Os ti'n hapus i fi dy chwalu di unwaith eto!'

Erbyn iddi droi'n hanner dydd, roedd Damelsa eisoes wedi ennill dwy gêm o wyddbwyll, a'r ffrindiau wrthi yng nghanol y drydedd.

'Fedra i dal ddim coelio bo chdi ddim wedi sylwi dy fod ti'n ysbryd, Peris,' meddai Damelsa. 'Mae'n rhaid dy fod ti 'di teimlo'n... ti'n gwbod... yn wahanol... ar ôl cael dy alw nôl i'r byd 'ma.'

'Wel, ôn i yn teimlo'n... wel, bach yn 'sgafnach, sbo,' meddai Peris, gan syllu'n ofalus ar y bwrdd gwyddbwyll. 'Ond wedodd Dad taw'r rheswm am 'na oedd bo fi 'di colli pwyse ar ôl bod yn dost. Âth e â phob drych o'r tŷ, a dyna pam ôn i erioed wedi sylwi bod 'y ngwyneb i ddim yn newid, a bo fi ddim yn tyfu. A wedodd e bo fi'n welw achos ôn i byth yn mynd mas i'r haul. Ôdd gyda Dad ateb i bopeth, ac am wn i, ar ôl sbel fach, 'nes i stopo gofyn cwestiyne.'

'Ond beth am fedru hedfan? Doedd gen ti wir ddim syniad?'

'Nagodd! Ôn i'n credu taw crwtyn bach normal ôn i. Dim ond rhywun fydde ishe cael ei ben 'di clwmu fydde'n meddwl bo ti'n gallu concro disgyrchiant!'

Gwridodd Damelsa fel tomato wrth gofio am y tro 'na, dair blynedd yn ôl, pan aeth i brofi ei dyfais ddiweddara, sef Adenydd Anhygoel Amryw Achlysur. Buodd rhaid ei rhuthro hi i'r ysbyty yn y diwedd, gyda thair asen wedi cracio, un goes wedi'i thorri, a dwy lygad ddu. 'Mmm... cwbwl wallgo,' meddai, dan ei gwynt.

'Ond un peth da am fod wedi marw,' ychwanegodd Peris, 'yw bo fi'n amal yn teimlo fel aderyn pur ar adain las!' A gyda hynny saethodd fyny i'r awyr, gan daro'i ben â bwmp ar y nenfwd.

'Ti fwy fel twrci tew!' chwarddodd Damelsa, heb golli golwg o'r bwrdd gwyddbwyll o'i blaen a phendroni ynglŷn â'r symudiad nesa. 'Ti 'di clywed unrhyw beth am dy dad?'

'Na, ddim 'to,' atebodd Peris, gan ehedeg yn ôl at y llawr. 'Dwedodd yr heddlu wrth Nain Myfi y bydden nhw'n cysylltu,'

'Sgwn i am faint fydd o yn y carchar,' meddai Damelsa, gan symud un o'i darnau ar draws y bwrdd a chipio un o rai Peris. 'Ti'n meddwl ei di i weld o rywbryd?'

Edrychodd Peris arni, a'i lygaid yn dechrau llenwi. 'A bod yn onest, smo fi moyn meddwl am y peth nawr. Ti'n fodlon i ni siarad am rywbeth arall?'

Gwenodd Damelsa. 'Iawn, siŵr. A ti'n gwbod gei di aros yn fa'ma mor hir ag y lici di. Beth bynnag sy'n digwydd.'

'Diolch.'

'Ond fasa'n rhaid i ni neud stafell wely i chdi yn y cwt ar waelod yr ardd, cofia,' ychwanegodd Damelsa yn sydyn, gan boeni ei bod yn swnio braidd yn sentimental. 'Pan dwi'n trio dyfeisio, dwi ddim isio'r holl gomics a thedi bêrs 'na sy gin ti ym mhobman!'

Chwarddodd y ddau, a theimlodd Damelsa don fawr o hapusrwydd yn llifo drosti. Daeth y teimlad yn gryfach wrth i Nain Myfi ddod i mewn ychydig funudau yn ddiweddarach, yn cario platiaid trymlwythog o fisgedi cartref a phaned enfawr o siocled poeth. Roedd y doctor wedi dweud wrthi am aros yn ei gwely am bythefnos o leia, ond roedd hi eisoes wedi gwisgo'i ffedog a threulio'r bore cyfan yn y gegin.

'Dyma chdi, 'mechan i,' meddai, gan basio'r cwpan i Damelsa. 'Siocled poeth neis. Rhywbeth i roi nerth i ti.' Trodd at Peris a rhoi bag papur iddo. 'Ac mae'r rhain, 'y ngwash i, i chdi. Gan Mistar Winston.'

'Ŵŵŵŵ... beth yw e?' gofynnodd, gan agor y pecyn. Rhoddodd ei law i mewn a gafael mewn melysion trionglog piws â lluniau penglog drostyn nhw.

'Fferins ysbryd!' meddai Nain Myfi. 'Dwi'n gwbod tydi ysbrydion ddim yn cael byta bwyd go iawn, ond mae o wedi bod yn gweithio ar y rhein ers blwyddyn neu ddwy rŵan — fferins ar gyfer yr ysbrydion ifanc ydan nhw. Mi fydd dy fol di'n gallu treulio rheina'n iawn, ac maen nhw'n blasu yn o lew hefyd, yn ôl y sôn!'

'Gwych!' meddai Damelsa. 'Am ddyfais anhygoel!'

'Ti isio trio un?' gofynnodd Nain Myfi wrth Peris. 'Mae 'na sbelan ers i ti fwyta rhywbeth blasus. Dwi dal methu coelio bod dy dad wedi bod yn dy fwydo di efo'r holl dabledi gwag 'na ers blynyddoedd!'

Tarodd Peris un o'r melysion i mewn i'w geg. Dechreuodd gnoi, ac wrth wneud lledodd gwên dros ei wyneb o glust i glust, a phefriodd ei lygaid. 'Mmmm, mae hwnna mor ffein! Bron cystel â losin go iawn! Tamed bach o dast siocled… bach o gnau… a thamed bach o flas syfi!'

'Be 'di "syfi"?' gofynnodd Damelsa.

'Mefus,' atebodd Nain Myfi, gan symud yn herciog ar draws y stafell. 'Ond da ti, paid â bwyta gormod ar unwaith! Fydd hi ddim yn amser cinio am gwpwl o oriau eto, felly mae 'na ddigonedd o amser i chi neud fel fynnwch chi. Dwi 'di gwadd 'chydig o bobol i ddod i gael cinio efo ni, felly mi gawn ni ddathliad go iawn!'

*　*　*

Ac yn wir, roedd y cinio yn ddathliad a hanner.

Sgrialodd Peris a Damelsa i'r gegin am ddau o'r gloch, lle'r oedd y bwrdd yn gwegian dan fwyd. Yng nghanol y wledd roedd plât crand ac arno ddarn anferthol o gig eidion yn gorwedd, mynydd o datws rhost a phelenni iraidd o stwffin o'i amgylch, gyda sawl jwg yn llawn grefi fan hyn a fan draw, ynghyd â bowlenni'n gyforiog â mwstard a saws rhyddug. Roedd Nain Myfi hefyd wedi gosod y llestri gorau. Ac yno, yn eistedd yn falch ar ben yr oergell yn gwisgo het barti bapur, oedd yr Arglwydd Beblych.

'Mae rhywun yn barod am barti,' meddai Damelsa, gan edrych ar y penglog.

Tuchodd yr Arglwydd Beblych. 'Wel, dathliad ydi o wedi'r cwbwl. Mae'n iawn i hyd yn oed uchelwyr Cymru fwrw eu bol weithiau, wyddost ti!'

'Wrth gwrs,' meddai Damelsa, cyn ychwanegu dan ei gwynt, 'tasa *ganddoch* chi fol.'

'Be ddudist ti?' gofynnodd y penglog.

'O, dim byd, Arglwydd Beblych! Rydach chi'n edrach yn... ym... drawiadol iawn!'

Cyn hir roedd pob un o'r gwesteion wedi cyrraedd, a phawb yn gysurus o amgylch y bwrdd derw, yn pentyrru bwyd ar eu platiau ac yn sgwrsio'n uchel ymysg ei gilydd. Roedd pob cadair yn wahanol, gydag ambell i dwba neu focs pren o'r ardd wedi cael dod mewn a'u troi ben i waered fel stolion dros dro. Ar restr gwesteion Nain Myfi oedd Miriam, Mistar Winston a'i wraig, Sera.

'Dwi'n meddwl ei bod hi'n bryd codi llwncdestun!' meddai Nain Myfi yng nghanol y wledd. Curodd ei dwylo a chodi ar ei thraed ar ben y bwrdd gan afael mewn gwydryn o win ysgaw, a'i bochau eisoes yn gwrido ar ôl cael sawl glasiad yn barod.

Estynnodd Mistar Winston i'w fag. 'Os felly, dwi'n credu bod y plantos yn haeddu glasiad o'r ddiod dail poethion 'ma. Mi wnes i hwn fy hun,' meddai. Tynnodd botel fawr yn llawn hylif euraidd o'r bag, a thywallt ychydig i wydrau Damelsa a Miriam. 'Tydw i ddim cweit wedi gweithio allan sut i fragu gwin fel hyn ar gyfer ysbrydion eto, Peris, ond dwi'n gaddo y bydda i wedi erbyn y tro nesa.'

'I fy wyres fendigedig a'i ffrindiau glew rhyfeddol,' meddai Nain Myfi. 'Hebddyn nhw, ella na faswn i yma heddiw. Mi wnaethon nhw brofi eu gwroldeb, eu teyrngarwch a'u dewrder digamsyniol. Dwi'n siŵr y gwnewch chi gyd gytuno eu bo nhw'n blant arbennig dros ben. I Damelsa, Peris a Miriam!'

'I Damelsa, Peris a Miriam!' atebodd pawb yn unsain, gan dincial eu gwydrau yn erbyn ei gilydd uwchben canol y bwrdd, nes bod y diodydd yn slochian dros bob man.

Yna canodd cloch y drws.

'Duwcs! Pwy allai hwnna fod?' meddai Nain Myfi, gan godi o'i sedd. 'Dôn i ddim yn disgwyl neb arall.'

'Peidiwch â phoeni, Nain! 'Na i ateb o!' meddai Damelsa, gan stwffio taten rost enfawr i'w cheg cyn gwthio'i chadair yn ôl. 'Mae gen i syniad pwy allai fod yno.'

Gwibiodd allan o'r gegin, gan ddychwelyd o fewn munud gyda gwên ddireidus ar ei hwyneb. 'Rŵan, peidiwch â bod yn flin efo fi, Nain,' meddai, 'Ond dôn i ddim yn meddwl y basa hwn yn lawer o ddathliad heb un o'r bobol bwysicaf un.'

Camodd o'r neilltu. Yno y tu ôl iddi oedd Miss Callwen, a golwg nerfus iawn arni. Amdani oedd ei sgert hir arferol a'i blows wen, ond yn lle bod ei gwallt yn fynsen fawr dyn ar dop ei phen, roedd yn disgyn at ei chanol yn gudyn llaes o donnau gwynion llaes.

Wrth iddi gamu'n betrusgar i mewn i'r gegin, syllodd y ddwy chwaer ar ei gilydd yn ofalus, eu breichiau wedi plethu, a'u hysgwyddau yn ôl. Llenwodd tawelwch llethol y stafell, ac edrychodd Peris a Miriam yn bryderus ar Damelsa.

'Mabli,' meddai Nain Myfi, heb arlliw o wên.

'Myfi,' atebodd Miss Callwen, yn edrych yr un mor swrth.

'Mae'n edrych yn debyg bod fy chwaer fach wedi troi'n hen ddynes. Gwallt gwyn ydi hwnna wela i, Mabli?'

Tuchodd Miss Callwen. 'Ha! Wel, dwyt ti ddim yn edrych yn ifanc iawn dy hun, Myfi. Ond o leia does gen i ddim llond ceg o ddannedd gosod!'

Rhewodd pawb yn y stafell a gwingodd Damelsa. Hwyrach nad nawr oedd yr amser ar gyfer aduniad teuluol wedi'r cwbwl.

Ond wrth i Damelsa fynd i awgrymu y dylai Miss Callwen fynd i eistedd yn y stafell fyw, taflodd Nain Myfi ei ffon i'r naill ochr. Camodd yn herciog ar draws y gegin gyda'i breichiau ar led, a gwenodd fel gât. 'O Mabli, yr hen gloman wirion!' meddai. 'Dwi 'di gweld dy golli yn ofnadwy! Tyrd yma i roi cwtsh anferth i dy chwaer fawr. Fedra i ddim coelio faint sydd ers i mi dy weld ti ddwytha.'

'O, Myf!' llefodd Miss Callwen, â dagrau'n llifo i lawr ei gruddiau. 'Yr holl flynyddoedd 'dan ni 'di gwastraffu, a'r cwbwl oherwydd yr un tric dwl a gwirion 'na wnes i chwarae arnat ti. Mae'n wir ddrwg gen i.'

'Husht, husht, hidia befo.' Camodd Nain Myfi yn ôl a rhoi bys ar wefus ei chwaer. 'Mae 'na fai ar y ddwy ohonan ni. Rôn inna'n rêl mul pan oeddat ti'n trio cymodi. Ond mae hynna i gyd y tu ôl i ni rŵan. Mae'n amser i ni symud mlaen.'

'Ydi wir,' meddai Miss Callwen gan sniffian. 'Ac mae'r diolch am hynny i un person yn arbennig, wrth gwrs. Oni bai am dy wyres wyllt a gwallgo di, yna fasan ni ddim yma gyda'n gilydd rŵan. Diolch, Damelsa. Rwyt ti wir yn ferch anhygoel.' Cymrodd fochau ei gor-nith yn ei dwylo, a rhoi andros o gusan fawr wleb yn glec ar ganol ei thalcen.

'*YCH A FI!*' meddai Damelsa, gan dynnu'n ôl a sychu

ei hwyneb. 'Mae'n grêt eich bod chi'ch dwy yma efo'ch gilydd eto, ond dyna ddigon o'r hen lol swslyd 'ma! Ylwch, Nain, tydi hi'n bryd i ni gael pwdin, dwedwch?!'

Chwarddodd Nain Myfi. 'Wel, dwi'n gwbod nad ydi dy Fodryb Mabli yn cymeradwyo pethau melys, ond dwi'n siŵr y cei di faddeuant ganddi y tro yma.'

'O na, mae hi yn licio pethau melys!' meddai Miriam. 'Mae ganddi gwpwrdd cudd ym Mronmeirwon sy'n llawn bynsys pinc, a theisennod siocled, a bisgedi Berffro, a...'

'Diolch, Miss Singh,' meddai Miss Callwen yn fochgoch . 'Dyna ddigon.' Edrychodd ar Miriam gyda'i llygaid tywyll arferol, yn union fel petaen nhw nôl yn yr ysgol, a thawelodd Miriam ar unwaith.

'Ha! Wel ar fy marw,' meddai Nain Myfi. 'Mabli byth-yn-cambihafio yn cadw llond cwpwrdd o bethau da! Wel, tarten riwbob amdani, felly!'

Aeth y parti mlaen drwy'r prynhawn. Ar ôl cinio, dyma pawb yn mynd i lolian yn y parlwr, lle'r oedd canhwyllau yn goleuo pob cornel o'r stafell. Daeth Seisyllt ap Lludd, a'r ysbrydion eraill oedd wedi helpu ym Mynwent Galar Tragwyddol, i ymuno yn y dathlu, a dechreuodd Mistar Winston chwarae alawon sionc ar ei grwth nes bod pob meidrolyn a phob un o'r ysbrydion yn dawnsio'n llon.

Roedd Peris wedi gwirioni, yn adrodd dro ar ôl tro eu hanes yn dianc o Gastell Cyndeyrn, a'r peryglon wnaethon nhw eu hwynebu yn gynyddol enbyd bob tro y byddai'n dweud y stori. Eisteddai Miriam yn gwrando ar rai o'r ysbrydion hynafol yn rhannu straeon o'r oes o'r blaen, gan wneud nodiadau am unrhyw ddigwyddiad rhamantus a allai ei sbarduno i gyfansoddi soned neu awdl newydd.

Ac ar y soffa, yn glyd rhwng Nain Myfi a Miss Callwen (oedd erbyn hyn wedi cael ei hail-fedyddio fel Modryb M), roedd Damelsa'n eistedd yn ddiddos gyda'i hanifeiliaid, yn mwynhau gwres y tân a'r cysur o gael bod nôl yn noddfa ei chartref.

* * *

'Waw! Ôdd heddi'n ddiwrnod *gwych*, Misus Caradog,' meddai Peris, wrth i Damelsa ac yntau helpu Nain Myfi i sychi'r llestri yn hwyrach y noson honno. Ar ôl i bawb arall droi am adre, roedd Bwthyn Blegerwyd yn un llanast mawr o wydrau a rhubanau papur a photeli gwag o win ysgaw. 'Diolch o galon.'

Taflodd Nain Myfi ei lliain sychu llestri dros ei hysgwydd a gwenu. 'Pleser o'r mwya, Peris bach. Roeddet ti'n haeddu hynna, 'ngwash i. Rŵan, beth am i chdi droi am y gwely 'na, dwêd? Dwi ddim isio swnio fel dy dad, ond dwi'n siŵr na fasa ambell noson gynnar yn gwneud dim drwg i ti. A tithau, Damelsa.'

'Ond Nain,' cwynodd. 'Dwi isio gorffen tynnu bol mecanyddol y cloc 'na. Dim ond hanner awr fydda i...'

Ysgwydodd Nain Myfi ei phen. 'Dim ffiars o beryg, cyw! Mae dy brentisiaeth di i fod yn un o Ysbrydolion yr Ysbrydion yn cychwyn ben bora fory, a dwi 'di trefnu i ti gynnal cymundeb nos fory.'

'Nos fory?' gofynnodd Damelsa'n ddiegni. 'A deud y gwir, faswn i'n licio cael 'chydig bach mwy o wyliau...'

'Gwyliau?' meddai Nain Myfi. '"Marwolaeth nid yw'n marw, hyn sydd wae," medda R. Williams Parry, 'sti. Tydi marwolaeth ddim yn dod i stop am bo chdi ffansi ambell i ddiwrnod diog yn dy wely. A tydi'r galarwyr ddim yn stopio galaru.'

Nodiodd Damelsa. Roedd Nain yn iawn. Os oedd hi o ddifri am fod y gynta i gael ei galw'n Ddyfeisydd Ysbrydoli Ysbrydion, yna roedd yn rhaid iddi dorchi ei llewys.

I ffwrdd â'r plant i fyny'r grisiau simsan gwichlyd. A hithau bron â chyrraedd y top, gwthiodd Damelsa ei phen dros y canllaw. 'Caru chi mwy na ffiws mewn plwg!' gweiddodd â gwên fawr ar Nain Myfi.

'Caru chdi mwy na phanad,' oedd yr ateb. 'Mwy na holl baneidiau'r byd i gyd!'

I fyny yn yr atig, disgynnodd Peris i gysgu mewn chwinciad, yn chwyrnu'n dawel yn ei wely dros dro ar y llawr, ei slipers bwni wrth ei ymyl.

Er ei bod hithau wedi blino hefyd, tynnodd Damelsa'r cwilt clytwaith dros ei hysgwyddau a mynd i eistedd wrth ei desg. Wrth iddi edrych i fyny ar ei silffoedd, fedrai hi ddim peidio â gwenu. Roedd ei sgriws a'i Sbaner Sbardun bellach yn rhannu lle â'r Bwci Bocs, ac roedd ei meicrosgop yn eistedd drws nesa i'w chrochan copr ei hun. Ac uwchben ei nodiadur, â label arno'n dweud *Damelsa Penorlais: Dyfeisydd*, roedd nodiadur newydd sbon, â llun penglog ar ei glawr, ac arno'r geiriau, *Damelsa Penorlais: Ysbrydolyn yr Ysbrydion.*

Hoffwn i ddiolch i'r canlynol am fy helpu i gael Damelsa allan o'r atig a rhwng dau glawr:

I bawb yn Chicken House — roeddwn i wastad wedi breuddwydio am gyhoeddi gyda chi, ac mae'n golygu cymaint i mi eich bod wedi mentro gyda fi a drafft cynta'r llyfr. Doedd gen i ddim syniad cymaint o waith tîm fyddai dod â llyfr i glawr, ac rydw i mor ddiolchgar am yr holl amser mae pob un ohonoch wedi ei dreulio er mwyn sicrhau mai hon yw'r stori orau bosib y gall hi fod. Diolch enfawr hefyd i ddarlunydd y clawr, Alex T. Smith am greu Damelsa mor hyfryd — ei gwallt coch mewn plethi, y Cap Meddwl ar ei phen, a'r brychni haul ar ei bochau!

Diolch anferth i Casia Wiliam am y cyfieithiad hyfryd hwn — mae gweld fy stori'n dod yn fyw yn fy mamiaith wedi bod yn hollol hudolus. Ac i Alun Ceri Jones, diolch o galon am ddod â Damelsa nôl adref i Gymru!

Diolch enfawr i fy asiant hwyliog, amyneddgar, a brwdfrydig, Kate Shaw am fy arwain i, fel awdur newydd, drwy fy mlynyddoedd cynta yn y byd cyhoeddi. Rwy mor falch o dy gael di wrth fy ymyl.

Hoffwn ddiolch hefyd i Chloe Seager am fod yn ffrind i Damelsa o'r cychwyn cyntaf. Roedd dy adborth hyfryd di yn hwb mawr i mi rannu fy sgwennu gyda'r byd.

I bawb yn y Golden Egg Academy, yn arbennig fy mentor a'm ffrind hyfryd, Charlotte Maslen. Mae dy ffydd ddiysgog yn fy ngwaith yn golygu gymaint, a fyddwn i ddim mewn print heb dy arweiniad, dy syniadau, a'n sgyrsiau ni. Hefyd, diolch i fy nghyd-sgwenwyr ar y Cwrs Sylfaen am agor y drws i sawl byd gwahanol o ffuglen ysblennydd.

Rydw i mor lwcus i gael cefnogaeth ddiddiwedd fy nheulu. I Mam, diolch am roi plentyndod llawn straeon, a chelfyddyd, a chinio dydd Sul i mi, a chariad a chefnogaeth fyth ers hynny. I Dad a Mary — allwn i ddim gofyn am gefnogwyr gwell. Mae eich brwdfrydedd dros y llyfr hwn wedi bod yn ddiflino, ac rwy'n fythol ddiolchgar i chi am eich cefnogaeth a'ch cynhesrwydd (mae'r stoc o'r Picon a'r caws o Ffrainc yn cael eu gwerthfawrogi'n fawr hefyd!) Ac wrth gwrs, i fy mrodyr a'm chwiorydd annwyl: Jack, Poppy, Lottie a Jude.

Manda a Mr Glen — diolch i chi am gadw'ch drws ar agor bob amser, am wely sbâr ac am ddigonedd o gacenni. Rŷch chi'n bobol arbennig dros ben.

I fy holl deulu, ffrindiau a chydweithwyr yng Nghaerdydd, yng ngorllewin Cymru, yn Llundain, Brighton a thu hwnt — rwy'n codi fy nghap (meddwl) i bob un ohonoch. Diolch am wneud fy myd yn le hyfryd i fod ynddo.

Ysgrifennwyd y rhan fwya o'r llyfr yma mewn llyfrgelloedd ar hyd a lled Llundain, felly hwrê mawr i bob llyfrgellydd a staff gwych y llyfrgelloedd (yn enwedig Magnolia yn Llyfrgell Stroud Green and Harringay, sy'n un o fil) ac sy'n gwneud y llefydd hyn yn rai hudolus a phwysig.

Rwy wedi bod yn ddigon ffodus i ddysgu a chael treulio amser gyda chymaint o blant hyfryd dros y blynyddoedd, ond rhaid rhoi diolch arbennig i'r canlynol: Úna Kieran-O'Brien,

Edward Bowyer, Autumn Ackroyd, Iris Burton, Felicity a Violet Nicholls, Alice Marzocchi, Juno Wilson, Hazel Eston, Isla Fransman-Powell, Isabel Comer, Samuel Sharpe, Finn a Greta Lawrence, Hazel a Gwilym Kaye, a Rocco Ercolanoni. Does dim dwywaith fod tameidiau o'ch personoliaethau dyfeisgar (a direidus ambell dro) wedi ffeindio eu ffordd i mewn i Damelsa, Peris a Miriam, gan wneud y cymeriadau hyn yn llawer mwy cyfoethog.

Ac yn olaf, *grazie mille* i Fred annwyl, am fod yn gefn i mi bob amser. Rwy'n dy garu di, ac mae arna i bitsa mawr iawn i ti.